10|18
12, avenue d'Italie — Paris XIIIe

Sur l'auteur

Paul Harding est l'un des pseudonymes – avec C. L. Grace – de Paul C. Doherty, né à Middlesbrough, dans le Yorkshire. Il a étudié l'histoire à Liverpool ; il est aujourd'hui professeur d'histoire médiévale. Il est l'auteur de plusieurs séries historico-policières, publiées chez 10/18 : les aventures de Master Hugh Corbett, espion du roi Édouard Ier (sous son nom), et celles de Kathryn Swinbrooke, apothicaire à Cantorbéry au xve siècle (sous le nom de C. L. Grace).

LE REPAIRE DES CORBEAUX

PAR

PAUL HARDING

Traduit de l'anglais
par Christiane POUSSIER
et Nelly MARKOVIC

10|18

INÉDIT

« Grands Détectives »
dirigé par Jean-Claude Zylberstein

Du même auteur
aux Éditions 10/18

Série « Frère Athelstan » de Paul Harding

LA GALERIE DU ROSSIGNOL, n° 3167
LE DONJON DU BOURREAU, n° 3218
SACRILÈGE À BLACKFRIARS, n° 3226
LA COLÈRE DE DIEU, n° 3336
LE FANAL DE LA MORT, n° 3340
► LE REPAIRE DES CORBEAUX, n° 3531

Série « Hugh Corbett » de Paul C. Doherty

SATAN À ST MARY-LE-BOW, n° 2776
LA COURONNE DANS LES TÉNÈBRES, n° 2777
UN ESPION À LA CHANCELLERIE, n° 2820
L'ANGE DE LA MORT, n° 2863
LE PRINCE DES TÉNÈBRES, n° 2901
FAUX FRÈRE, n° 2966
L'ASSASSIN DE SHERWOOD, n° 3036
LA COMPLAINTE DE L'ANGE NOIR, n° 3127
LE FEU DE SATAN, n° 3290
LA CHASSE INFERNALE, n° 3296
L'ARCHER DÉMONIAQUE, n° 3497

Série « Kathryn Swinbrooke » de C. L. Grace

MEURTRES DANS LE SANCTUAIRE, n° 3029
L'ŒIL DE DIEU, n° 3030
LE MARCHAND DE MORT, n° 3094
LE LIVRE DES OMBRES, n° 3190
LA ROSE DE RABY, n° 3406

ISBN 2-264-03266-9

*Au père John Armitage, prêtre dans l'East End,
à Londres, pour son admirable travail, cordialement.*

PROLOGUE

Personne n'oubliera jamais la nuit où le démon se manifesta à Southwark. Le printemps se faisait sentir, même dans les misérables ruelles et les venelles puantes de ce quartier, blotti au sud de la Tamise. Quand la lumière de cette fraîche journée déclina, les pluies avaient lavé les pavés couverts d'excréments et les nuages commençaient à se dissiper. Apprentis et marchands démontaient leurs étals. Les tombereaux à ordures aux hautes ridelles cahotaient bruyamment dans les rues et les ramasseurs de déchets, le visage ruisselant de sueur, s'affairaient à curer les égouts d'où débordaient détritus et rebuts. Les hommes montraient de l'ardeur à la tâche en pensant aux pennies qu'on leur avait promis. Et même le cadavre ballonné d'un chat ou d'un chien ne leur faisait pas oublier la perspective d'un bol de soupe et d'une chope de bière, une fois leur travail achevé.

Pike le fossier, paroissien de St Erconwald, à Southwark, était lui aussi sorti. Il se faufila près de l'église et pénétra dans la taverne du *Cheval pie* où l'attendaient le Chien, la Fouine, le Renard et le Lièvre. Ils étaient assis sur des tonneaux retournés, autour d'une table poussée dans un coin sombre, leurs visages mal rasés cachés par les vastes capuchons rabattus sur leurs têtes.

— Tu viens bien tard ! grogna le Chien.

Pike déglutit avec nervosité.

— Celui qui tarde, remarqua la Fouine d'une voix flûtée, paye toujours l'amende !

Pike grommela entre ses dents : il appela Tiptoe, le valet, et commanda cinq chopes de bière. Près des barriques, à l'autre bout de la pièce, Joscelyn, le tavernier manchot, les examinait attentivement. Pike ferma les yeux et gratta sa barbe mal peignée. Il se demanda si Joscelyn avait des soupçons sur ses activités. Le cas échéant, frère Athelstan, le prêtre de la paroisse, le prendrait à l'écart dimanche prochain pour lui assener son exhortation habituelle. Le visage du fossier s'éclaira. Comme toujours, Athelstan, vêtu de la robe noir et blanc des dominicains, avec son teint mat et ses doux yeux pleins d'inquiétude, le sermonnerait sur les dangers de la trahison et les horreurs de la hart du bourreau.

— Eh bien, dit sèchement le Chien, où en sommes-nous, mon compère ?

Pike sortit soudain de sa rêverie. Il se pencha par-dessus la table, bien décidé à montrer à ces représentants de la Grande Communauté du Royaume[1] qu'il n'éprouvait nulle peur.

— Quand Adam bêchait et qu'Ève filait, qui, alors, était un noble ? scanda-t-il.

Les quatre chefs des rebelles, anonymes derrière leurs étranges surnoms, acquiescèrent à l'unisson d'un signe de tête. Ils observaient cependant le fossier avec intensité, guettant tout signe de réticence ou d'insuffisante ferveur pour leur grande cause. Tiptoe apporta la bière. Pike lui tendit une de ses précieuses pièces et, dès que le valet se fut éloigné, leva sa chope.

— A la Grande Cause ! murmura-t-il.

Les quatre hommes lui rendirent son salut et sirotèrent leur boisson au goût légèrement amer.

---

1. Mouvement qui annonce la grande révolte paysanne de 1381, dont les principaux chefs furent Wat Tyler, Jack Straw et John Ball. (*N.d.T.*)

— Bon, demanda le Lièvre, que se passe-t-il à Southwark ?

— Le pot bout, déclara sombrement le fossier. Notre jeune roi Richard n'est qu'un enfant, son oncle, Jean de Gand, bien qu'il ne soit que régent, se conduit en empereur. Les impôts sont lourds, le mécontentement s'étale comme la boue dans l'eau ; les marchands eux-mêmes protestent.

Il reposa sa chope à grand bruit.

— On a convoqué un parlement à Westminster, reprit-il, surexcité. Jean de Gand veut davantage d'argent mais les Communes refusent. Elles pourraient bien mettre en cause certains ministres.

— Bah ! s'exclama la Fouine en plissant les yeux avec un petit sourire satisfait et en buvant une gorgée, qu'attendent les riches ? Clémence et pardon d'un homme tel que Jean de Gand ?

— Alors, quand viendrez-vous ? demanda le fossier.

— Le temps et l'heure ne sont pas ton affaire, rétorqua le Lièvre. Mais, au signal donné par Jack Straw, notre prêtre, qui montrera la croix ardente, alors nous viendrons.

— Des hommes de l'Essex, du Kent, du Suffolk, et même du lointain Nord, jusqu'à la Trent, s'enflamma le Chien, fondront sur Londres, rapides comme l'éclair. Comme feu en chaume, nous brûlerons et nettoierons cette ville, de Southwark, au sud, jusqu'à Cripplegate, au nord.

— Oui, ajouta la Fouine, nous la purifierons par le feu et l'épée. Il n'y aura plus ni rois ni princes, ni grands conseils ni parlements. Les seigneurs seront anéantis et les humbles hériteront de la terre.

Le Chien, se penchant, agrippa le justaucorps de Pike.

— Et les gens de Southwark ? questionna-t-il.

— Nous serons braves et fidèles, répondit le fossier. Nous nous emparerons du Pont de Londres et des postes de garde aux deux extrémités. Nous serons là quand vous marcherez sur la Tour.

Le Chien lui jeta un regard scrutateur. Peut-être remarqua-t-il que Pike détournait un peu les yeux ou que ses lèvres tremblaient.

— Es-tu encore des nôtres, Pike ? insista-t-il.

— Oui, mais...

— Mais quoi ?

Le Renard s'approcha et saisit la main du fossier qu'il pressa fortement.

— Est-ce que tout le monde sera tué ? s'inquiéta ce dernier d'une voix rauque. N'épargnerons-nous personne ?

— Personne, sans exception, précisa le Renard en s'abritant derrière sa chope. Seigneurs, évêques et prêtres. Pourquoi, Pike, connais-tu un homme qui mérite d'être sauvé ?

— Frère Athelstan, souffla Pike, en éloignant la main du Chien de sa poitrine. Le prêtre de la paroisse de St Erconwald, reprit-il avec ferveur.

Il jeta un regard craintif par-dessus son épaule, mais Joscelyn n'était plus là.

— Athelstan est un homme bon, chuchota-t-il. Doux et bienveillant. Il aime ses ouailles et ne repousse personne.

— C'est un tonsuré, répliqua la Fouine. Un frère. Ceux qui ne sont pas avec nous, entonna-t-il, sont contre nous. Ceux qui ne nous rejoignent pas nous dispersent au loin.

Il étudia l'expression déterminée de la bouche du fossier.

— Mais nous aurons pitié de ceux qui ont montré de la pitié.

— C'est-à-dire ? s'enquit Pike.

— Il mourra plus vite que les autres.

Le chef des rebelles vida sa chope qu'il reposa à grand bruit sur la table.

— Nous devons partir, dit le Chien en se levant. Dans un mois, Pike, nous reviendrons. Nous voudrons savoir combien d'hommes tu peux rassembler, combien d'archers, combien de piques.

Le jeu de mots sur le nom du fossier lui arracha un sourire.

Le reste du groupe lui emboîta le pas. Pike ne prit pas la peine de les regarder sortir. Il était sur le point de se détendre et de crier qu'on lui apporte une autre chope quand il sentit qu'on lui agrippait l'épaule : le Chien colla son visage émacié contre le sien, si près que le fossier tressaillit en sentant l'haleine fétide de l'homme.

— Tu n'entendras plus parler de Wolfsbane ! souffla-t-il en jetant un linge souillé dans le giron de Pike.

Pike déglutit péniblement à cette mention de leur représentant à Cripplegate.

— Pourquoi ? Que s'est-il passé ? bégaya-t-il.

— Il a trahi et a été trop bavard, expliqua le Chien en écrasant l'épaule du fossier.

La peur glaça Pike. Quand il se décida à regarder par-dessus son épaule, les chefs rebelles avaient disparu. Il déplia lentement le tissu taché de sang et contempla avec horreur son contenu : une langue humaine, grise et racornie, bien que le bout en fût encore sanglant. Pike, les mains toujours serrées sur son lugubre paquet, l'estomac retourné, se rua hors de la taverne. Une fois dehors, il jeta le chiffon dans un égout et, incapable de se maîtriser, s'agenouilla et vomit tout ce qu'il venait de boire. Une heure plus tard, le fossier, un peu calmé, emprunta, chancelant, les ruelles étroites. Il était retourné au *Cheval pie* et avait englouti une autre pinte avant que sa terreur ne disparaisse. Mais la bière ne l'avait pas rendu plus courageux, et il regrettait amèrement à présent de ne pas avoir suivi les conseils de frère Athelstan. Parvenu au bout de la ruelle et oscillant d'un côté à l'autre, il se traîna péniblement vers les marches de St Erconwald.

Il s'arrêta : la porte était close et il ne voyait nulle lumière. Il regarda vers le presbytère mais lui aussi était enveloppé de ténèbres. Pike tapota la narine de son nez rouge et boursouflé.

— Je sais bien où te trouver ! murmura-t-il.

Il fit demi-tour en vacillant et leva les yeux vers le sommet du clocher. Se découpant sur le bleu sombre du ciel étoilé, il aperçut la lueur de flammes et une silhouette noire qui se déplaçait.

— Tu étudies tes damnées étoiles ! maugréa-t-il.

Il cligna des yeux avec lassitude et s'assit sur l'escalier de l'église.

— Si seulement je pouvais être avec toi, grommela-t-il, bien loin de toutes ces sottises.

Il plongea le visage dans ses mains, méditant avec désespoir sur sa situation. Londres était maintenant un réservoir bouillonnant de mécontentement. Les taxes étaient écrasantes, la nourriture se faisait rare, les Français brûlaient et ravageaient les villes côtières. Qui plus est, dans les campagnes, les meneurs des paysans, représentants de ce qu'ils appelaient la Grande Communauté du Royaume, complotaient une sauvage révolte qui balaierait Église et État. Pike soupira. Parfois cela paraissait séduisant, mais cela réussirait-il ? Le cas échéant, ce second État serait-il meilleur que le premier ? Et qu'adviendrait-il de frère Athelstan ? Mourrait-il ? Serait-il pendu devant la porte de l'église comme les chefs des rebelles avaient juré que le seraient tous les prêtres ? Et si la rébellion échouait, que se passerait-il alors ? Pike, soûl et chancelant, se releva. Frère Athelstan avait raison. Tous les gibets de Londres crouleraient sous leurs charges de dépouilles humaines pourrissantes. On dresserait des potences d'ici à Douvres et le régent ne ferait grâce à personne.

— Te sens-tu bien, Pike ?

Le fossier pivota et gémit. Watkin, le ramasseur de crottin, râblé et bouffi comme un crapaud, sa large figure rubiconde rendue plus luisante encore par la bière qu'il avait ingurgitée, s'avançait d'un air fanfaron en faisant tourbillonner sa pelle comme un chevalier l'aurait fait de son épée.

— Bonsoir, Watkin.

Pike cilla et tenta d'affermir sa voix.

Watkin était le chef du conseil paroissial, un poste

que Pike convoitait ardemment. Il était incapable de s'en emparer, non à cause de Watkin lui-même, qui était un fieffé imbécile, mais à cause de la redoutable épouse à la langue vipérine de ce dernier. Le ramasseur de crottin fit une pause près du fossier en s'appuyant sur sa pelle.

— Tu as bu.

— Je ne suis pas le seul, rétorqua Pike.

— Nos femmes vont se lamenter, ajouta Watkin sournoisement, mais un peu moins si on leur dit qu'on travaillait aux affaires de la paroisse.

Pike eut un sourire complice et les deux hommes titubèrent dans la ruelle, chacun ressassant l'histoire destinée à apaiser la colère de son épouse. A mi-chemin, Bladdersniff, le dizainier[1], tout aussi ivre, les rejoignit. Ils ne pouvaient rien faire d'autre que d'aller étancher leur soif dans un petit cabaret avant de continuer leur route. Ce besoin assouvi, tous trois tenaient à peine debout, aussi se dirigèrent-ils en vacillant, bras dessus bras dessous, vers l'église. Comme ils se le confièrent mutuellement en chuchotements fort audibles, ils pourraient dormir dans le dépositoire et inventer de nouvelles excuses le lendemain.

Athelstan avait, semblait-il, quitté la tour au moment où ils arrivèrent à St Erconwald. Ils se faufilèrent ensemble dans le cimetière et se dirigèrent, parmi les tertres et les croix usées par les intempéries, vers le charnier, à l'autre extrémité. Pike, le doigt sur les lèvres, ordonna aux deux autres d'attendre pendant qu'il s'occupait du verrou.

— Oh, que Dieu nous garde, murmura-t-il, c'est déjà ouvert !

Il fit quelques pas mal assurés, sortit de l'amadou et alluma le lumignon d'un jaune foncé qui se trouvait sur son support de cuivre au milieu de la table. A peine l'eut-il fait qu'il entendit du bruit à l'autre bout de la

---

1. Membre du guet veillant à l'exécution des décisions du pouvoir municipal. (*N.d.T.*)

salle. S'emparant de la chandelle et se retournant d'un coup, Pike, horrifié, fixa la forme sombre accroupie sur le cercueil paroissial. La silhouette se rapprocha. Le fossier aperçut des yeux flamboyants, de redoutables dents découvertes et un visage sombre, violacé, au milieu d'un halo de cheveux noirs et hirsutes.

— Oh, mon Dieu, ayez pitié de nous ! hurla-t-il d'une voix perçante. Un démon sorti de l'Enfer !

Il recula en titubant jusqu'à la table. Le démon le suivit, distribuant de violents coups de patte et touchant Pike à la joue ; le fossier lâcha la chandelle et, perdant connaissance, s'effondra sur le sol.

Le lendemain matin, à *La Gargouille*, taverne proche du palais de Westminster, Henry Swynford, chevalier, l'un des représentants du comté royal du Shropshire au parlement qui siégeait à Westminster, s'assit au bord de son lit et fixa les ténèbres. On aurait eu du mal à reconnaître le galant gentilhomme à la chevelure léonine et argentée, à l'air altier et aux manières désinvoltes. Sir Henry était un pur chevalier. Il avait combattu avec le Prince Noir en France et en Navarre et était, à Shrewsbury, un important personnage : à la fois guerrier, marchand et homme de poids dans la conduite des affaires publiques. Il avait assisté à la gloire du Prince Noir et avait porté les léopards dorés d'Angleterre au-delà de la frontière espagnole. Il ne cessait de le rappeler aux échevins quand ils se retrouvaient dans la salle de réunion du comté de Shrewsbury pour débattre du triste état du royaume, des exigences d'impôts pressantes du régent et du parlement convoqué au nom du roi à Westminster. Sir Henry avait plastronné : lui et ses amis ne consentiraient à avancer de l'argent et à accepter de nouvelles taxes que si Jean de Gand prêtait l'oreille à leurs demandes de réformes radicales.

— Nous voulons une nouvelle flotte, avait tonné Sir Henry, le départ de certains ministres, nous demandons que le régent et la Cour fassent des économies et qu'un parlement soit convoqué tous les ans !

Des cris approbateurs avaient accueilli son discours : Sir Henry et ses amis de Shrewsbury et des environs avaient été élus. Ils s'étaient hâtés vers Londres, avaient retenu les meilleures chambres (louées si bon marché par leurs intendants) à *La Gargouille* et avaient passé la nuit à échafauder des plans, à voix basse, sur la meilleure manière de procéder. Tout avait changé à présent. Dans la chambre voisine gisait Sir Oliver Bouchon, un autre représentant. On l'avait retiré de la Tamise, raide mort, le corps gonflé, sans trace de violence. On prétendait que c'était un accident, mais Sir Henry savait bien que non. Sir Oliver était venu le voir, la veille, dans l'après-midi, juste devant la chapelle de Sainte-Foy. Il avait tiré Sir Henry par la manche, l'avait conduit dans une alcôve pleine d'ombre et avait glissé dans les mains de son ami la chandelle, la pointe de flèche et le morceau de parchemin qui ne portait que ces mots : « Souviens-toi. »

Sir Henry, tout d'abord, avait été intrigué, bien que le changement de comportement de Sir Oliver, agité et le visage terreux, l'eût inquiété : il semblait incapable de maîtriser le tremblement de ses mains.

— Qu'est-ce ? avait murmuré Sir Henry. Qu'est-ce que cela signifie ? Une pointe de flèche, une chandelle et les mots « Souviens-toi » ?

— Avez-vous oublié ? avait grondé Bouchon. Êtes-vous si bouffi d'orgueil, Sir Henry, avez-vous une âme de fer empêchant les fantômes du passé d'y rôder ? Rappelez-vous !

Il avait presque crié.

— Rappelez-vous le Shropshire, jadis, au cœur de la nuit : une chandelle, une pointe de flèche et les mots « Souviens-toi » !

Sir Henry avait senti son sang se glacer.

— C'est impossible, avait-il murmuré. C'était il y a des années. Qui le révélerait ?

— Quelqu'un l'a fait, rétorqua Bouchon. J'ai trouvé

ceci dans ma chambre quand je suis rentré tôt dans l'après-midi.

Et, lui arrachant les objets, Sir Oliver s'était éloigné en hâte avant que Swynford ne puisse le retenir. Sir Henry avait oublié l'incident, mais, ce matin, une créature cauchemardesque, le Pêcheur d'hommes, accompagnée par le coroner du roi en la cité, ce gros imbécile joufflu de Sir John Cranston, avait rapporté le cadavre ruisselant de Bouchon. Le coroner avait tenu sa cour dans la grand-salle en bas, bu trois chopes aux frais de Sir Henry, déclaré que Sir Oliver avait sans doute péri par accident et laissé le corps à ses bons soins. Sir Henry avait payé pour qu'on fasse la toilette du mort. Le lendemain, au matin, il louerait charrette et escorte pour le ramener à la famille de Sir Oliver, à Shrewsbury.

Sir Henry se considérait comme un homme endurci : au fil des ans, d'autres, parmi les camarades avec lesquels il combattait, étaient morts dans les carnages des champs de bataille, en France et au nord de l'Espagne. Mais là il en allait autrement. Sir Henry jeta un coup d'œil sur la table, où se trouvait la source de sa terreur : c'était à lui qu'on avait à présent expédié la chandelle, la tête de flèche et le bout de vélin portant les mots « Souviens-toi ». Il les avait découverts en revenant du parlement, et ni le propriétaire ni les valets n'avaient pu expliquer comment ils étaient arrivés là. Sir Henry repensa au passé. Il se souvint des mots du prêcheur : « Les péchés non pardonnés sont nos démons, avait-il déclaré. Ils nous poursuivent, le pied léger, suivent chacun de nos pas et, alors que nous nous y attendons le moins, referment leur piège. »

Le moment était-il venu ? se demanda Sir Henry. Devait-il aller prévenir les autres ? Il prit le gobelet de vin posé sur le sol et le vida. Il irait d'abord rendre hommage à Sir Oliver. Le prêtre avait sans doute achevé ses oraisons. Sir Henry boucla son ceinturon, ouvrit l'huis et pénétra dans la galerie. La porte de la chambre de Sir Oliver était entrouverte et la lueur d'un cierge semblait lui faire signe. Il entra. Sir Oliver reposait dans son cercueil mais de prêtre, point. Sir Henry se retourna et vit une forme sombre allongée sur le lit.

— Maudit paresseux ! grommela-t-il.

Il s'approcha de la bière et regarda fixement. Le cœur lui manqua : on avait tracé trois croix de sang ; une sur le front du cadavre et une sur chaque joue.

— Les marques ! s'exclama-t-il entre ses dents. Que se passe-t-il ?

Il eut un soubresaut mais trop tard. Le nœud coulant de l'assassin lui enserrait le cou. Sir Henry se débattit mais le garrot était serré et, tout en rendant l'âme, suffoquant et haletant, il entendit ces mots effroyables :

— « *Jour de colère, jour de deuil, ciel et terre seront réduits en cendres. Vois comme tremble le cœur de l'homme...* »

L'esprit agonisant de Sir Henry revit une autre scène, tant d'années auparavant : des corps gesticulant et crachotant suspendus aux branches déployées d'un chêne, croix rouges tailladées sur le front et les joues pendant que des cavaliers encapuchonnés de noir psalmodiaient ces mêmes versets.

CHAPITRE PREMIER

C'était jour d'exécution sur la vaste étendue dégagée de Smithfield. En général, l'endroit était encombré de marchés divers, vendant chevaux, bétail et moutons ; l'espace autour de Smithfied Pond était occupé par les éventaires et les étals offrant cuir, viande et produits laitiers. La foule se rassemblait toujours en ces lieux pour regarder monstres et animaux savants, pendant que montreurs de marionnettes, diseurs de bonne aventure, chanteurs de ballades venus de tous les coins de Londres, charlatans, marchandes de pain d'épice, vendeurs de tambours pour enfants et de poupards de St Bartholomew[1] réalisaient des affaires d'or. Des hommes et des femmes de toutes catégories se retrouvaient à Smithfield : nobles et courtisans, vêtus de soie et de taffetas, marchands coiffés de chapeaux de castor, catins de Cock Lane aux perruques rousses. Les enfants se faisaient peur et s'effrayaient mutuellement en fixant les yeux vitreux des hures de porc coupées empilées en grands tas sur les présentoirs des bouchers. Tout près, à la taverne de *La Main et les cisailles*, la cour des Pieds Poudreux[2] jugeait sommairement ceux

1. Poupées aux vêtements de couleurs vives vendues spécialement lors de la foire de la Saint-Barthélemy. (*N.d.T.*)

2. Cour de justice rudimentaire se tenant spécifiquement pendant les foires et les marchés pour veiller à l'ordre et à l'honnêteté des transactions. Le nom vient du vieux français « pied poudre » qui désignait les marchands itinérants, les colporteurs et les vagabonds. (*N.d.T.*)

que l'on avait surpris à vider les escarcelles, à larronner ou à se livrer à tout autre délit. Les poteaux ensanglantés des piloris étaient donc toujours occupés. Mais le mercredi était jour d'exécution. Le grand gibet à six branches, nœuds coulants pendant, dominait la place du marché ; les malfaiteurs condamnés viendraient de Newgate, passeraient devant l'église du Saint-Sépulcre, s'arrêteraient au cabaret du *Bateau* dans Giltspur Street afin de boire un dernier gobelet avant que l'on enlève l'échelle.

Sir John Cranston, coroner du roi en la ville de Londres, n'avait jamais aimé ces moments-là, mais, en ce mercredi particulier, fête de sainte Hilda, c'était à son tour, en tant que témoin royal, de s'assurer que justice était faite. Perché sur son grand destrier caparaçonné de noir, le cou ceint de la chaîne de son office, il arborait un air solennel sur son visage empâté et un regard froid et dur dans ses yeux bleus bienveillants. De temps en temps sa monture hennissait quand la foule le pressait, mais, sauf pour gratter sa barbe blanche ou tortiller les bouts de sa moustache, Sir John ne bougeait pas.

— Je devrais être chez moi, maugréait-il à voix basse. Assis dans le jardin avec Lady Maude ou contemplant les marmousets en train de poursuivre Gog et Magog.

Sir John avait quatre ardentes passions : d'abord, son épouse et ses fils, ensuite l'amour de la justice, puis son grand traité sur le gouvernement de la Ville et, finalement, une profonde affection pour son secrétaire, frère Athelstan, le dominicain prêtre de la paroisse de St Erconwald, à Southwark, qui l'assistait dans l'éradication du meurtre et d'horribles homicides.

— Et le clairet, chuchota Sir John entre ses dents. Sans oublier la bière de Londres et le doux malvoisie.

Il n'avait jamais su dans quel ordre, en réalité, ces passions auraient dû être rangées. En fait, il les aimait toutes. L'idée qu'il se faisait du paradis était celle d'une spacieuse taverne de Londres, embaumée par des herbes aromatiques et des roses en fleur où lui, Athelstan, Lady Maude et les marmousets pourraient s'installer pour deviser et boire pendant toute l'éternité.

— Je devrais être chez moi, maugréa-t-il à nouveau.

— Plaît-il, messire ?

Cranston se retourna et regarda le scribe du tribunal, Osbert, dont le visage violacé était assombri par l'inquiétude et les petits yeux sombres plissés pour éviter le soleil matinal.

— Rien, bougonna le coroner. J'aimerais simplement que ces bougres se hâtent d'arriver de Newgate.

Comme pour lui répondre, la foule, à l'autre bout de Smithfield, poussa une clameur et commença à s'écarter afin de laisser passer la charrette aux couleurs vives des condamnés. Elle était conduite par le bourreau et son aide, vêtus de noir de pied en cap. Les crinières des chevaux qu'ils menaient étaient retenues par des plumets teints en violet qui se balançaient entre leurs oreilles. Dans la carriole trois hommes en chemise blanche criaient et gesticulaient à l'adresse des spectateurs. Des soldats de la garnison de la Tour avançaient de chaque côté, hallebardes sur l'épaule. Deux cornemuseux suivaient en jouant un air rauque.

« Pourquoi toute cette pantomime ? » pensa Cranston. Dans son traité sur le bon gouvernement de la Ville, il recommanderait au jeune roi d'abolir ce genre d'exécutions et de les limiter à la cour de la prison de Newgate. Il se dressa sur ses étriers et jeta un regard par-dessus la populace qui se pressait contre les palissades en bois gardées par les baillis et les dizainiers de la ville.

— Truands et coquins vont être fort occupés, Osbert, fit-il remarquer. Ils apprécient les grands concours de peuple.

Sir John balaya la place d'un regard furibond, comme si ses yeux exorbités pouvaient découvrir et menacer chacun des malandrins, qui, par myriades, s'affairaient à couper bourses et escarcelles.

La charrette des condamnés s'approcha ; elle finit

par s'avancer sur l'espace découvert devant l'échafaud. Les trois prisonniers, visages sales et non rasés, furent descendus, mains liées. Le franciscain qui se trouvait sur la carriole sauta lestement sur le sol tout en continuant à chanter la prière des mourants, bien que, d'après l'air qu'ils arboraient, les trois félons n'en eussent cure.

— Qu'on en finisse ! dit sèchement Cranston en levant la main.

Les hérauts qui l'encadraient brandirent leurs trompettes, mais l'embouchure était pleine de salive et il n'en sortit qu'un couac.

— Oh, pour l'amour de Dieu ! aboya le coroner quand un chœur de rires salua leurs efforts.

Les hérauts marmonnèrent des excuses et brandirent à nouveau leur instrument. Cette fois, une sonnerie aiguë fit taire les cris de la foule. Cranston talonna sa monture et s'arrêta devant les trois hommes.

— Vous êtes condamnés à la pendaison ! déclara-t-il.

Il fit un signe de tête à Osbert qui déroula un parchemin.

— Vous, William Laxton, proclama le clerc à voix haute, Andrew Judd et William le Peaussier avez été reconnus coupables par les juges royaux de viol, enlèvement, vol d'œufs de faucon et de bétail, chasse illicite de daims, vidage d'une mare, sodomie, désertion des troupes royales, rognage de pièces de monnaie, larcin d'escarcelles, brigandage de grand chemin, dépouillement des morts, magie, sorcellerie et diablerie. Pour cela et divers autres crimes vous avez été conduits en cette place pour être exécutés selon la loi. Avez-vous quelque chose à dire avant que la sentence soit exécutée ?

— Oui. Allez vous faire foutre ! rugit l'un des coquins.

Cranston fit un geste vers le bourreau, mais ce dernier ne bougea pas, les yeux étincelant derrière les fentes de son masque.

— Que se passe-t-il, mon garçon ? tonna le coroner.

— Ils n'ont aucun bien, répondit le bourreau. La loi stipule, reprit-il à haute voix, que les possessions et les vêtements des condamnés appartiennent au bourreau – mais ces bougres-là n'ont plus rien !

— C'est juste, s'exclama l'un des bandits, si vous n'êtes pas payé en bonne et due forme, relâchez-nous !

Cranston ferma les yeux. Il entendait, dans son dos, les rumeurs de la foule qui s'était rendu compte qu'il se passait quelque chose d'inattendu. Il échangea un coup d'œil avec l'officier de la garde qui se contenta de hausser les épaules, de se racler la gorge et de cracher.

Sir John fouilla dans son aumônière et, ignorant les sarcasmes des félons, jeta une pièce au bourreau qui, prestement, la rattrapa de sa main gantée de noir.

— Il y a aussi mon assistant !

Une autre pièce quitta l'escarcelle du coroner.

— Et les cornemuseux !

Cranston lança une troisième pièce.

— Et qu'en est-il de la litière et du picotin du cheval ?

La main de Sir John se posa sur la garde de son épée.

— Bon, ne vous fâchez point ! s'écria le bourreau.

Le coroner se pencha.

— Par tous les diables, mon compère, soit vous pendez ces hommes sur-le-champ, soit je le fais à votre place ! Puis je vous pendrai, vous et votre adjoint, et il restera encore de la place pour ces maudits cornemuseux !

Le bourreau jeta un coup d'œil sur le visage empourpré, sur la barbe et la moustache hérissées de Cranston.

— Que Dieu me garde, maugréa-t-il, vous ne pouvez me reprocher d'avoir tenté ma chance ! J'ai femme et enfants à nourrir. Bien, allons-y, mes gaillards !

Aidé par son assistant et les soldats, le bourreau passa les nœuds coulants autour du cou des fripons qu'il poussa en haut de l'échelle. Sir John leva la main. Derrière lui, quatre soldats commencèrent à battre du tambour.

— Que Dieu ait pitié de vous ! cria le coroner.

Il ferma les yeux et laissa retomber sa main. On enleva les échelles et les trois vauriens se mirent à donner des coups de pied et à tourbillonner dans l'air. La foule resta muette même quand Cranston, paupières toujours closes, fit faire demi-tour à sa monture en chuchotant à Osbert de rentrer tout seul.

Sir John se trouvait dans la cohue et était presque arrivé à Aldergate, quand il s'entendit appeler. Il tira sur les rênes et s'arrêta.

— Que voulez-vous ? demanda-t-il.

Un jeune chevalier portant cotte de mailles, son capuchon sur la tête et vêtu du tabar[1] aux couleurs royales – rouge, bleu et or –, fit avancer son cheval et retira son gant.

— Vous êtes bien Cranston, le coroner ?

— Non, je suis l'archange Gabriel ! se gaussa Sir John.

Le jouvenceau eut un franc sourire. Il plissa les paupières, ce qui donna à ses traits durs un air gamin.

— De grâce ! grogna Cranston en prenant la main tendue de son interlocuteur. Mais je hais les jours d'exécution !

— Personne n'a envie de mourir, Sir John !

— Qui êtes-vous ?

— Sir Miles Coverdale. Capitaine de la garde de Jean de Gand, monseigneur le régent.

— Lord Jean de Gand, duc de Lancastre, chevalier de la Jarretière, oncle bien-aimé du roi, sourit Cranston en récitant la longue liste de titres. Et que me voulez-vous, Coverdale ?

— Je n'ai pas besoin de vous, Sir John. J'ai bien assez de difficultés à Westminster.

---

1. Petit manteau simple. (*N.d.T.*)

Coverdale repoussa son capuchon et essuya sa figure ruisselante de sueur.

Cranston remarqua que la moustache et la barbe proprement taillées du jeune homme recouvraient un profond sillon, une cicatrice, juste sous la lèvre inférieure.

— C'est monseigneur le régent qui m'envoie, continua Coverdale. Il est chez vous, à Cheapside.

Cranston ferma les yeux et gémit.

— Il était inutile qu'il vous dépêche, chuchota-t-il. Je m'y rends de ce pas.

— Votre épouse, Lady Maude, n'était point de cet avis, répliqua Coverdale sans broncher. Elle a fait allusion à une halte possible à *L'Agneau de Dieu*.

Cranston fit tourner son cheval et, tirant sur les rênes, reprit son chemin tout en s'émerveillant en secret du talent que Dieu avait attribué à Lady Maude pour lire dans son esprit.

Ils se dirigèrent vers St Martin's Lane, à travers la fange et les abats de boucherie des Shambles, et parvinrent dans Cheapside : le bruyant marché battait son plein, mais l'espace devant la demeure de Sir John était étrangement désert. La porte d'entrée était cernée de solides sergents portant le tabar royal et d'archers vêtus de la livrée de monseigneur Jean de Gand. Cranston surprit regards noirs et jurons à voix basse lancés par les passants.

— Votre maître le régent, remarqua-t-il en se penchant en avant, n'est point aimé du peuple.

— Aucun homme de pouvoir ne l'est, Sir John !

Cranston grimaça et mit pied à terre, tout en surveillant les flâneurs du regard.

— Leif ! hurla-t-il, Leif, bougre de fainéant, où es-tu ?

Quelques promeneurs, surpris, jetèrent des regards autour d'eux, puis firent rapidement place au famélique mendiant roux unijambiste qui arrivait en boitillant avec l'agilité d'une grenouille au printemps.

— Sir John, que Dieu vous bénisse, est-ce l'heure du souper ?

Leif s'appuya sur sa béquille et, bouche bée près du coroner, fixa Sir Miles.

— Vous avez de la compagnie, Sir John ?

— Occupe-toi des chevaux ! aboya Cranston. Et, quand mes invités partiront, amène le mien à *L'Agneau de Dieu*.

Leif, surexcité, se mit à sautiller : si Sir John avait des hôtes, cela ne signifiait pas seulement des ragots qu'il pourrait répéter maintes fois, mais aussi, peut-être, une des savoureuses tourtes de Lady Maude et un gobelet du meilleur clairet du coroner. Ce dernier, le front ridé par un profond pressentiment, coupa le cordon de soldats pour conduire Sir Miles dans le logis. Les servantes se blottissaient dans la cuisine, terrifiées par les hommes à demi armés qui avaient envahi passages et couloirs. Le maître des lieux passa devant eux, monta l'escalier, suivit la galerie et ouvrit à grand bruit l'huis du solar[1]. Lady Maude était assise dans l'angle de la cheminée. Les jumeaux de Cranston, chauves, yeux bleus, se ressemblant comme deux gouttes d'eau, s'agrippaient de chaque côté à la robe de sarcenet[2] verte de leur mère, les yeux fixés sur l'étranger somptueusement habillé qui avait osé s'affaler dans la chaire[3] de leur père bien-aimé. L'étranger se leva quand Cranston entra et arrangea la houppelande d'un pourpre profond qui descendait sur ses hautes bottes de cavalier en cuir d'Espagne. Il arborait, autour du cou, un collier richement enchâssé de pierreries, fermé par une broche d'or gravée du double « S » de la maison de Lancastre.

Cranston se redressa et salua.

— Monseigneur, vous êtes le très bienvenu dans notre demeure.

---

1. Pièce généralement exposée au sud où se tenaient de préférence le maître de maison et sa famille. (*N.d.T.*)

2. Soie fine surtout employée pour les rubans et les doublures. D'origine sarrasine. (*N.d.T.*)

3. Chaise à haut dossier. (*N.d.T.*)

Le visage tanné par le soleil de son hôte s'éclaira d'un sourire : il tendit mollement ses doigts chargés de bagues au coroner.

— Cranston, je suis bien aise de vous voir.

Sir John fixa les yeux vert clair de Jean de Gand, duc de Lancastre, et admira en silence le plus beau fils d'Édouard III. Il lui faisait penser à un chat d'argent, avec sa chevelure blond cendré, sa moustache soigneusement taillée et ses yeux – toujours aux aguets – qui révélaient l'orgueil démesuré du régent.

Jean de Gand retira sa main.

— Chaque fois que je vous vois, Sir John, je pense à mon très cher frère, le Prince Noir, dit-il en souriant. Il vous tenait en fort haute estime.

— Votre frère, que Dieu l'ait en Sa sainte garde, était un prince puissant et un noble combattant, répondit Cranston. Je me souviens de lui tous les jours dans mes prières, monseigneur. Je regrette vivement qu'il n'ait pas vu son propre fils couronné roi.

— Mon cher neveu vous envoie, lui aussi, ses salutations, rétorqua le régent, sarcastique. Il parle beaucoup de vous, Sir John. De vous et de votre secrétaire, frère Athelstan.

Lady Maude, derrière lui, s'était levée, son joli minois assombri par l'inquiétude : elle avertit son époux, d'un regard et d'un léger mouvement de tête, de ne pas narguer ce seigneur des plus puissants.

— Désirez-vous du vin, Sir John ? intervint-elle.

— Oui, un gobelet de vin du Rhin, bien frais, répondit le coroner en lui lançant un bref clin d'œil.

Il s'agenouilla et tendit les bras.

— Et du pain aux amandes pour mes fils.

Les marmousets lâchèrent la robe de leur mère et, titubant, se précipitèrent en se bousculant et en heurtant presque le régent pour se jeter dans les bras de leur père. Ce dernier embrassa rapidement leurs joues rouges et poisseuses.

— Beaux rejetons ! sourit Jean de Gand.

— Allez jouer, chuchota Cranston.

— Chiens pas jouer, bredouilla Stephen en désignant l'autre bout du solar où Gog et Magog, les deux lévriers irlandais de Cranston, se tapissaient sous la table.

Le coroner eut un grand sourire. Les chiens ne craignaient personne, sauf Lady Maude. A en juger par leur air abattu, il pouvait dire que son épouse leur avait infligé, à tous deux, une homélie bien sentie sur le comportement qui devait être le leur quand des hôtes se trouvaient dans la maison. Les enfants quittèrent la pièce sur les traces de leur mère. Cranston reprit sa chaire habituelle et fit signe à Jean de Gand de s'asseoir dans celle de Lady Maude. Boscombe, l'intendant, leur apporta du vin sur un plateau, ses grands yeux tristes intensément fixés sur son maître. Dans le couloir, l'un des marmousets commença à pleurnicher. Boscombe leva les yeux au ciel, posa les gobelets de vin sur une petite table entre les deux hommes et se retira en silence. Le coroner prit son gobelet, porta un toast au régent et se désaltéra à grand bruit.

— Je suis un homme occupé, Cranston.

— Alors, monseigneur, nous avons un point commun.

— Et à quels grands crimes vous attaquez-vous à présent ? rétorqua Jean de Gand sur le même ton.

Cranston aurait pu énumérer une liste longue d'un mile. Les truands qu'il poursuivait, les contrefacteurs, les entremetteurs et les voleurs de pommes, les prêtres défroqués qui trempaient dans la sorcellerie... Enfin, conclut le malheureux coroner, les malfaiteurs étaient toujours son lot.

— Les chats, annonça-t-il sans ambages.

Jean de Gand faillit s'étouffer, ce qui amusa grandement Sir John.

— Vous plaisantez, messire !

— Pas du tout, monseigneur. Quelqu'un vole les chats à Cheapside.

— Et cela relève-t-il des attributions du coroner de la ville ?

— Monseigneur, avez-vous déjà rencontré Fleabane ? demanda Cranston. C'est un rusé coquin. Ce qui bouge, Fleabane le vole. Ce qu'il ne peut emporter, Fleabane essaye de le vendre. Je l'arrête de temps à autre. Il est puni, mais il revient toujours à ses anciennes pratiques et considère, quand je lui mets la main au collet, que ce n'est qu'un incident dans la riche tapisserie qu'est la vie. Autrement dit, monseigneur, il y aura des criminels à Londres aussi longtemps que la ville existera. Mais il est aussi d'autres crimes où des innocents sont profondément blessés, et le vol de ces chats en fait partie. Une vieille dame, à Lawrence Street, en a perdu six, ses seuls compagnons. Un marchand de Wood Street, deux. Et à présent la vieille dame de Lawrence Street n'a plus de famille, et le marchand de Wood Street n'a peut-être plus de moyen de gagner sa vie. Vous comprenez, il achète fruits et céréales dans des fermes environnantes et les engrange dans ses entrepôts. Sans chat, souris et rats pullulent, apportent des pestes et gâtent ce qui est bon.

Le régent, fasciné, posa son gobelet sur la table.

— Et vous ignorez qui est le voleur ?

— En effet, je ne sais pas comment on s'y prend, qui est coupable et ce qu'on en fait. Mais le Pêcheur d'hommes a retiré au moins quatre ou cinq chats morts de la rivière...

Cranston lampa une gorgée de vin.

— ... ce qui est une consolation. J'ai d'abord pensé qu'on les avait tués pour leur fourrure, ou qu'un boucher des Shambles s'était trouvé à court de viande.

Il s'aperçut que le régent pâlissait.

— Oui, monseigneur, il n'est pas rare que les cuisiniers, qu'ils travaillent dans un palais royal ou dans une taverne de Cheapside, servent des tourtes au chat dont la viande est longuement mijotée et apprêtée avec des herbes.

— Bon, bon, assez !

Le régent leva son gobelet mais changea tout à coup d'avis.

— Sir John, déclara-t-il, il va vous falloir quitter

tout ça. Avez-vous entendu parler du parlement que mon neveu le roi a convoqué à Westminster ?

— Oui, vous avez besoin d'augmenter les impôts et les Communes, elles, veulent des réformes.

— Messire le coroner, votre franchise me plaît et, oui, c'est vrai. Les Communes ne m'aiment pas. Elles établissent d'injustes comparaisons entre moi-même et mon frère, que Dieu l'ait en Sa sainte garde. La guerre en France tourne mal. Nos villes côtières sont la proie de pirates français. La moisson a été mauvaise. Le coût du pain est trois fois plus élevé que l'année dernière à la même époque. Bon, je fais ce que je peux. Des barges chargées de grain remontent sans arrêt la Tamise, et le maire et les échevins de la ville ont promulgué des ordres stricts en ce qui concerne le prix du pain.

Cranston détourna le regard. Il savait ce qu'il en était de ces règlements, plus souvent enfreints que respectés, mais il décida de n'en piper mot.

Le régent se pencha en avant.

— Tout allait bien, reprit Jean de Gand. Les Communes étaient rassemblées dans la salle capitulaire de l'abbaye de Westminster. Le président, Sir Peter de la Mare, est un homme de bonne volonté.

Il fit une pause.

« En d'autres termes, vous l'avez acheté », pensa Cranston, qui, une nouvelle fois, garda bouche cousue. Le régent se passa la langue sur les lèvres.

— Quelques-uns des membres nous sont plutôt favorables ; d'autres, surtout ceux qui viennent de Shrewsbury et de Stafford, se révèlent intraitables. Ils constituent un groupe uni comme les doigts de la main, formé de Sir Henry Swynford, Sir Oliver Bouchon, Sir Edmund Malmesbury, Sir Thomas Elontius, Sir Humphrey Aylebore, Sir Maurice Goldingham et Sir Francis Harnett...

— Et ? intervint le coroner.

— Ces chevaliers logent à la taverne de *La Gargouille*, une hostellerie. Lundi soir, Sir Oliver a quitté ses compagnons brusquement : le lendemain matin on a retrouvé son corps, qui ne portait aucune trace de violence, flottant sur le ventre près de Tothill Fields. Nous ignorons si on l'a poussé à l'eau ou s'il a été victime d'un accident. Quoi qu'il en soit, le cadavre a été retiré et transporté à *La Gargouille*, où ses amis ont décidé de louer une charrette pour le ramener à Shrewsbury. Puis, pour réciter des prières pendant la veillée mortuaire, ils ont engagé un prêtre de la chanterie. Il s'est rendu à la taverne hier soir et, semble-t-il, a pris place dans la chambre du mort. Plus tard, une servante est passée devant la pièce : voyant l'huis entrouvert, elle est entrée. Aucun signe du prêtre. Sir Oliver était toujours enseveli dans son cercueil, mais près de lui, sur le sol, se trouvait Sir Henry Swynford, une corde autour du cou.

Jean de Gand s'arrêta. Il tendit la main et joua avec l'anneau filigrané d'argent qu'il portait au doigt.

— Les deux morts sont peut-être des crimes.

Il leva les yeux.

— Ils ont tous deux reçu un avertissement avant de mourir : une chandelle, une pointe de flèche et un morceau de parchemin portant les mots « Souviens-toi ».

Il s'éclaircit la gorge.

— Chaque corps avait aussi de légères mutilations : des petites croix rouges incisées sur les joues et sur le front.

— Et personne ne sait ce que cela signifie ? demanda Cranston.

— Non. Oh, les histoires habituelles courent : ils étaient, tous les deux, aimés et admirés. C'étaient des hommes importants dans leur communauté.

Jean de Gand eut un petit sourire narquois.

— En vérité, c'étaient tous les deux de fieffés bâtards. Ils ont servi dans les guerres, en France, où ils ont amassé un butin grâce au pillage avant de revenir construire leurs manoirs et décorer l'église paroissiale. Ils semblent n'avoir eu aucun ennemi, ce qui, ajouta-t-il avec amertume, est le plus grand des mensonges, si on prend la peine de parler avec leurs métayers.

Le régent reposa son gobelet et se leva.

— Cranston, je me moque qu'ils soient vivants ou morts, qu'ils soient au Ciel ou en Enfer. Mais je ne me moque ni des ragots ni des accusations qui prétendent qu'ils ont été assassinés parce qu'ils s'opposaient au régent, en guise de punition et d'exemple pour les autres.

Il se pencha vers Sir John et, agrippant les accoudoirs de la chaire du coroner, se retrouva nez à nez avec son hôte.

— Messire le coroner, allez à Westminster. Emmenez votre secrétaire, frère Athelstan. Découvrez l'assassin, mettez un terme à ces crimes et, quand ce sera fait, vous pourrez revenir à Cheapside et trouver qui est le voleur de chats.

— Autre chose, monseigneur ? s'enquit Sir John en soutenant le regard de son interlocuteur tout en buvant avec nonchalance.

— Oui.

Jean de Gand se redressa, pouces passés dans son ceinturon.

— Sir Miles Coverdale, capitaine de ma garde, est responsable de la paix du roi en son palais de Westminster. Il vous prêtera main-forte.

Il fit un pas en arrière et esquissa un salut railleur.

— Mes salutations à votre respectable épouse.

Il se dirigea vers la porte.

— Monseigneur le régent !

Cranston ne prit même pas la peine de se retourner.

— Oui, messire le coroner ?

— Je pensais aux chats, monseigneur. En possédez-vous ?

Gand haussa les épaules.

— Est-ce important ?

— Pas vraiment, rétorqua Sir John par-dessus son épaule. Notre roi est jeune et son père est mort. Je me remémorais le proverbe, « Le chat parti, les souris dansent ».

Il but une gorgée de vin et sourit en entendant la porte claquer derrière lui.

Dans l'église paroissiale de St Erconwald, à Southwark, frère Athelstan, bien contre son gré, tenait un conseil paroissial plénier près des fonts baptismaux, au seuil de la porte principale. Il était assis, comme d'habitude, dans la cathèdre à haut dossier, apportée spécialement pour l'occasion : en face de lui, les membres du conseil, installés sur des tabourets, formaient un demi-cercle et attendaient son jugement. Sur le couvercle de bois des fonts baptismaux s'étirait Bonaventure, le gros matou couvert de plaies et de bosses, qu'Athelstan, en secret, considérait comme son seul paroissien digne de confiance. De temps en temps, l'unique œil d'ambre de Bonaventure s'ouvrait, un bref instant, et le chat contemplait Ranulf, le tueur de rats, comme s'il connaissait le désir secret qu'avait ce dernier de l'acheter. Après tout, nul, dans la paroisse, n'ignorait les prouesses de Bonaventure, grand exterminateur de la gent trotte-menu. Mais aujourd'hui, alors qu'Athelstan aurait dû s'occuper des comptes paroissiaux et laisser Bonaventure partir en chasse, il lui fallait tenir cette réunion spéciale : Watkin, Pike et le bailli Bladdersniff avaient tous communié à la messe du matin puis avaient affirmé, sous la foi du serment, avoir vu un démon tapi dans le dépositoire.

— Il était noir, avait trompeté Watkin si fort que même les poils de ses narines largement ouvertes semblaient hérissés de colère. Il était énorme, avec des yeux flamboyants, une figure hideuse, rouge et bleue autour de la bouche et il se déplaçait comme l'éclair.

— Vous aviez bu, ricana Mugwort, le carillonneur. Pernel la Flamande vous a aperçus tous les trois : sur les six, vous n'aviez même plus un seul membre solide.

— Sur les neuf, plutôt, ajouta Crispin le charpentier,

mais personne ne parut comprendre ce jeu de mots salace.

— Peut-être, grinça Pike en penchant la tête et en montrant les longues zébrures rouges sur ses joues, mais qui a fait ça, hein ?

Athelstan enfonça un peu plus ses mains dans les larges manches de sa bure et se balança doucement. Il glissa un coup d'œil vers Benedicta : il s'attendait à voir ses yeux pétiller de gaieté et ses jolies lèvres maîtriser mal un sourire, mais la veuve semblait soucieuse.

— Qu'en pensez-vous, Benedicta ? questionna-t-il avant que la belliqueuse épouse de Watkin puisse intervenir afin de prendre fait et cause pour son mari.

— Je crois qu'ils ont bien vu quelque chose, mon père.

Benedicta tripota les glands de la ceinture qui entourait sa taille mince.

— J'ai pansé la blessure de Pike : ce sont de profondes marques de griffes. Un peu plus haut, précisa-t-elle, et il aurait pu perdre un œil.

— Vous nous dites toujours...

Tab, le chaudronnier, prit la parole :

— Vous nous dites toujours, mon père, répéta-t-il, que Satan rôde, cherchant qui dévorer.

— C'est vrai, Tab, mais je parlais sur un plan spirituel, de ce monde invisible dont nous ne sommes qu'une partie.

— Mais c'est faux ! s'interposa la femme de Watkin. Dans la paroisse de St Olave, Merrylegs a dit qu'un diable dansait autour du clocher comme moi j'aurais tourné autour d'un mât de cocagne.

— Et j'ai ouï des diablotins chuchoter dans les coins, renchérit Pernel la Flamande. Tout petits, mon père, pas plus gros que le doigt. Je les ai entendus farfouiller dans la charpente.

Athelstan ferma les yeux et pria pour garder son calme.

— A quoi ressemblait-il ? s'enquit Huddle, l'imagier, en désignant le mur opposé sur lequel il s'activait à esquisser, au charbon, une vision merveilleuse du Christ délivrant les âmes.

— Peu importe, intervint le dominicain.

Il jeta un bref coup d'œil à Simplicatas, une jeune femme de Stinking Alley qui lui avait, à voix basse, demandé un entretien après la messe au sujet de son mari disparu.

— Nous avons d'autres sujets à aborder.

— Mais c'est important !

Bladdersniff se redressa sur son tabouret en plissant son nez rubicond et en clignant de ses yeux embrumés par le vin.

— Si vous ne nous croyez pas, mon père, allons au dépositoire. Allons nous rendre compte par nous-mêmes.

Ses compagnons ne semblèrent guère partager son enthousiasme, mais Athelstan vit là un moyen de les calmer tous.

— Allons-y.

Il se leva.

— Mon père, j'ai peur, gémit Pernel.

— Ne craignez rien, dit Athelstan en empoignant le crucifix de bois qui pendait à son cou.

Il chassa Bonaventure des fonts baptismaux, déverrouilla et souleva le couvercle de bois, puis, s'emparant de la petite timbale émaillée que tenait Mugwort, y versa un peu d'eau bénite.

— S'il y a un diable au charnier, déclara-t-il, la croix et l'eau bénite le feront fuir bien vite.

Conduit par son prêtre, Bonaventure lui emboîtant dignement le pas, le conseil paroissial quitta l'église. Il traversa le cimetière, emprunta le sentier tracé entre les pierres tombales et se dirigea vers le grand bâtiment peint en noir à l'autre extrémité. La porte bâillait encore sur ses gonds, preuve indiscutable de la fuite des trois hommes la veille. Athelstan se retourna et lança un clin d'œil à Benedicta.

— Restez là. Tous.

Brandissant le crucifix d'une main, la timbale d'eau bénite de l'autre, Athelstan s'avança à grands pas et s'arrêta devant le dépositoire. Il examina le sol, piétiné à l'endroit où Pike et ses deux compères s'étaient bousculés pour sortir.

« Je ne leur ai pas demandé à quoi ils s'occupaient, pensa-t-il. Sans doute à quelque beuverie : j'espère simplement que Cecily la ribaude ne les accompagnait pas. Les seules personnes supposées s'étendre dans ce cimetière sont les morts. »

Il entra dans le dépositoire et sentit immédiatement une odeur fétide et âcre.

— Pour l'amour de Dieu, du courage ! s'admonesta-t-il entre ses dents.

Il déposa la timbale d'eau bénite sur la longue table tachée et examina les lieux. L'odeur le prit à la gorge et le fit tousser. Il sortit de l'amadou de son escarcelle et, essayant de maîtriser le tremblement de ses mains, alluma un lumignon et le leva ; la pièce sombre et caverneuse s'emplit d'ombres vacillantes.

— Lève-Toi, ô Seigneur, pour me défendre de mes ennemis ! chuchota-t-il en citant les psaumes.

Il fit le tour de la salle avec prudence. Il gardait toujours l'endroit fort propre. Il frottait la table et balayait le sol chaque semaine. Il y avait une petite fenêtre, percée haut dans le mur, et quand une dépouille gisait là, il brûlait toujours de l'encens ; il l'avait fait deux jours plus tôt quand Mathilda, la couseuse, avait été étendue dans l'attente de son enterrement. Alors d'où provenait cette horrible odeur ? Athelstan posa le lumignon et, prenant le gobelet d'eau bénite, aspergea l'endroit.

— Au nom du Père, du Fils et du Saint-Esprit ! récita-t-il, mais, ce faisant, les hypothèses se bousculaient dans son esprit.

Il se souvint d'un récent message du grand maître de son ordre à propos des manifestations démoniaques : la violence, les phénomènes inexpliqués.

« Oui, se dit-il, c'est une odeur infecte qui fige l'esprit et épouvante l'âme. Absurde ! » ajouta-t-il.

— Mon père ?

Il pivota sur ses talons. Benedicta se dressait sur le

seuil. Elle fit quelques pas dans le dépositoire, puis, se couvrant le nez et la bouche d'une main, recula tout d'un coup. Athelstan la suivit.

— Benedicta, qu'y a-t-il ?

La jeune femme était blême.

— Hier soir, mon père... Je ne voulais pas en parler, mais j'étais dans mon verger juste après le crépuscule et, sous le pommier, j'ai aperçu une hideuse forme sombre.

Athelstan regarda les yeux effrayés de Benedicta.

— Vous ne croyez sûrement pas à tout ça ?

— Athelstan !

Le dominicain se retourna. Sir John Cranston était campé à l'autre bout du cimetière, jambes écartées.

— Oh, que Dieu nous garde ! souffla Athelstan. Satan à Southwark, c'est déjà beaucoup, mais si Cranston s'en mêle !...

CHAPITRE II

— Ainsi vous croyez qu'un démon rôde à Southwark ? demanda Moleskin le passeur quand Athelstan et Cranston montèrent dans sa barque, prêts pour le trajet jusqu'à Westminster.

— Il y a un tas de fieffés gobelins à Southwark ! rétorqua le coroner en avalant une gorgée de la gourde « miraculeuse », toujours pleine et à portée de main, qu'il dissimulait sous sa chape. Et, de plus – il claqua des lèvres et reboucha le flacon –, la plupart sont des membres de la paroisse de frère Athelstan.

Moleskin lui adressa un regard noir de sous ses sourcils et s'échina sur les avirons, poussant son embarcation à travers les eaux agitées de la Tamise. Pour se consoler, il jeta un coup d'œil au prêtre de sa paroisse. Mais Athelstan, bien encapuchonné, fixait les volutes de brume qui s'élevaient dans le soleil matinal. Sir John, taquin, le poussa du coude.

— Allons, mon frère, vous n'avez pas pipé mot depuis que nous avons quitté l'église ! Courage ! Benedicta veillera à ce que tout se passe bien. Et, si le diable réapparaît, elle peut le séduire avec son minois attrayant et ses manières ensorcelantes.

— Il ne s'agit point d'amusette, Sir John, répondit le dominicain. Elle a vu une silhouette dans son jardin et Pike a vraiment été attaqué. Une effroyable créature était blottie dans notre dépositoire hier soir.

— Mais était-ce bien un diable, un démon ? s'exclama Cranston. Promenez-vous dans la ville, mon frère. Vous y verrez maints Lucifer vêtus de la soie la plus fine, savourant les meilleurs vins et sentant si délicieusement bon !

— Mais là, c'est différent ! insista Athelstan.

Il sourit au batelier.

— Moleskin, continue de ramer. Ce que tu entends n'est pas matière à discussion à la taverne du *Cheval pie*. C'est l'enseignement de notre Sainte Mère l'Église.

Le dominicain s'anima et désigna les flots tumultueux de la Tamise.

— Vous comprenez, Sir John, deux mondes coexistent dans ce fleuve. Celui de la surface et celui du dessous. Ils agissent l'un sur l'autre. Ils sont liés, et pourtant nous ne voyons que ce qui est à la surface ; sous la Tamise, il existe un autre univers : épaves, poissons, plantes, diverses créatures vivantes. Dieu a créé un monde visible et un monde invisible. Quand nous prions, nous pénétrons dans le monde invisible.

Il fit une pause pour admirer une longue file de cygnes au mince cou arqué et aux ailes dressées qui nageaient tranquillement.

— Que se passe-t-il, Sir John, si ces intelligences et ces forces hostiles à Dieu et à l'homme se manifestent dans notre monde ? Oh, je ne parle ni de lutins ni de sorciers, mais d'autre chose.

— Ce n'est point la seule chose qui vous tourmente, n'est-ce pas ? s'enquit le coroner.

— C'est vrai.

Athelstan hocha la tête.

— Je me fais du souci pour Pike. Joscelyn, le propriétaire du *Cheval pie*, m'a parlé de ses rencontres secrètes avec des hommes qui se donnent des noms d'animaux : la Fouine, le Renard...

— La Grande Communauté du Royaume ? demanda Cranston.

— Oui, Sir John, la communauté paysanne qui fomente une rébellion.

Il eut un geste sceptique.

— Tout cela se terminera dans le sang, et Pike sera pendu.

Cranston observa la berge. Il apercevait le clocher étincelant de St Paul et la grande croix qui surmontait la flèche, enveloppée de célèbres reliques en guise de protection contre la foudre.

— Pike a raison, maugréa-t-il. Oh, non pas de comploter, mais il est vrai qu'il y a de la violence dans l'air.

Il désigna une longue rangée de barges qui se dirigeaient vers Queenshithe.

— Des bateaux de grain, les informa Moleskin.

— Je sais, dit sèchement Sir John.

Mais Moleskin, imperturbable, reprit :

— Sans eux, le pain manquerait dans les boulangeries. La corporation achète du blé à l'étranger.

— Où vont-ils ? questionna le dominicain.

— Aux entrepôts d'East Watergate, lui apprit le passeur. Vous devriez y emmener Bonaventure, mon frère. Les barges regorgent de rats et de souris.

— Cette rébellion, quand pensez-vous qu'elle éclatera ? s'inquiéta Athelstan.

— Cet été, ou le prochain, répondit Cranston.

— Et que ferez-vous alors, Sir John ?

— Je mettrai casque et armure et me rendrai à la Tour pour m'enrôler sous la bannière du roi. Je suis son coroner.

Il fit une pause.

— J'espère simplement que ni Pike ni l'une de vos ouailles ne se retrouvera à la pointe de mon épée.

Il se rapprocha.

— Et vous, mon frère, que ferez-vous ? Les rebelles disent que ceux qui ne les rejoindront pas mourront, et ils n'aiment guère les prêtres.

— Je me lèverai tous les matins, si Dieu le veut, expliqua Athelstan. Je donnerai son bol de lait à Bonaventure. Je verrouillerai mon église, m'agenouillerai sous le jubé, célébrerai la messe et m'occuperai de mes affaires.

Cranston, agacé, claqua des doigts.

— Et vous pensez que vous serez en sécurité ? gronda-t-il.

Athelstan saisit sa grosse main.

— Sir John, je fais ce que je peux. Le prieur a déjà abordé cette question. Il veut que les membres de notre ordre quittent la capitale jusqu'à ce que la crise soit passée.

Les yeux bleus du coroner étincelèrent de fureur.

— Et, en parlant de la Tour, ajouta en toute hâte Athelstan désireux de changer de sujet, cela aussi me soucie.

— Que voulez-vous dire ?

— C'est Perline, l'interrompit Moleskin.

L'inquiétude assombrissait à présent le visage ridé du batelier. Athelstan, en secret, admira la façon dont il pouvait, en même temps, adroitement tendre l'oreille et pourtant ramer avec tant d'habileté.

— Perline Brasenose, précisa Athelstan. Un jouvenceau écervelé : sa mère était une gueuse qui l'a élevé n'importe comment. Il a passé une année dans l'escorte du comte de Warwick, puis l'a quitté et a épousé Simplicatas, une de mes paroissiennes. Il est jeune et honnête, déclara le dominicain, mais un peu tête brûlée, attiré par la malice comme les abeilles par le miel.

— Et ? demanda le coroner.

— Il a disparu.

— Je l'avais prédit ! s'immisça Moleskin.

— Oh, tais-toi ! s'exclama Athesltan. Pour l'amour de Dieu, sois un peu charitable ! Perline est entré dans la garde royale à la Tour. J'ai cru qu'il s'y tiendrait et voilà qu'il a disparu.

Il joua avec la cordelette qui lui ceignait la taille.

— Et, avant que vous ne le fassiez remarquer, Sir John, certains hommes peuvent abandonner leur épouse, mais pas Perline. En dépit de toutes ses erreurs, il aimait Simplicatas, mais personne n'a la moindre idée de ce qu'il est devenu. Ne pourriez-vous pas ouvrir l'œil et si vous entendez quelque chose... ?

— Moi, je l'ai vu, dit le passeur en jetant un regard blessé au prêtre de sa paroisse. Je l'ai aperçu il y a deux nuits. Il était sur le quai, tout près des marches de St Mary Overy. Je faisais traverser l'un des chevaliers du parlement.

Il cessa de souquer et se reposa sur ses avirons.

— C'est vrai. C'était Sir Francis Harnett de Stokesay, dans le Shropshire. Étrange petit homme que celui-là !

Il reprit ses rames.

— Tout frétillant, assis là à votre place.

— Et qu'allait faire un distingué membre du parlement à Southwark ? railla Cranston.

Moleskin se contenta de cligner de l'œil pendant qu'Athelstan détournait le regard. « Oui, pensa-t-il, que cherchent les riches à Southwark, si ce n'est une jeune catin toute fraîche dans un des nombreux bordels de l'endroit ? » Il adressa un regard au passeur.

— Et Perline ?

— Il l'attendait sur l'escalier du quai. Le chevalier monte, Perline lui serre la main et les voilà partis dans les ténèbres.

Moleskin fit une grimace.

— Je n'en sais pas plus.

Athelstan soupira et pressa le bras de son ami.

— Sir John, l'affaire de Westminster..., de quoi s'agit-il ?

Cranston se tapota la narine et fit un signe de tête en direction de Moleskin ; Athelstan se rencogna à la poupe. L'embarcation, à présent au mitan des eaux, suivit la courbe du fleuve, passa devant Whitefriars et Temple et se dirigea vers la rive nord. Moleskin, rames fermement en main, évita avec dextérité les barges à ordures, un vaisseau de guerre se dirigeant vers Dowgate, des bateaux de pêche, l'interminable file de navires chargés de grain et divers bâtiments qui venaient approvisionner les marchés de Londres. La brume se levait. Le dominicain aperçut les clochetons et les flèches de Westminster étincelant au soleil levant. Il ferma les yeux et commença à réciter en silence le « *Veni Creator Spiritu* », demandant assistance pour régler les difficultés qu'il devait affronter dans sa paroisse, tout comme celles qui l'attendaient à Westminster. Pendant qu'ils se rendaient sur le quai, Sir John, tout en couvrant d'injures bon enfant les paroissiens de son ami, avait commencé à lui narrer la visite du régent, la mort de Sir Henry Swynford et celle de Sir Oliver Bouchon. Athelstan avait compris qu'une fois encore ils pourchassaient un fils de Caïn. Le plus souvent, dans son travail avec Cranston, ils avaient affaire à des crimes passionnels – coups de poignard dans une taverne, sauvage querelle entre un homme et sa femme, mort d'un mendiant écrasé par un chariot –, mais, de temps à autre, quelque chose de plus sinistre, de diabolique, émergeait des ténèbres : un meurtre de sang-froid. Athelstan pressentait qu'à Westminster, nommée le Repaire des Corbeaux par Sir John, de sanglants assassinats avaient eu lieu et que le pire restait encore à venir.

Il en était au vers « Vie immortelle, vie divine », quand Cranston lui enfonça un doigt dans les côtes. Athelstan ouvrit les yeux et constata qu'ils étaient arrivés à King's Steps. Moleskin se reposait sur ses avirons et lui jeta un regard étonné.

— Je suis désolé, murmura le dominicain, et, quittant la barque derrière son ami, il monta les marches moussues et glissantes puis emprunta le chemin qui menait à l'une des cours du palais.

Il se trouvait au milieu d'imposants édifices : Westminster Hall où siégeait la cour du roi, l'église St Margaret et, dominant les autres, la chapelle d'Édouard le Confesseur, dont les hautes tours s'élançaient vers le ciel. Westminster était toujours animée. Colporteurs, vendeurs, manouvriers et marchands gagnaient tous leur vie grâce à ceux qui s'attroupaient en ces lieux :

plaignants, accusés, juristes, shérifs et, à ne pas négliger, membres du parlement.

Cranston demanda au dominicain de l'attendre près d'une énorme croix de pierre et pénétra dans l'abbaye par une porte latérale. Il fut absent un long moment. Athelstan eut donc le loisir, assis sur l'escalier qui menait à la croix, de regarder les juges – coiffes rouges et toges noires bordées d'hermine – passer en hâte et les avocats aux capuchons blancs déambuler, bras dessus bras dessous, têtes rapprochées, en débattant des points les plus subtils d'un statut ou d'une chicane sur la loi. Il sourit quand un marchand ambulant fit irruption en criant à tue-tête : « Huîtres ! Huîtres fraîches à vendre ! »

Deux baillis vinrent ensuite, menant une file de prisonniers. Athelstan jeta un regard compatissant aux captifs. Ils étaient tous en haillons et non rasés. Les geôliers des prisons de la Fleet ou de Newgate leur avaient déjà dérobé bottes et chaussures. Les baillis s'arrêtèrent pour se désaltérer près d'un vendeur d'eau. Le dominicain se leva, glissa une pièce à l'apprenti et, saisissant son seau et sa louche, remonta la rangée de prisonniers en faisant boire chacun d'eux. Grâce au ciel, les baillis ne protestèrent pas et Athelstan venait de rendre le seau en murmurant des remerciements quand il aperçut un visage qu'il reconnut.

— Cecily ! hurla-t-il.

La jeune femme blonde, vêtue d'une longue robe de taffetas jaune, regarda autour d'elle, surprise. Athelstan remarqua qu'elle avait souligné ses yeux de khôl et lourdement fardé de rouge ses joues et ses lèvres.

— Cecily, cria-t-il, viens ici !

Elle s'avança d'un pas léger, arborant la mine innocente d'un ange.

— Mon père, quelle surprise ! Que faites-vous ici ?

Athelstan s'appliqua à garder l'air sévère.

— Ce qui importe, Cecily, c'est de savoir ce que toi tu fais céans !

Elle ouvrit sa petite bouche mutine.

— Et ne mens pas, la prévint le dominicain. Tu n'étais pas à la messe ce matin et nous avions un conseil paroissial important.

Il lui prit la main et fourra l'un de ses précieux pennies entre ses doigts.

— Va-t'en, à présent, ordonna-t-il. Va à King's Steps. Tu y trouveras Moleskin. J'ai besoin de toi, Cecily.

Il se pencha.

— On a vu un démon près de St Erconwald.

Il saisit sa main chaude et tenta de ne pas broncher en sentant le parfum bon marché dont la jeune femme s'était aspergée.

— Vas-y, va aider Benedicta ! Éloigne-toi d'ici !

Cecily se mordit les lèvres et acquiesça d'un signe de tête. Athelstan la poussa doucement.

— Va directement là-bas ! lui enjoignit-il. Je demanderai à Benedicta à quel moment tu es arrivée.

La jeune femme avait déjà pris ses jambes à son cou. Athelstan espéra sans trop y croire que la curiosité de Cecily pour le démon l'emporterait peut-être sur les raisons qu'elle avait de rester dans les parages. Il s'assit à nouveau sur les marches et jeta des coups d'œil furieux autour de lui en remarquant les jeunes femmes qui s'attroupaient, bruyantes comme des étourneaux.

— C'est la maison de Dieu, maugréa-t-il.

Il foudroya du regard deux jouvencelles qui coquetaient avec un avocat à la mise trop recherchée.

— Sir John a raison ! C'est bien le Repaire des Corbeaux !

Il comprit qu'un tel endroit puisse attirer des gens comme Cecily. Des hommes, venus de toute l'Angleterre, s'y rassemblaient : débarrassés de leur épouse et de leur famille, ils entendaient bien profiter pleinement de leur court moment de liberté pour satisfaire tous leurs caprices. Athelstan contempla l'abbaye. Le parlement apporterait peut-être un mieux. Même ses ouailles en parlaient.

Pike le fossier, pourtant, s'était montré cynique, comme toujours.

— Seuls les juristes vont au parlement, avait-il déclaré, et nous savons que ce sont tous des menteurs !

Il avait baissé la voix.

— Mais quand ça arrivera, quand le grand Changement arrivera, nous les pendrons tous.

— Vous rêvez, mon frère ?

Le dominicain leva les yeux tout d'un coup. Cranston était en train de replacer le bouchon de liège sur sa gourde miraculeuse.

— Presque toute l'abbaye est interdite, expliqua-t-il. Les Communes siègent dans la salle capitulaire et y resteront bien avant dans l'après-midi.

Il aida son compagnon à se relever.

— Allons donc voir les cadavres. Ils sont tous les deux dans leur cercueil à la taverne de *La Gargouille*.

Il conduisit Athelstan hors de l'enceinte de l'abbaye, le long de calmes rues écartées, et ils passèrent sous un portail voûté pour pénétrer dans la vaste cour devant *La Gargouille*. C'était un long bâtiment spacieux de deux étages à la façade joliment peinte. Le plâtre blanc brillait entre les poutres noires vernies. La taverne avait un toit de tuile et des fenêtres à l'élégant châssis garnies de verre. La cour bourdonnait d'activité : palefreniers et valets faisaient entrer et sortir des chevaux et un maréchal-ferrant, ruisselant de sueur, tapait sur son enclume. Oies et poulets, grattant la terre à la recherche de grains, se rassemblaient aux portes des écuries. Des chiens jappaient et d'énormes porcs aux ventres rebondis, les oreilles battantes, fouillaient du groin un grand tas de fumier noir.

Ils entrèrent dans le couloir. Le dallage était récuré, les murs chaulés, l'air sentait bon les plantes aromatiques et les fumets de la cuisine. La grand-salle était vaste et claire : entre les poutres noires, le plafond était percé d'ouvertures et, à l'autre bout, de grandes fenêtres ouvertes donnaient sur le jardin et sur l'un des plus grands viviers qu'Athelstan eût jamais vus.

Quelques clients, essentiellement des bateliers du fleuve, avaient pris place mais, là encore, les juristes en nombre, installés dans de petites alcôves, manuscrits posés sur la table devant eux, bavardaient à voix basse avec affectation.

— On ne croirait pas que la dépouille de deux victimes d'assassinat se trouve céans, n'est-ce pas ? chuchota Athelstan à l'oreille de Cranston qui claquait des lèvres en embrassant la pièce du regard. On ne boit pas, le prévint le dominicain. Souvenez-vous que nous avons à travailler pour le Repaire des Corbeaux !

— Que désirez-vous, messires ? s'enquit un homme grand et fort.

— Rien pour le moment, répondit Cranston, sauf dire un mot au propriétaire.

L'homme écarta les bras.

— Il est en face de vous. Je suis le tavernier, Cuthbert Banyard, né et élevé sous le carillon des cloches de St Mary-le-Bow.

Athelstan dévisagea le bonhomme. Une épaisse moustache noire barrait son visage dur et arrogant, tanné par le soleil. Ses yeux étaient profondément enfoncés et son nez légèrement incurvé ; son menton rasé avec soin et ses lèvres minces lui donnaient un air obstiné. « Voilà quelqu'un qui sait où est son profit », pensa-t-il.

L'homme montra la cotte-hardie tachée qui lui descendait sous les genoux.

— C'est un jour avec viande, expliqua-t-il. Il faut la découper et le sang jaillit.

— Comme dans un meurtre, rétorqua le coroner.

Banyard eut un mouvement de recul.

— Je suis Sir John Cranston, coroner de la ville. Et voici frère Athelstan, mon secrétaire, prêtre de la paroisse de St Erconwald à Southwark.

L'homme sourit avec déférence.

— Messire le coroner, en quoi puis-je vous être utile ?

— D'abord, dit Cranston sans tenir compte du soupir de son ami, en m'apportant une chope de bière. De la meilleure, souvenez-vous, pas la lie d'un tonneau déjà mis en perce. Et qu'est-ce qui fleure si bon dans votre cuisine ?

— Un chapon aux champignons et aux oignons.

— Une part !

Cranston regarda Athelstan.

— Non, deux portions. Que voulez-vous boire, mon frère ?

— De la bière, répondit ce dernier, résigné.

Sans plus de façons, le coroner se dirigea vers une table près de la fenêtre ; ignorant les coups d'œil d'avertissement du dominicain, il se mit à énumérer les différents simples qui croissaient dans le jardin.

— Voici la cardiaire, professa-t-il. On la reconnaît à sa tige dure et brune : elle rend les mères joyeuses, calme la matrice, fait uriner, chasse le phlegme de la poitrine et tue les vers dans les entrailles.

Il se retourna en se frottant les mains quand le tavernier leur apporta deux plats d'étain garnis de délicats morceaux de chapon nappés d'une épaisse sauce et deux pots de bière. Cranston et Athelstan sortirent leur cuillère de corne. Athelstan, sans grand appétit, se contenta de grignoter. Sir John finit sa part puis attaqua celle de son compagnon avec la même gourmandise. Une fois qu'il eut terminé, il appela d'un geste Banyard qui se tenait dans un coin d'où il les surveillait avec attention.

— Asseyez-vous, messire. Où sont les corps ?

— En haut. Dans une chambre, déclara le tavernier en s'essuyant soigneusement les doigts sur une toaille [1]. Vous avez bien fait de vous restaurer, messire, avant de les voir.

Le coroner se tourna sur son tabouret et s'adossa au mur.

— Les cadavres ne m'émeuvent point. C'est la

1. Serviette. (*N.d.T.*)

méchanceté humaine qui me navre. Quand a-t-on tué Sir Henry ?

— Tard la nuit dernière. Il s'était rendu dans la chambre de Sir Oliver.

Il désigna une servante blonde, enjouée et pleine d'allant qui, à l'autre bout de la pièce, servait avec empressement un groupe de bateliers tout en riant à leurs plaisanteries.

— Christina a vu la porte ouverte et est entrée. On a dû l'entendre crier jusqu'à Whitefriars ! Je me suis précipité. Sir Oliver reposait dans son cercueil et Sir Henry, raide mort, sur le plancher.

— Et où se trouvaient ses compagnons, les autres chevaliers ? questionna Athelstan.

— Dans leurs logements, pour la plupart.

— La plupart ? s'étonna le dominicain.

Banyard eut un sourire réprobateur.

— Mon frère, j'ai bien assez à faire à m'occuper de cette taverne. Je ne peux vous dire où va chacun de mes hôtes le soir.

Il eut un grand sourire.

— Bien qu'il soit intéressant de faire des suppositions.

— Ce qui signifie ? s'enquit Cranston.

— Messire, il vaudrait mieux les interroger.

— Tous les chevaliers et représentants de Shrewsbury sont donc céans ? questionna Athelstan. Est-ce coutumier ?

— Oui, expliqua Cranston. Les membres du parlement siègent selon leur comté ou leur seigneurie. Le chancelier envoie une missive à chaque shérif du royaume pour le convoquer au parlement. Il réunit ensuite une assemblée des francs-tenanciers du comté qui élisent leurs envoyés.

Le coroner se saisit le menton.

— Voici cent ans qu'il se tient des parlements à Westminster et les Communes commencent à être plus organisées.

— Vous êtes fort savant, messire !

L'admiration de Banyard était manifeste.
— Heu... c'est vrai.
Cranston se racla la gorge.
— J'écris un traité.
Athelstan ferma les yeux en espérant que son ami ne se lancerait pas dans un interminable discours. Ce dernier dut voir sa mine car il sourit d'une oreille à l'autre.
— Il suffit de dire que j'ai étudié toute la question des parlements. Mais, comme je l'ai précisé, les Communes s'organisent peu à peu. Elles ont un rapporteur, se regroupent dans leur propre chambre et ont appris à ne point autoriser de taxes jusqu'à ce que certaines demandes soient octroyées.
Il fit la moue.
— Par conséquent, bien des membres savent des mois à l'avance qu'un parlement sera mandé.
— Et c'est ce qui s'est passé, ajouta Banyard. Il y a quelques semaines les chevaliers m'ont dépêché un courrier pour retenir des chambres. Tous les porte-parole de Shrewsbury sont ici.
— Bien, bien, coupa Cranston, mais quand sont-ils arrivés ?
— Oh, il y a neuf jours. Cinq jours avant l'ouverture du parlement.
— Et avant ces morts, il ne s'est rien passé d'étrange ?
— Rien, répondit l'aubergiste en secouant la tête. Il ne s'est pas produit grand-chose, messire, sauf des discussions. Ils sont tous très doués pour ça. Ils déjeunaient en palabrant et, en revenant de Westminster, s'installaient dans la grand-salle pour des parleries jusqu'à ce que même les chiens tombent d'épuisement.
— Et la mort de Bouchon ?
Banyard montra un coin de la pièce.
— Lui et ses compagnons étaient là-bas, à festoyer et à boire. Oh, ils étaient tous contents d'eux bien que j'aie remarqué que Bouchon semblait calme et renfermé. Ils ont beaucoup bu.

Le tavernier fit une grimace.

— Mais pourquoi aurais-je élevé des objections ? Ce soir-là, ces nobles seigneurs s'entretenaient d'autre chose : des plaisirs de la chair.

— Vous voulez dire d'un bordel ?

— Oui.

Le tavernier semblait mal à l'aise.

— Mais il n'y a rien de tel céans, messires. Je tiens une maison honnête, même si je dois bien confesser que je ferme les yeux sur les femmes qu'ils ramènent.

— Et ce lieu de plaisirs ? insista Cranston.

— Dame Mathilda Kirtles administre un discret logis, répondit Banyard. À Cottemore Lane, un peu plus loin sur la berge.

— Sir Oliver a-t-il suivi ses compères ?

— Oh non ! Vers la fin du repas, il s'est levé, a pris sa chape, remonté son capuchon et quitté la taverne. Les autres l'ont appelé mais il était perdu dans ses pensées. Un instant plus tard, il était parti.

— Et vous ignorez où ?

— Messire le coroner, j'étais occupé ce soir-là. Questionnez mes servantes ici présentes. Je n'ai pas quitté l'auberge un seul instant. Nous avons fermé bien après le couvre-feu. Nous en avons licence, ajouta-t-il en hâte.

Athelstan but une gorgée de bière et embrassa la taverne du regard. C'était, se dit-il, un véritable palais parmi les hostelleries : murs de plâtre fraîchement peints, verte jonchée[1] craquante d'où s'éleva, quand il l'écrasa de sa sandale, le parfum du romarin qu'on y avait éparpillé. Les tables de chêne avaient été exécutées avec soin. Il y avait des tabourets, des bancs solides et même quelques chaires. Sur les étagères s'alignaient des plats de verre et d'étain. Et au-dessus, sur le manteau de la cheminée, une peinture aux couleurs vives montrait une gargouille tordue et enroulée

1. En hiver le sol était couvert de paille, en été on le recouvrait de joncs et de rameaux. (*N.d.T.*)

autour de l'épée du chevalier contre lequel elle luttait. La chère était bien apprêtée et, à en juger d'après les murmures appréciateurs de Cranston, la bière était sans nul doute la meilleure de Londres.

— Votre commerce semble prospère, maître Banyard, commenta Athelstan.

— C'est vrai, mon frère. Très prospère.

— Connaissez-vous la plupart de vos chalands ?

Banyard détourna promptement les yeux.

— Oui, mon frère. Et, si ce sont des étrangers, ils reviennent toujours. Je peux, selon la coupe de la chape d'un homme, dire ce qu'il est : batelier, avocat, messager, bailli, ou l'un des officiers royaux de l'Échiquier ou de la Chancellerie. Mais, avant que vous ne me le demandiez, je n'ai vu personne d'extraordinaire.

— Et la dépouille de Sir Oliver ? s'enquit Cranston.

— On l'a découverte plus bas dans le fleuve. Des pêcheurs l'ont trouvée dans les herbes, près de Horseferry.

— Oh, bien sûr.

Cranston se laissa aller en arrière.

— Je me souviens d'avoir joué là-bas quand j'étais enfant. Les herbes y sont longues, douces et épaisses.

Il sourit à Athelstan.

— C'est tout près de Tothill Fields.

— Comment ont-ils su qu'il s'agissait de Sir Oliver ? s'étonna le dominicain.

— Il avait quelques parchemins dans son escarcelle, trempés mais encore lisibles. Ils ont donc appelé un clerc qui a pu affirmer, d'après la coupe des habits, que c'était un notable : on a rapporté le corps à Westminster où Sir Miles Coverdale, chargé de la garde de l'enceinte du palais, l'a reconnu et renvoyé ici.

— A-t-on mandé un mire ? interrogea le coroner.

— L'homme était mort et puait le poisson, Sir John. Mais non, ajouta en hâte Banyard en voyant Cranston froncer les sourcils, on l'a porté à l'étage. Dans l'après-midi, ses compagnons sont revenus de la salle capitulaire. J'ai loué les services d'une vieille femme de Chancery Lane. Elle a dévêtu la dépouille et lui a passé une chemise.

Le tavernier jeta un coup d'œil au plafond.

— Mais je serai content quand on les emportera, lui et l'autre, au dépositoire à St Dunstan in the West.

— Bien sûr, acquiesça le coroner qui agita sa chope vide sous le nez de Banyard, espérant que ce dernier la remplirait à nouveau.

Mais l'aubergiste, habitué à ce genre de ruses, se refusa même à la remarquer.

— Y avait-il des marques sur le cadavre ? voulut savoir Athelstan.

— Non, pas selon la vieille.

— Et Sir Henry ?

— Eh bien, parmi les amis de Bouchon, c'est lui qui paraissait le plus ému. J'ai proposé de faire quérir un prêtre pour chanter et organiser la veille. Il a accepté. Le père Benedict, un bénédictin chapelain des Communes, expliqua Banyard. Mais il est si occupé que j'ai envoyé chercher un prêtre de St Bride, à Fleet Street. Vous pouvez aller vous informer. Mais pour la nuit dernière, adressez-vous donc à la fille. Christina !

La servante qu'Athelstan avait remarquée plus tôt s'approcha. La chaleur de la cuisine avait un peu empourpré son visage pâle et un ruban fixait solidement sur la nuque ses beaux cheveux blonds. C'était une jolie jouvencelle pétulante aux yeux bleus pleins de gaieté et aux lèvres, se dit en silence le dominicain, faites pour les baisers. Elle portait un léger sarrau taché tendu sur sa généreuse poitrine et elle avait ceint sa taille fine d'une cordelette de laine rouge. Elle adressa un grand sourire à Sir John et cilla avec nervosité en regardant Athelstan, mais, à la façon dont elle répondit au tavernier, le prêtre sut que Banyard était sans nul doute l'amour de sa vie.

— Asseyez-vous, dit Cranston en désignant un tabouret de la table voisine. Il faut vous reposer après tout ce travail. Maître Banyard, de la bière pour nous tous, hein ?

Le tavernier ne bougea pas et le fixa. Cranston soupira et se décida à fouiller dans son escarcelle.

— Et ne vous souciez pas du coût ! dit-il sèchement.

L'aubergiste appela un des valets puis se tourna vers Christina.

— Ne t'inquiète pas, ma fille. Voici l'illustre Sir John Cranston.

Il jeta un regard sournois au coroner.

— Et frère Athelstan, son secrétaire.

Christina battit des paupières avec grâce.

— J'ai entendu parler de vous, messire !

Cranston se rengorgea comme un paon et Athelstan pria en silence pour que la servante cesse ses minauderies.

— Hier soir, questionna-t-il brusquement, quand Sir Henry a été tué... ?

— Étranglé, précisa brusquement la servante en prenant la chope de bière des mains du valet et en la savourant avec gourmandise.

Elle se passa la langue sur les lèvres pour retirer la mousse.

— Comme un poulet. La corde, autour de son cou, était aussi serrée qu'un lacet autour d'une bourse.

— Parle du prêtre à Sir John, insista Banyard.

— Nous étions fort affairés hier soir, commença Christina. Maître Banyard était au cellier.

Elle se tourna pour adresser un sourire extasié au tavernier.

— Un prêtre est venu.

La fille tenait la chope à deux mains puis elle la leva pour la presser contre sa joue empourprée.

— Il était emmitouflé, le visage caché par son capuchon. J'avais beaucoup à faire. J'ai entrevu un chapelet entre ses mains. Je lui ai demandé s'il était le prêtre de la chanterie. Il a fait signe que oui.

Christina haussa les épaules.

— Je lui ai désigné la chambre mais il montait déjà. La grand-salle était pleine, continua-t-elle. Je n'ai plus pensé à lui. Plus tard, j'ai apporté une chope à

Sir Henry Swynford. Il était assis, les yeux fixant les ténèbres. Il n'y avait qu'une bougie allumée sur sa table. Je lui ai demandé s'il se sentait bien et il a murmuré une réponse.

Elle but une gorgée.

— Dis à Sir John ce qui s'est ensuivi.

— Eh bien...

— Excusez-moi, intervint Athelstan.

Il avait observé la servante avec grande attention et s'était demandé si elle n'était pas un peu simple d'esprit : elle bavardait comme une enfant sans réflexion ni crainte.

— Avez-vous vu le visage du prêtre ?

— Remontez votre capuchon, mon père, répondit Christina.

Le dominicain haussa les épaules et s'exécuta de manière à dissimuler ses traits.

— Oh non, mon père, dit la jouvencelle. Comme ça : baissez la tête.

Athelstan obéit. La servante tira sur le capuchon pour le faire descendre plus bas sur la figure puis releva le devant de la chape pour en couvrir la bouche.

— Voilà, mon père, il était comme ça.

Athelstan rabattit son capuchon et, un peu embarrassé, écarta le manteau noir de sa bouche et de son menton. Dans les ténèbres, ainsi accoutré, un grand nombre de ses ouailles ne l'auraient pas reconnu. En fait, le supérieur de son ordre avait donné, peu de temps auparavant, des instructions pour que tous les dominicains prennent garde, quand ils s'emmitouflaient et s'encapuchonnaient, à ne pas être confondus avec des bandits ou des truands.

— Et ensuite ? questionna-t-il.

— Un peu plus tard, reprit Christina sans se faire prier, je suis montée. J'ai entendu du bruit dans la chambre de Sir Oliver : des chants, une oraison...

Elle ferma les yeux.

— Quelque chose à propos...

Elle hésita.

— Oui, c'est ça !

Elle rouvrit les paupières.

— A propos d'un jour de colère.

— D'un jour de colère ? s'étonna Cranston.

— Avez-vous reconnu la voix ? l'interrompit le dominicain.

— Non, elle était basse et étouffée comme si celui qui parlait avait quelque chose dans la bouche. Mais, là aussi – le regard de la servante se déplaça rapidement et Athelstan se demanda si elle n'était pas plus fine mouche qu'il ne l'avait cru –, je me suis dit que le prêtre, tête baissée peut-être, priait.

Elle frissonna.

— C'était impressionnant. Le couloir était éclairé par une torche et les ombres dansaient. J'avais peur : je savais qu'il y avait un cadavre et je me suis posé des questions sur les fantômes et cette voix qui évoquait la colère, le courroux de Dieu et la terre en flammes.

— Le *Dies irae* ! s'exclama Athelstan. « *Jour de colère, jour de deuil !* »

Il dévisagea un Cranston stupéfait.

— « *Jour de colère, jour de deuil*, entonna-t-il, *ciel et terre seront réduits en cendres.* » C'est dans la messe pour les morts. Le prêtre le chante toujours avant de lire l'Évangile.

Il saisit la main de Christina.

— Êtes-vous sûre que ce n'était pas la voix de Sir Henry Swynford ?

— Oh non ! Elle était différente, grave, retenue.

— Qu'est-ce que cela veut dire, mon frère ? s'enquit Cranston.

Athelstan se frotta le visage. Malgré la chaleur et la gaieté de la grand-salle, il avait froid et peur. La plupart des assassins tuaient vite et en silence.

— Ce que cela veut dire, c'est que le prêtre – et je ne crois pas que c'était celui mandé par notre hôte – était le tueur. Quand Sir Henry s'est agenouillé devant le cercueil de son compagnon, son meurtrier l'a promptement étranglé et, ce faisant, a chanté ces paroles, non en guise de prière mais en guise de terrible cri de vengeance.

CHAPITRE III

Le tavernier, hochant la tête, les conduisit à la galerie du premier étage. Il s'arrêta dans l'escalier. Son visage mat se détachait sur le verre de la fenêtre à meneaux derrière lui. Athelstan sentit le parfum des pots d'herbes placés sur le petit rebord et il entendit, montant de la cour, le chant strident d'un coq. Pour une étrange raison cela lui rappela que, dans l'Évangile, il était dit qu'avant que le coq ne chante trois fois Pierre aurait trahi le Christ. Il s'arma de courage : lui et Cranston s'apprêtaient à pénétrer dans un subtil et sombre labyrinthe de meurtres et d'intrigues élaborés par de puissants seigneurs. Les morts de Swynford et de Bouchon n'étaient certainement pas des accidents, pas plus qu'ils n'avaient été victimes d'une malheureuse coïncidence.

— Eh bien, qu'attendons-nous ? dit sèchement Cranston.

Banyard leva l'index.

— Écoutez, mon père !

Le dominicain tendit l'oreille et perçut un faible marmonnement.

— C'est le père Gregory, expliqua l'aubergiste. Il est venu ce matin oindre les corps. Ensuite, continua-t-il tout enjoué, on les emportera chez l'embaumeuse locale, une vieille femme de l'autre côté du palais. Elle ôtera les entrailles et remplira les dépouilles d'épices. J'ai cru comprendre que Sir Edmund Malmesbury a loué une petite escorte pour les accompagner à Shrewsbury.

Le coroner fit mine de poursuivre son chemin mais Banyard tendit le bras pour lui barrer le passage.

— Je crois que nous devrions attendre, déclara-t-il.

— Moi pas ! grogna Cranston.

Il s'avança. Athelstan s'excusa d'un geste et le suivit. Il jeta un coup d'œil en bas d'où Christina les observait, yeux écarquillés et bouche bée.

— Ne vous inquiétez pas, mon enfant, lui lança-t-il. Nous ne craignons rien avec Sir John !

Ils longèrent la galerie et pénétrèrent dans la chambre. Bien que les fenêtres fussent ouvertes et les volets poussés, l'air empestait la mort et la corruption. Les deux corps gisaient dans leur cercueil sur une table à tréteaux spécialement dressée au pied d'un lit à quatre montants. Le prêtre agenouillé sur un coussin se signa puis se leva en hâte. Gris de peau et de cheveux, avec son visage émacié et triste, ses yeux larmoyants et sa bouche baveuse, il déplut immédiatement à Athelstan. Il avait tout d'un ivrogne invétéré. Le dominicain, se sentant coupable d'un jugement trop sévère, fit un pas en avant, main tendue.

— Père Gregory, veuillez nous excuser d'interrompre vos oraisons. Je suis frère Athelstan, de St Erconwald, et voici Sir John, le coroner.

Le prêtre, avec un petit sourire forcé, serra mollement la main du dominicain, puis tressaillit au contact de la poigne, ferme comme un étau, du coroner.

— Que Dieu ait pitié d'eux ! se lamenta-t-il en désignant les corps d'une main tremblante. Quelles morts horribles ! Quelles morts horribles ! Ici aujourd'hui et disparus demain, n'est-ce pas, mon frère ?

Il titubait un peu et Athelstan se demanda si la prière avait été son seul cordial.

— Pourquoi n'êtes-vous point venu hier soir ? interrogea Cranston en s'affalant sur un escabeau et en s'essuyant le visage du bord de sa chape.

— J'étais absent. Chaque...

Il bafouillait.
— Chaque semaine, je passe une journée chez ma mère. Je suis revenu ce matin et ai trouvé le message de maître Banyard. C'est terrible, terrible, jacassa-t-il, de penser qu'un prêtre peut étrangler un homme de cette façon !
— Si vous voulez bien attendre en bas, proposa le tavernier avec bienveillance, Christina vous apportera de quoi vous réconforter. Messire le coroner doit examiner les corps.
Le père Gregory jeta un regard inquiet à Sir John, puis décampa.
— Vous pouvez le rejoindre, précisa le coroner avec un sourire à l'adresse de Banyard. Nous n'avons plus besoin de vous céans.
Le propriétaire grimaça mais s'en alla en claquant l'huis derrière lui. Ahanant et grommelant, Cranston se leva et fixa les cadavres.
— Ça nous arrivera à tous, mon frère, mais la mort est vraiment quelque chose d'effroyable.
Athelstan esquissa une bénédiction et s'accroupit près du corps de gauche. Un morceau de parchemin jaunissant à la tête du cercueil indiquait qu'il s'agissait de Sir Oliver Bouchon. C'était un individu maigre comme un échalas ; l'eau gluante de la Tamise avait rendu encore plus épouvantable son dur visage ridé : la peau en était livide et les lèvres flasques. On avait disposé deux pièces sur ses yeux. Athelstan remarqua aussi les petites croix rouges qui entaillaient le front et les joues. Après avoir déshabillé le cadavre, on l'avait revêtu d'une simple chemise. Athelstan la retroussa et, déglutissant avec peine, sentit sous ses doigts la froide chair humide. Le corps glacé de Bouchon était couvert de cicatrices et de zébrures que Cranston affirma être des coups d'épée et de poignard. Il y avait aussi des marques de ceinturon ou de bottes ajustés.
— Un vieux soldat, déclara-t-il. Il a dû servir à l'étranger. Par tous les diables, il faut que je boive quelque chose !

— Dans un petit moment, Sir John, mais, je vous en prie, aidez-moi.

Cranston s'exécuta et ils retournèrent la dépouille. Le dominicain observa les fesses molles, les cuisses musclées et les jambes velues. Une étrange tristesse l'envahit. C'était tout un monde qui gisait là : quels espoirs, quelles joies, quelles peurs, quels cauchemars avaient tissé la vie de cet homme ? Avait-il été aimé ? Avait-il eu des idéaux ? Pleurerait-on sa mort ? Il passa les doigts dans l'épaisse chevelure noire encore mouillée, derrière la tête de l'homme.

— Ah ! s'exclama-t-il.

— Qu'y a-t-il, mon frère ?

— Sentez vous-même.

Les doigts boudinés de Cranston effleurèrent la nuque et s'arrêtèrent sur une grande balafre dure.

— Donnez-moi une bougie, dit Athelstan.

Le coroner lui tendit l'une de celles allumées par le père Gregory et le dominicain l'approcha des cheveux. L'huile chaude du lumignon grésillait et crachotait en tombant sur la tête encore humide, mais il y avait suffisamment de lumière pour qu'Athelstan distingue une large contusion enflammée.

— Si quelqu'un prétend, déclara-t-il, que Sir Oliver Bouchon a glissé et est tombé dans la Tamise, alors c'est soit un menteur soit un ignorant. On a assené un violent coup sur la nuque de ce pauvre homme.

— Pourquoi personne ne l'a-t-il remarqué ?

— Parce que personne ne le cherchait, Sir John.

Athelstan se leva et rendit la bougie à son compagnon.

— On a assommé Sir Oliver avant de le jeter dans le fleuve. Il est dommage que le corps soit dévêtu ; j'aurais aimé prouver qu'on l'a frappé pendant qu'il se promenait sur la berge.

— Qu'est-ce qui vous fait penser ça ?

Athelstan retourna à nouveau le corps et, saisissant doucement les mains, désigna les ongles sales et les traces de boue sur les paumes.

— S'il avait été laissé inconscient quelque part, expliqua-t-il, je devrais trouver des marques sur le corps de Sir Oliver car on l'aurait soit traîné sur les pavés soit jeté dans une carriole. Néanmoins, comme vous le voyez, mis à part la contusion à la tête, il n'y en a pas. Et ses ongles et ses paumes sont noirs de boue. Bouchon se trouvait sans aucun doute au bord de l'eau. Son assaillant l'a attaqué et Sir Oliver est probablement tombé dans la fange, face contre le sol. On a alors soulevé son corps et on l'a basculé dans la Tamise.

— Mais l'eau n'aurait-elle point rincé ses mains et ses ongles ?

Athelstan secoua la tête.

— Peut-être ses habits ou même son visage.

Il s'agenouilla pour examiner les traits massifs de Sir Oliver.

— Bien que même là, excepté les petites croix rouges, il n'y ait ni marque ni contusion, ce qui est étrange. Quoi qu'il en soit, pour répondre sans détour à votre question, Sir John, le fleuve aurait lavé toutes les taches de boue superficielles sur le visage ou les vêtements. Mais dites-moi, avez-vous déjà vu la victime d'un brutal assaut, mains ouvertes et doigts écartés ?

Sir John sourit et eut un geste de dénégation.

— Sir Oliver était comme tout le monde, reprit Athelstan. Il a levé les mains en recroquevillant les doigts. La prochaine fois que vous observerez vos marmousets, ou Lady Maude quand elle dort, vous remarquerez qu'ils replient les doigts à l'intérieur de la paume. Un homme inconscient fait de même. Au bout de quelque temps, même dans le fleuve, la rigidité cadavérique s'installe. Le corps se raidit, d'où la saleté sur les paumes et sous les ongles provenant de sa chute. Et qui plus est – il s'empara de la main droite de Sir Oliver –, regardez comme la fange est profondément incrustée. Sir Oliver a dû s'écrouler et, quelques instants avant de perdre conscience, il a agrippé la rive vaseuse, en la labourant comme un animal.

Athelstan secoua la tête.

— Pauvre homme. Que Dieu lui donne le repos éternel ! Passons à Sir Henry, à présent.

Le coroner se plaça de l'autre côté du cercueil de Swynford. Son compagnon s'accroupit pour dénouer la chemise attachée sous le menton du cadavre. Il dut s'interrompre et fermer les yeux devant l'effroyable rictus que la mort avait dessiné sur le visage du chevalier aux cheveux gris. La bouche grimaçait encore, les yeux étaient entrouverts, la tête un peu de côté, ce qui avait fait glisser les pièces déposées sur les paupières. On aurait dit que le corps allait se réveiller pour proférer un grognement de rage en se voyant jeté si promptement dans les ténèbres. Swynford aussi avait été défiguré par des croix rouges qui entaillaient sa peau. Athelstan redressa le menton du mort. Il examina la zébrure irritée autour de la gorge, profonde à l'endroit où à présent pendait la pomme d'Adam.

Il délaça la chemise et la rabattit mais ne détecta ni coup ni contusion, bien que Sir Henry, comme Sir Oliver, portât les cicatrices et les traces d'une vie de soldat. Puis, aidé par Sir John, il retourna le corps et observa l'ecchymose au creux des lombes.

— Comment est-ce arrivé ? chuchota-t-il.

— Agenouillez-vous, mon frère.

Le coroner sourit.

— Allez, agenouillez-vous et je vous montrerai comment il est mort.

Athelstan obtempéra.

— Non, non, un genou à terre seulement, précisa Cranston. C'est ainsi que prie un chevalier : une jambe fléchie, l'autre non... toujours prêt à l'action.

Le dominicain s'exécuta. Il entendit son compagnon s'avancer à pas feutrés dans son dos. Sa tête fut tout à coup tirée en arrière et le ceinturon de Sir John, passé autour de sa gorge, lui serra le cou avant même qu'il sente le genou du coroner s'enfoncer dans ses reins.

Il toussota et ses mains battirent l'air. La ceinture fut desserrée d'un coup. Sir John le remit debout, le fit pivoter et vit l'angoisse qui se lisait sur le doux visage de son ami.

— Tenez, mon frère, buvez une gorgée !

Cette fois, Athelstan ne refusa pas. Il avala une large rasade et rendit la gourde à Sir John.

— Parfait ! Vous avez été si rapide !

— C'est le seing d'un assassin de métier.

Cranston se récompensa de deux généreuses lampées.

— Le garrot agit beaucoup plus vite que ne le pensent bien des gens. En France j'ai vu de jeunes archers, qui n'étaient encore que des enfants, faire ça à des gardes français alors que nous étions sortis de nuit. C'est une mort terrible, mon frère ; si immédiate que même l'homme le plus fort parvient avec difficulté à se saisir de son adversaire.

Athelstan acquiesça. Même s'il n'avait pas pris peur, il comprit qu'il n'aurait pu lutter contre Sir John qui l'avait maintenu à distance avec son genou tout en l'étranglant avec son ceinturon. Il s'essuya les lèvres d'un revers de main et fixa le corps de Swynford.

— C'est ainsi qu'il est mort. Il est venu céans et s'est agenouillé. Le tueur, déguisé en prêtre, est arrivé derrière lui. Sir John, est-ce que ce fut long ?

— Eh bien, mon frère, si vous aviez compté jusqu'à dix à toute vitesse, Swynford aurait perdu conscience avant que vous n'en soyez à cinq.

— Et pendant ce temps le meurtrier psalmodiait et tournait le *Dies irae* en dérision.

Le dominicain embrassa la chambre du regard.

— Sir John, il faut que nous examinions les possessions de ces hommes.

Cranston l'admit et sortit dans la galerie. Athelstan l'entendit héler Banyard du haut de l'escalier. Le prêtre resta entre les deux cercueils, ferma les yeux et récita son propre requiem pour ces âmes si brutalement arrachées à leur corps. Le coroner revint.

— Venez, mon frère, elles sont dans la pièce voisine. Le tavernier m'a donné la clé.

Athelstan le suivit dans la chambre d'à côté, apparemment celle de Sir Henry Swynford. Les habits des deux hommes formaient deux tas sur le plancher. Athelstan les fouilla avec soin. Les vêtements de Bouchon étaient mouillés et encore souillés et tachés par l'eau, mais il ne découvrit rien d'étrange ; même la dague du chevalier se trouvait dans son fourreau. Pendant ce temps, Cranston passait les autres biens au crible : cassettes en bois recouvertes de cuir, sacoches de selle, petits coffres de métal, chacun arborant les armoiries de leur possesseur : un sanglier noir rampant sur champ d'azur pour Bouchon et trois corbeaux noirs sur champ d'or, écartelés par de petites croix rouges pour Swynford. Il y avait des pièces et des bourses, des couteaux et plusieurs petits livres reliés de veau fermés par des attaches de cuir qu'Athelstan ouvrit.

— Qu'est-ce, mon frère ? s'enquit le coroner.

— *La Légende d'Arthur*, répondit le dominicain. Vous savez bien, Sir John, Lancelot du Lac. Tristan et Iseut.

Il s'empara d'un autre volume.

— C'est la même chose pour celui-ci : *Sire Gauvain et le chevalier vert. La Quête du Graal.* C'est étrange...

— Oh, pour l'amour de Dieu, mon frère ! Le roi Arthur et sa Table ronde sont des histoires populaires. Chaucer et d'autres poètes ne cessent d'écrire sur eux. Dans ma jeunesse, les jeunes chevaliers de bon goût avaient coutume de tenir des tables rondes pour se livrer à des joutes et à des tournois.

— Je trouve surprenant que deux chevaliers, bien que du même comté, apprécient les mêmes histoires. Regardez, ajouta Athelstan en furetant parmi les bijoux dispersés sur le lit. Voilà deux chaînes portant le même dessin.

Il les sépara.

— Chacune montre un cygne aux ailes déployées.

Cranston les prit : les deux médaillons étaient identiques. Les cygnes, gravés avec art, gonflaient leurs ailes neigeuses et ployaient le cou.

— Ce n'est point piètres affiquets d'un étal de marché, murmura le coroner. Ils ont été fabriqués par un orfèvre.

— Et là ! dit le dominicain.

Il saisit deux anneaux.

— Ils sont en argent et frappés eux aussi d'un cygne.

Il les rapprocha l'un de l'autre.

— Ils n'ont pas la même taille. J'ai vu les marques sur les doigts des dépouilles dans la pièce voisine. Ce que je veux dire, Sir John, c'est que Swynford et Bouchon étaient membres d'une société ou d'un groupe qui s'intéressait aux légendes d'Arthur et qui avait un cygne d'argent pour sceau.

— Les Chevaliers du Cygne, dit le coroner en s'asseyant au bord du lit et en se mordant les lèvres. Pendant les guerres, en France...

Il sourit à Athelstan.

— Vous en avez entendu parler, mon frère, vous y étiez. Mais vous souvenez-vous de ces compagnies ? Chacune, gouvernée par un seigneur, comprenait chevaliers, hommes d'armes, guides et archers, tous vêtus de la même livrée avec la même devise : un dragon vert ou un lion rouge rampant.

— Oui, je m'en souviens, répondit Athelstan en jetant les bagues sur la couche. Bannières aux couleurs vives et pennons de guerre. En réalité, cela servait juste d'excuse à une bande d'hommes pour s'emparer de tout ce sur quoi ils pouvaient mettre la main.

Cranston reprit ses recherches.

— Et enfin, mais ce n'est pas le moins important, mon frère, déclara-t-il en se dirigeant vers une petite table placée sous un grand crucifix noir, j'ai demandé à Banyard où se trouvait ceci.

Il revint chargé de pointes de flèche, de bougies et de petits morceaux de vélin. Athelstan les examina puis étudia les bouts de parchemin barrés des mots « Souviens-toi ».

— C'était fixé sur les deux victimes, expliqua Cranston. Mais qu'est-ce que ça veut dire ?

Il secoua la tête.

— Et pourquoi ces croix rouges sur les visages des morts ?

Athelstan s'avança vers la fenêtre ouverte d'où il observa Christina entourée par un troupeau de canards bruyants, sortis de la mare près du mur de la taverne.

— Cela veut dire, répondit-il, que nul péché, nulle vilenie ne se dissipe comme une bouffée de fumée : ils reviennent toujours vous hanter.

— Oh, pour l'amour de Dieu, moine !

— Frère, Sir John !

— Vous parlez comme un prophète de malheur, mon frère ! aboya le coroner.

— Peut-être en suis-je un. Voici deux chevaliers du comté royal de Shrewsbury, vaquant à leurs affaires – légales ou illégales, comme il vous plaira. Ils se rendent à Londres pour prendre la parole aux Communes. Comme maints hommes loin de leur foyer, ils désirent s'amuser dans les lieux de plaisir de la ville : bonne chère, vin fort, femmes faciles. Mais deux d'entre eux sont assassinés. Le premier, très agité, quitte un banquet et on repêche plus tard son corps dans la Tamise. Alors que son cadavre gît là et que son compagnon vient se recueillir, un tueur, déguisé en prêtre, l'étrangle en entonnant certains versets de la messe des morts. Je suppose que le malheureux Bouchon était troublé parce qu'il avait reçu ces signes – qu'on a aussi envoyés à Swynford : une tête de flèche, une bougie et un message lui disant de se « souvenir ».

Athelstan lança un coup d'œil au coroner.

— Suivez-vous mon raisonnement, Sir John ?

Cranston appuya sa bedaine contre le bord de la table et regarda son secrétaire d'un air pensif.

— Cela signifie, d'abord, qu'ils ont sans doute été tués par la même personne qui avait maille à partir avec eux deux, précisa le dominicain. Et, quoi qu'il en soit, la pointe de flèche, la bougie et les morceaux de vélin sont les signes annonciateurs de leur mort. Les croix rouges dont l'assassin, vêtu en prêtre, a entaillé leur visage, font aussi partie de la vengeance.

Sir John berçait sa gourde comme une mère son enfant.

— Cela signifie aussi, mon bon frère, annonça-t-il, que notre meurtrier a préparé son coup avec soin. Il a attendu le moment propice pour exécuter les deux hommes par une ruse des plus subtiles.

Il s'interrompit.

— Et quoi de plus, mon frère ?

— Ceci : notre noble régent craint que le blâme ne retombe sur lui ; bien qu'il doive être, en secret, fort satisfait que deux de ses censeurs aient été à jamais réduits au silence. Ensuite, quand Sir Oliver a quitté la taverne, aucun de ses compagnons ne l'a suivi, mais, là encore...

Athelstan se détourna de la fenêtre et s'adossa au mur.

— ... il est possible que quelqu'un ait attiré Sir Oliver dans quelque rencontre secrète où il a été tué. La mort de Sir Henry est plus étrange. Ses amis se trouvaient dans la taverne, et pourtant son assassin s'y est rendu habillé en prêtre. Cela amène deux questions : qui savait qu'on avait envoyé quérir un prêtre ? Que se serait-il passé si ce faux prêtre était arrivé en même temps que le père Gregory ?

— Ce n'est point là grand mystère, rétorqua Cranston. Souvenez-vous de ce qu'a dit Christina : l'auberge était pleine. La venue d'un prêtre ne posait pas de problème. Si le père Gregory était à l'étage, le tueur pouvait soit attendre, soit même se joindre à lui. Soyez honnête, mon frère. En tant que prêtre de la paroisse de St Erconwald, si un autre prêtre venait dans votre église et désirait prier près du cercueil de l'une de vos infortunées ouailles...

— *Concedo*, admit Athelstan. Un, deux, trois, ou

quatre prêtres, peu importe. Le meurtrier a attendu le moment opportun ou en aurait trouvé un autre.

Il se tapota le bout des doigts avec les parchemins.

— Voici les questions essentielles à résoudre. Qu'étaient supposés se remémorer Sir Henry et Sir Oliver ? Que signifiaient la pointe de flèche et la bougie ? Les marques sur les visages ? Et pourquoi céans ?

— Expliquez-vous ! gronda Cranston.

— Pourquoi tuer les deux chevaliers à Londres ? Pourquoi pas à Shrewsbury ou pendant qu'ils se rendaient à Westminster ou en revenaient ?

Le coroner renâcla, moustaches blanches en bataille. Il était sur le point de se lancer dans un discours quand il se fit un grand fracas dans l'escalier, suivi d'un coup à la porte. Sir Miles Coverdale, revêtu d'une armure légère, épée au ceinturon, fit irruption.

— Sir John, frère Athelstan.

Il s'arrêta et esquissa un salut plutôt moqueur à l'adresse du coroner et de son secrétaire.

— Qu'y a-t-il, mon ami ?

Cranston fourra sa gourde sous sa chape et se leva.

— Vous entrez céans en chargeant comme un destrier !

Sir Miles sourit, ôta son gantelet et essuya son front couvert de sueur.

— Sir John, je ne fais qu'obéir aux ordres que vous avez donnés quand vous étiez à Westminster.

— Je sais fort bien ce que j'ai demandé ! aboya Cranston.

Athelstan sourit devant l'attitude affable et naturelle de Coverdale. La mauvaise humeur du coroner semblait plutôt amuser le capitaine. Ce dernier tendit la main et saisit celle du dominicain.

— Mon père, j'ai beaucoup entendu parler de vous. Monseigneur le régent fait souvent allusion à Sir John et à son assistant.

— Secrétaire ! protesta Cranston. Athelstan est mon

secrétaire et c'est le prêtre de la paroisse de St Erconwald. Il est dominicain et...

— ... et c'est un excellent prédicateur, ajouta Sir Miles en terminant la phrase du coroner. Ou du moins selon la rumeur.

Il fit un clin d'œil à Athelstan puis regarda Sir John.

— Messire le coroner, la session du matin des Communes s'est achevée tôt. J'ai prié les compagnons de Sir Oliver et de Sir Henry de demeurer dans la salle capitulaire. Ils vous y attendent.

Il se retourna quand l'huis s'ouvrit derrière lui. Un moine au capuchon noir entra sans bruit dans la pièce.

— Par tous les... ? s'exclama Cranston.

— Sir John, puis-je vous présenter le frère Benedict, moine de Westminster, bibliothécaire et chapelain des Communes ?

Mal à l'aise, le coroner se tortilla puis tendit une main boudinée que serra le père Benedict. Le moine repoussa sa coule, révélant un visage complètement rasé aux traits émaciés. Deux plis profonds encadraient sa bouche ; ses yeux étaient très rapprochés et vifs.

— Sir John Cranston.

Il lança un coup d'œil à Athelstan et un sourire fendit ses traits.

— Et vous, mon frère.

Le dominicain s'avança et ils échangèrent un baiser de paix. Le frère Benedict, ce faisant, lui étreignit les épaules.

— Bienvenue dans notre communauté, mon frère, chuchota-t-il.

— *Pax Tecum*, répondit Athelstan dans un murmure.

— Pour quelle raison êtes-vous céans, mon père ? interrogea Cranston.

— Pour offrir un dernier hommage à Sir Henry et à Sir Oliver, se justifia le bénédictin. Je suis chapelain des Communes. Sir Miles m'a appris leur mort ce matin.

— Les connaissiez-vous ? s'enquit Athelstan

La question parut surprendre son interlocuteur. Il ouvrit la bouche, cilla et agita les mains.

— Oui et non. Je connais les représentants du Shropshire. Il y a bien des années, Antony, un de mes amis, était jeune moine à Lilleshall.

Il eut un sourire triste.

— Il est mort l'hiver dernier.

— Et ? intervint Cranston.

— Sir Henry, Sir Oliver et les autres avaient coutume de se réunir dans notre salle capitulaire à Lilleshall.

— Dans quel but ?

— C'étaient de jeunes chevaliers, expliqua le bénédictin. D'après Antony, ils avaient l'esprit farci des aventures du roi Arthur et des chevaliers de la Table ronde. Sir Henry, Sir Oliver et leurs amis singeaient ces histoires. Ils se rencontraient tous les mois, avec la permission du père abbé, chez nous, à Lilleshall, pour banqueter, narrer les légendes d'Arthur et jouter en tournoi dans la grande prairie. Ces réunions devinrent célèbres.

Le frère Benedict toussa et détourna le regard.

— Et ils se sont fait appeler les « Chevaliers du Cygne » ? dit Athelstan.

— Oui !

Le bénédictin se pencha et se frotta les genoux.

— Sir John, frère Athelstan, de grâce, il faut que je m'assoie : j'ai des douleurs. L'abbaye n'est pas des plus chaudes en hiver.

Cranston approcha une chaire dans laquelle le vieux moine s'installa avec reconnaissance.

— Voulez-vous boire quelque chose ? proposa le coroner, plein d'espoir.

— Nous parlions des Chevaliers du Cygne ? l'interrompit Athelstan en jetant à son compagnon un coup d'œil de mise en garde.

— Oh, s'il faut en croire frère Antony, c'était une bande superbe, reprit le père Benedict. Quelques-uns sont morts à présent, que Dieu leur donne le repos éternel ! Mais la troupe en comptait bien vingt ou vingt-quatre. Un jour j'ai rendu visite à Antony, à Lilleshall, quand les Chevaliers du Cygne tenaient l'une de leurs grandes tables rondes. Ils sont arrivés à cheval à l'abbaye, précédés par un écuyer portant une large bannière écarlate brodée d'un splendide cygne. Ils avaient dressé leurs pavillons dans la prairie et la foule est accourue de Shrewsbury et même d'endroits aussi éloignés qu'Oswestry, sur la frontière galloise. Les gens venaient voir les couleurs, les destriers gaiement caparaçonnés, le tournoi. Que Dieu me pardonne, soupira-t-il, même moi, un moine, un homme de paix, j'ai apprécié ce spectacle ! C'était des temps mouvementés ! Le fameux Édouard préparait ses armées pour combattre en France et, quand la nouvelle de la grande victoire de Crécy a couru les campagnes, les Chevaliers du Cygne sont devenus des héros locaux.

Le moine jeta un coup d'œil à Sir John.

— Messire le coroner, il y a certainement eu de semblables journées à Londres ?

— En effet.

Cranston s'assit au bord du lit, l'air rêveur.

— J'étais tout à fait comme ça, murmura-t-il.

Il vit le sourire de Coverdale.

— Ne jugez point un livre sur sa couverture, mon garçon.

Il tapota sa bedaine.

— J'étais autrefois mince et svelte comme un lévrier, vif et alerte comme un faucon fondant sur sa proie.

Athelstan glissa ses mains dans ses manches et baissa la tête pour cacher son sourire.

— Il y avait de grands tournois sur le Pont de Londres et à Smithfield, continua le coroner.

Il menaça Coverdale du doigt.

— Nous n'étions pas comme les jeunes damoiseaux d'aujourd'hui qui traînaillent dans Londres avec leurs chausses de carême-prenant et leurs souliers risibles.

La seule chose qu'ils arborent, c'est leurs brayettes, et elles sont souvent rembourrées de paille.

— Mais, Sir Miles, suggéra en hâte Athelstan, vous n'avez sûrement pas oublié Lilleshall ?

Le capitaine releva brusquement la tête.

— Je n'étais qu'un enfant, bafouilla-t-il.

— Votre père possédait bien des terres dans le Shropshire, près de Market Drayton, entre ce lieu et Woodcote Hall ?

Le jeune homme rougit légèrement et sa main chercha la garde de son épée. Le dominicain ne put décider s'il était simplement embarrassé ou s'il avait quelque chose à cacher.

— Votre père faisait-il partie des Chevaliers du Cygne ? demanda Cranston.

— Non.

Coverdale se rembrunit et toute jeunesse disparut de ses traits ; ses lèvres pincées et sévères lui donnèrent l'air d'un vieillard revêche.

— Je ne voulais pas vous blesser, ajouta le coroner avec douceur.

— Il n'y a point d'offense, Sir John. Le manoir de mon père n'était guère plus qu'une grange : il est mort quand j'étais encore jouvenceau. La santé de ma mère n'était pas bonne. Nous n'avions pas le temps de faire bombance et de jouter. J'ai quitté le Shropshire pour devenir écuyer. J'ai servi en mer dans la suite de Lord Montague contre l'Espagne.

Coverdale fit tourner son ceinturon et s'installa sur un tabouret.

— Les Chevaliers du Cygne ne représentent rien pour moi.

— Connaissiez-vous Sir Oliver ou Sir Henry ? questionna Athelstan.

— De nom seulement. Mais, là encore, je sais que l'on pourrait en dire autant des nobles du Norfolk ou du Suffolk.

Il soutint son regard.

— J'appartiens à Jean de Gand, dans la paix comme

dans la guerre. Je porte sa livrée, je suis nourri dans sa maison.

— Vous n'appréciez point ces chevaliers ? insista Cranston.

— A mes yeux c'est un troupeau d'oies qui caquettent dans la salle capitulaire, répondit le capitaine d'un ton sec. Ils reprochent au régent la guerre contre la France mais ne donneront pourtant pas un penny pour l'aider. Ils parlent de piètres moissons, de mauvaises récoltes et de profits en baisse, mais ils retiennent leurs métayers à la terre en usant de la force et des cours de justice. Non, je ne les aime point, Sir John.

— Et si vous étiez le régent ?

— Je lèverais des taxes non sur les paysans mais sur les nobles prospères et les riches marchands : et j'appellerais félons ceux qui refuseraient de payer.

Athelstan jeta un coup d'œil en biais au père Benedict, figé comme une statue ; il avait pourtant un regard inquiet et semblait effrayé par les menaces de Sir Miles.

— Êtes-vous ici pour protéger les Communes, ou êtes-vous l'espion du régent ? interrogea Cranston qui trouvait la situation plaisante à présent.

Les doigts de Coverdale se posèrent sur le pommeau de son épée. Soudain, avec une promptitude inattendue chez un homme de sa corpulence, le coroner bondit.

— Ne soyez pas sot, murmura-t-il en se penchant vers le jeune homme. Je ne voulais pas vous faire injure mais simplement décrire les choses telles qu'elles sont.

— Et je vous ai répondu avec franchise, Sir John, rétorqua Coverdale. Je suis céans avec hommes d'armes et archers pour que les envoyés des Communes puissent siéger en paix et en sécurité. Je n'aime pas ce que j'entends mais je n'ai nul grief personnel contre eux.

— Et vous assistez aux sessions depuis le début ? intervint en hâte le dominicain.

— Oui, moi et mes soldats surveillons la salle capitulaire et ses abords qui ont été interdits au public.

Avant que les séances ne débutent, j'ai été chargé aussi de louer des barges pour conduire les représentants voir les ménageries royales à la Tour.

Coverdale se détendit.

— Ils étaient comme des enfants, ajouta-t-il. Un grand nombre d'entre eux n'avaient jamais vu un lion, une panthère ni le gros ours brun que le régent a amené ici.

Il lança un coup d'œil à Cranston.

— Et, oui, Sir John, je garde leurs précieux corps et écoute leurs bavardages. Certains devraient se montrer plus attentifs à ce qu'ils disent : je le répète au régent. Comme vous le ferez, quand tout ceci sera fini.

— Avez-vous conversé avec Sir Oliver Bouchon, avec Sir Henry Swynford ? Ou avec quelqu'un de leur entourage ? s'enquit Athelstan.

— Non.

— Et c'est la première fois que vous vous rendez à la taverne de *La Gargouille* ?

— Bien entendu. Ma tâche consiste à assurer la sécurité des cloîtres pendant que les Communes siègent. J'ai aussi peu à faire que possible avec Sir Oliver et ses semblables.

— Et vous, père Benedict ? interrogea le coroner.

Le moine eut une grimace désabusée.

— Je dis la messe à l'abbaye tous les matins. Je suis aussi prêt à entendre ceux qui désirent se confesser.

Il sourit avec aigreur.

— Et, avant que vous ne le demandiez, Sir John, ce n'est point là lourde tâche. La plupart des envoyés se sont adonnés à des beuveries la veille, sans parler des autres plaisirs !

— Je trouve étrange, commenta Athelstan, que, pendant que les Communes se réunissent en session plénière dans la salle capitulaire de Westminster, deux chevaliers du Shropshire soient victimes de malemort.

— Qu'y a-t-il de si étrange ? l'interrompit Sir Miles avec brutalité.

— Que le capitaine des gardes vienne du Shropshire

et que le chapelain ait eu un ami intime qui ait servi à Lilleshall, tout près de Shrewsbury et dans le même comté.

— Il n'y a là rien de mystérieux, commenta en hâte le bénédictin. Quand vous irez à la salle capitulaire, mon frère, vous verrez qu'elle est gardée par une compagnie d'archers du Cheshire. Sir Miles est né dans le Shropshire, mais beaucoup de gens de l'escorte de monseigneur de Gand aussi. Comme vous le savez, le régent possède des domaines là-bas et couvre de faveurs les hommes de cette contrée. Quant à moi, si vous interrogez le père prieur, il vous dira que je ne suis point le seul moine à avoir des liens avec notre communauté à Lilleshall. Je suis un bibliothécaire et un archiviste expérimenté ; j'ai aussi des liens avec nos maisons du Norfolk, du Yorkshire et du Somerset. Et qui plus est, quand le père prieur a demandé un volontaire pour servir de chapelain aux Communes, j'ai été le seul à offrir mes services parce que la salle capitulaire se trouve près de la bibliothèque, sous ma juridiction.

Athelstan le regarda avec calme.

— Avez-vous parlé à l'un des deux hommes morts ?

— Non.

Le moine détourna les yeux trop vite, s'humecta les lèvres et déglutit avec peine.

« Vous mentez, pensa Athelstan, vous avez quelque chose à cacher. Pourquoi un vieux moine, perclus de douleurs et de rhumatismes, irait-il dans une taverne prier sur le corps de deux hommes qu'il connaissait à peine ? Ces prières seraient tout aussi efficaces récitées dans un oratoire ou chantées dans une chapelle de l'abbaye. »

Le père Benedict lança un coup d'œil à Sir Miles.

— Le temps passe, chuchota-t-il. Je dois encore faire mon devoir ici.

Cranston se leva, lampa une gorgée de vin et fut tout sourire.

— Ah, voilà qui va mieux ! Père Benedict, ce fut un plaisir de vous rencontrer, bien que ce soit à une triste occasion.

Il aurait aimé ajouter qu'il n'avait jamais ouï évoquer deux victimes de meurtre ayant été l'objet de l'attention de si nombreux prêtres, mais, comme son secrétaire, il se rendait compte qu'on avait menti. Le moment viendrait, plus tard, de le prouver.

Sir Miles se leva aussi et drapa sa large cape de soldat sur ses épaules.

— Nous ferions mieux de nous hâter, grommela le coroner. Venez, mon frère.

Après avoir fait leurs adieux, les trois hommes quittèrent le bénédictin et redescendirent dans la grand-salle.

— Remerciez maître Banyard, glissa Athelstan à Christina quand Cranston et Coverdale passèrent la porte devant lui.

La jouvencelle sourit, mais le dominicain lut la peur dans ses yeux. Il lui prit la main.

— Qu'y a-t-il, mon enfant ?

— Rien, mon père. C'est seulement cette terrible voix. Va-t-il revenir ?

Athelstan fit signe que non.

— Je ne crois pas. Mais si vous vous souvenez d'autre chose, envoyez un message à Sir John au Guildhall.

La servante le promit et Athelstan se précipita derrière ses compagnons. Ils empruntèrent les étroites ruelles et pénétrèrent dans l'enceinte de l'abbaye de Westminster. Au passage, l'homme qui attendait à l'entrée, à l'ombre d'un grand chêne, les regarda s'éloigner : le frère, le soldat et le coroner ventripotent.

— « *Jour de colère, jour de deuil*, murmura-t-il, *ciel et terre seront réduits en cendres.* »

CHAPITRE IV

Alors qu'Athelstan et Cranston sortaient de la taverne de *La Gargouille*, Ranulf le tueur de rats se dirigeait vers une grande demeure abandonnée sise à l'angle de Reeking Alley, à Southwark. Après avoir fermé la porte, il la verrouilla soigneusement avec la clé que le marchand lui avait remise. Il déposa ses deux cages sur le sol et s'adossa à l'huis. Il s'essuya le visage d'un bout de chiffon noué à la large ceinture de cuir d'où pendait le matériel nécessaire à son métier : petites cages, ciseau, martel et un grand sac de cuir pour les rongeurs qu'il capturait et tuait.

— Ah, c'est parfait ! murmura-t-il en repoussant le capuchon goudronné de son visage pâle. Je suis heureux ! s'exclama-t-il d'une voix qui résonna sinistrement dans la maison vide.

Il contempla le long escalier poussiéreux et, fermant à moitié les yeux, écouta avec plaisir les grattements et les couinements qui montaient de derrière les lambris et de sous les planchers. Ces bruits-là étaient toujours musique à ses oreilles.

— Des rats ! avait rugi le marchand, récent acquéreur du logis, tout l'endroit en est infesté ! Des rats noirs, des rats bruns et des espèces que je n'ai encore jamais vues et dont je n'ai oncques entendu parler !

L'homme avait enfoncé un doigt dans le justaucorps goudronné de Ranulf.

— Dix livres esterlin ! Je vous paierai dix livres

pour en débarrasser la place ! Trois sur-le-champ, trois une fois la tâche accomplie et le reste quand mon intendant aura vérifié votre travail !

— Dix livres ! avait repris Ranulf en riant sous cape.

Il rouvrit les yeux. Veuf, Ranulf élevait seul sa nichée d'enfants, qui tous ressemblaient à leur père, étaient vêtus de même et avaient un appétit et une tendance à grandir qui ne cessaient de l'inquiéter. Néanmoins la chaleur lui avait été profitable : les rats étaient revenus à Londres et la disparition des chats à Cheapside avait aidé leur nombre à se multiplier. On avait maintes fois fait appel au tueur de rats dont le tas d'argent et d'or, prudemment mis de côté chez un orfèvre près de Lothbury avec diligence, croissait régulièrement. Du coin de l'œil, Ranulf vit une petite silhouette à la fourrure noire courir sur le plancher. Il eut un sourire radieux.

— On peut vous maudire, murmura-t-il dans les ténèbres, mais tous les matins à l'église, Ranulf remercie Dieu d'avoir créé les rats !

Il mit la main sur sa bouche. Y aurait-il des rats au paradis ? Et, si c'était le cas, aurait-il le droit de les chasser ? Mais comment pourrait-il y en avoir au ciel ? Frère Athelstan lui avait expliqué que c'était un endroit splendide et la gent trotte-menu n'existait que là où il y avait boue et saleté. Ranulf avait longuement médité. Il avait même abordé la question à la dernière réunion de la guilde des tueurs de rats quand ils s'étaient retrouvés à la taverne du *Cheval pie*. Personne n'avait pu l'éclairer.

— Tu le demanderas à frère Athelstan, avait déclaré Bardolf, habile à débarrasser les clochers d'église de leurs chauves-souris.

Ranulf avait fait la moue et acquiescé. Les membres de la guilde devaient bientôt faire dire leur messe particulière à St Erconwald : on poserait la question à frère Athelstan qui avait toujours réponse à tout. Pourtant Ranulf se demandait parfois si le dominicain ne le taquinait pas avec ses gentilles reparties moqueuses. Une autre silhouette noire passa au galop, plus loin dans le couloir sombre. Ranulf regarda les deux furets qu'il avait apportés : Ferrox, son préféré, et Audax, son jeune frère. Il prit la cage de Ferrox et contempla les petits yeux perçants et le museau frémissant.

— Ne t'inquiète pas, chuchota-t-il, la chasse va bientôt commencer : dès que Papa aura repris haleine !

Ranulf était certain que Ferrox aurait souri si un furet pouvait sourire. Le tueur de rats reposa la cage et scruta la poussière dansant dans le rayon de soleil qui traversait la petite fenêtre dans l'escalier au-dessus de lui.

— Si seulement je pouvais acheter Bonaventure ! soupira-t-il.

Il rêvait de la puissante phalange que formeraient Bonaventure, Ferrox et Audax : une trinité païenne à lâcher contre le peuple des rats de Southwark. Mais Athelstan avait été des plus réticents.

— Bonaventure pourrait tuer tes furets, l'avait-il averti.

Ranulf avait vivement protesté.

— Non, mon père, ils s'unissent toujours contre les rats. C'est leur ennemi commun. De toute façon, aucun chat sur terre ne pourrait attraper le vieux Ferrox !

— Alors, avait rétorqué Athelstan, rappelle-toi le dixième commandement, Ranulf. Tu ne convoiteras ni les biens, ni les troupeaux, ni, dans ce cas, le chat de ton voisin.

Ranulf sourit. Il se souviendrait de ces paroles la prochaine fois que Bardolf voudrait lui emprunter Ferrox. Il se rembrunit. De l'autre côté du fleuve d'où il revenait, il avait ouï dire que d'autres chats avaient été volés dans les rues et que le célèbre Sir John Cranston, « l'Écrabouilleur de chevaux », pourchassait à présent les larrons responsables.

— Le vieux Gros Cul les attrapera, dit-il entre ses dents. Mais que frère Athelstan veille bien sur Bonaventure ! Notre bon père aime tant ce matou !

Athelstan n'avait-il pas prétendu un jour que Bonaventure était le seul de ses paroissiens dont il avait la certitude qu'il irait au paradis ? Il avait même plaisanté en affirmant que son chat était un vrai « chatolique » ! Ranulf jeta un coup d'œil à Ferrox qui commençait à prêter grande attention aux couinements et raclements derrière les lambris.

— Il se passe moult choses étranges, Ferrox, mon fils, murmura-t-il. Perline Brasenose, notre jeune soldat, a lui aussi disparu et on a vu un démon devant St Erconwald.

Ranulf desserra le lacet du haut de son justaucorps et essuya la sueur du bout des doigts. Il se demandait si les deux événements avaient un rapport. Ou même les trois mystères. Perline était un vaurien, un braillard. Avait-il déserté la garnison de la Tour pour devenir voleur de chats ? Mais où les vendrait-il ? Chez les tanneurs, pour la peau ? Chez les bouchers, pour la viande ? Il hocha la tête : ce serait périlleux. Les marchands ne les achèteraient que pour remettre le pauvre Perline aux mains de Cranston et toucher la récompense. Ou Perline se faisait-il passer pour un diable ? Il en avait joué le rôle dans la pièce paroissiale à la dernière fête des moissons. Ranulf se félicita de sa perspicacité et se secoua. Ferrox et Audax se mirent à couiner et à tourner dans leur cage en passant leur museau entre les barreaux. Oui, il était temps !

Il se leva et s'apprêtait à ouvrir les cages quand il entendit du bruit sur le plancher au-dessus de sa tête. Il pensa au démon et son sang se figea dans ses veines. Il se dirigea en hâte vers une petite chambre sur la droite et se rendit compte à quel point elle était sombre et humide. Dans un coin, les toiles d'araignée ressemblaient à des filets tendus pour le capturer. Il régnait une odeur nauséabonde et, autour de lui, la vieille maison craquait et gémissait. La lumière était chiche, les ombres dansaient et Ranulf se demanda s'il était vraiment seul.

— Absurde ! murmura-t-il.

Il vit un petit trou, à l'autre bout de la pièce. Il débloqua les fermaux de la cage, prit le mince corps musclé de Ferrox et, en un clin d'œil, le furet avait disparu dans le trou. Ranulf regagna le couloir et envoya Audax rejoindre son compagnon. Il grommela sa citation préférée :

— Que la danse commence !

Il s'assit, ouvrit le léger paquet qu'il portait et mangea le pain et le fromage que sa fille aînée avait enveloppés dans un bout de toile. Il tenta de ne s'intéresser qu'au bruit des deux furets lancés à présent dans un grand massacre sanglant sous les planchers. Parfois Ferrox et Audax réapparaissaient, tenant entre leurs dents acérées le corps d'un rat malchanceux qu'ils déposaient aux pieds de leur maître avant de repartir.

Un élan de profonde satisfaction traversa Ranulf qui mordit avec appétit dans son repas. Mais, tout à coup, il ouït un son différent. Les pas qu'il entendit dans la galerie ne pouvaient être ceux d'un rat ou d'un furet. Quelqu'un marchait là-haut, quelqu'un avançait en catimini.

Ranulf, un morceau de fromage à la main, se releva et s'avança jusqu'au bas de l'escalier. Il scruta les ténèbres et faillit s'étrangler : sur le palier se tenait le démon de St Erconwald ! Énorme, sombre et velu, montrant les dents, il était si terrifiant que Ranulf en oublia ses furets et s'enfuit à toutes jambes pour sauver sa vie.

A l'abbaye de Westminster, Cranston et Athelstan traversèrent, derrière Sir Miles Coverdale, le parloir de Jéricho et la cour des Doyens, puis longèrent le cloître sud pour atteindre la salle capitulaire. De temps à autre ils passaient devant les archers du Cheshire, resplendissants dans leur livrée verte blasonnée d'un cerf blanc. C'était des soldats professionnels – cheveux coupés ras, visages émaciés et tannés – venus de la garnison de la Tour ou du château de Baynard. Ils étaient tous équipés d'un grand arc, d'un carquois contenant une vingtaine de flèches en bois d'if, d'une épée et d'un poignard. Des hommes d'armes, portant l'habit royal rouge, bleu et or, montaient aussi la garde à chaque porte et à chaque angle.

— Pourquoi toutes ces sentinelles? s'étonna le coroner quand ils entrèrent dans les cloîtres.

— Monseigneur le régent veut à toute force que les Communes puissent siéger sans être molestées, expliqua Coverdale. Seul un membre du parlement ou l'un des clercs royaux dépêchés pour les assister dans leurs discussions peuvent pénétrer dans les cloîtres ou la salle capitulaire.

— Les représentants n'ont-ils jamais protesté? commenta Cranston. Certains pourraient proclamer que les soldats les apeurent.

— Oui, quelques écervelés pourraient le prétendre, mais il n'y a point de gardes dans la salle capitulaire, Sir John, et nobles chevaliers et bourgeois sont libres d'aller et de venir à leur guise.

Ils gagnèrent le cloître à l'est où quelques moines devant leur table, profitant au mieux du soleil printanier, copiaient ou enluminaient des manuscrits. Dans le clos central, des gardiens jouaient aux échecs ; d'autres conversaient avec les moines.

— Les frères apprécient sans nul doute notre présence, déclara Coverdale.

— Il en va de même dans toute communauté fermée, remarqua Athelstan. On a toujours envie de voir de nouveaux visages ou de jacasser à propos des grands de la terre.

Ils entrèrent dans l'antichambre de la salle capitulaire. Une rangée d'archers se tenait devant la porte close à deux battants. En attendant qu'on la leur ouvre, le dominicain s'attarda pour admirer, richement sculpté au-dessus de l'huis, un triptyque de pierre représentant le Christ au Jugement dernier.

— Je croyais que la session était achevée, fit observer Cranston.

— C'est exact, mais les portes restent fermées,

rétorqua Coverdale. Les envoyés n'ont qu'à frapper et on les laisse entrer ou sortir. Chacun possède un sceau ou un mandat spécial.

Il eut un sourire sardonique.

— Notre régent est pointilleux.

Cranston ne contesta point. Ils pénétrèrent dans un premier vestibule et suivirent un couloir de marbre orné d'une colonnade en marbre de Purbeck. Juste avant qu'ils n'arrivent devant une seconde porte, Athelstan s'arrêta et remarqua, à gauche, plusieurs volées de marches et, à droite, un autre escalier qui s'enfonçait dans les ténèbres.

— Où mènent-ils ? questionna-t-il.

— Celui qui monte conduit à la chapelle de Sainte-Foy, répondit Coverdale. L'autre descend à la chambre du Trésor.

Le dominicain allait demander davantage d'explications mais le capitaine avait déjà claqué des doigts à l'adresse des gardes pour qu'ils ouvrent les portes. Après avoir été déverrouillées, elles furent grandes ouvertes et ils s'avancèrent dans la salle capitulaire même. Elle était déserte à l'exception d'un petit homme chauve, la mine sombre, qui se tenait, tout agité, au pupitre. Il se précipita vers eux en battant l'air des bras.

— Vous êtes en retard ! Vous êtes en retard ! cria-t-il à Coverdale. Les honorables représentants du Shropshire ne pouvaient attendre plus longtemps. Ils sont allés à l'une des rôtisseries dans la cour de l'abbaye.

Il rejeta la tête en arrière et Cranston pensa à un moineau bruyant et affairé.

— On ne peut faire attendre de tels hommes, bêla-t-il.

— Pas plus que le coroner du roi, rétorqua Cranston. Qui êtes-vous, au fait ?

— Sir Peter de la Mare, président des Communes. Sir Miles, que se passe-t-il ?

Le capitaine présenta Cranston et Athelstan et de la Mare se fit plus obséquieux.

— Bien, attendez céans. Je vais voir ce que je peux faire, je vais voir ce que je peux faire, débita-t-il.

Et, se dandinant, il sortit.

Athelstan embrassa la salle du regard.

— Mon Dieu, s'exclama-t-il, que c'est beau ! Regardez, Sir John !

Sur chaque pan de la pièce octogonale de hautes fenêtres augmentaient l'impression de lumière et illuminaient la splendeur de la voûte majestueuse. Cette dernière reposait sur une seule colonne massive devant laquelle se dressait un énorme lutrin de bois.

— Où sont installés les envoyés ? s'enquit Athelstan.

Cranston désigna trois rangs de gradins qui faisaient le tour de l'endroit.

— Là, expliqua-t-il. La salle capitulaire peut en accueillir des centaines.

Athelstan acquiesça tout en admirant le superbe tympan au-dessus de la porte qui dépeignait le Christ en gloire. Le Sauveur était revêtu d'une belle tunique écarlate et auréolé d'un éclatant nimbe doré qui se détachait sur un ciel bleu vif. De part et d'autre, des anges en robe blanche, chacun pourvu de trois paires d'ailes, baissaient la tête en signe d'adoration. Sur les fenêtres et au-dessous, le long des murs, il y avait d'autres scènes de la Bible : les quatre cavaliers de l'Apocalypse ; l'archange saint Michel combattant le dragon ; saint Jean indemne par miracle dans un chaudron d'huile bouillante ; d'autres tableaux montraient les justes béats dans la vertu pendant que les damnés se tordaient en hurlant dans les tourments.

— C'est sans doute l'œuvre des anges ! murmura le dominicain. Regardez, Sir John ! Il faut que j'amène Huddle ici ! Si seulement il pouvait étudier des peintures comme celles-ci ! Les émissaires sont bienheureux de pouvoir se réunir dans un endroit semblable !

— Peu leur en chaut ! commenta Coverdale d'une voix sévère. Ils se contentent de s'affaler le long des murs en criaillant et en piaillant !

— Ils font sûrement plus que cela ? protesta Athelstan.

— Eh bien, le président fait respecter l'ordre, dit le capitaine. Il s'assoit au centre, juste sous la fenêtre. C'est lui qui désigne celui qui prendra la parole devant le lutrin. Et c'est là...

Il montra du doigt une petite table couverte de rouleaux de parchemin.

— ... que s'installent clercs et juristes.

Athelstan hocha la tête. Il fit avec lenteur le tour de la pièce, s'émerveillant devant les diverses représentations peintes sur les murs, reculant parfois un peu, fasciné par l'habileté de l'artiste. Il s'immobilisa en entendant un bruit de pas dans le couloir ; la porte s'ouvrit à la volée et un groupe d'hommes déferla dans la salle capitulaire.

— Cranston !

Le chef était un homme trapu au visage en lame de couteau et aux cheveux gris fer coupés haut sur les oreilles. Il se planta sur le seuil, mains sur les hanches, jambes écartées.

— Me voici, roucoula le coroner. Et qui êtes-vous, messire ?

— Sir Edmund Malmesbury, représentant du Shropshire aux Communes. Nous vous avons attendu.

Il jeta un coup d'œil dédaigneux à Coverdale.

— Mais nous avons fort à faire. Nous avons besoin de boire et de manger.

— Oui, et donc vous êtes allés vous restaurer, commenta Sir John en respirant à grand bruit et en se levant.

Et, pouces passés dans son ceinturon, il avança en se dandinant. Il ne s'arrêta qu'à quelques centimètres de Malmesbury.

— Nous étions en retard, Sir Edmund, ajouta-t-il avec un sourire. Permettez-moi de me présenter : Sir John Cranston, officier du roi et coroner de la ville de Londres ; et voici frère Athelstan, mon clerc. Vous connaissez déjà Coverdale.

Cranston dévisagea les hommes qui entouraient Malmesbury.

— Ce sont là vos compagnons ?

Le reste de la troupe s'approcha : Sir Thomas Elontius, roux et barbe hérissée, yeux protubérants et durs ; Sir Humphrey Aylebore, chauve comme un œuf, gros et gras, mol visage rasé quelque peu larmoyant ; Sir Maurice Goldingham, petit et soigné, cheveux noirs huilés coiffés comme ceux d'un page ; et, enfin, Sir Francis Harnett, petit lui aussi, mais blond et les yeux rapprochés. Son visage mat et bien rasé rappela à Athelstan une crécerelle et, se remémorant l'histoire de Moleskin au sujet de Perline Brasenose qui avait rencontré un chevalier sur les marches du débarcadère à Southwark, le dominicain se demanda ce qu'un tel homme pouvait vouloir à des gens comme son écervelé de jeune paroissien.

Cranston recula, salua et fit un geste vers les gradins.

— Mes nobles seigneurs, installez-vous ; nous n'avons que quelques questions à vous poser.

Les cinq chevaliers, l'air pompeux, s'avancèrent vers les degrés où ils prirent place. Ils le firent avec lenteur et arrogance tout en bavardant et en chuchotant entre eux.

« De vrais paons, se dit le dominicain, avec toute la morgue de Lucifer ! »

Ils paraissaient ce qu'ils étaient : victorieux combattants endurcis ; marchands et hommes d'importance aussi bien dans leur comté qu'ici, à Londres. Ils portaient tous d'onéreuses houppelandes ou des tuniques, rouge et or, pourpres ou vertes, bordées et garnies d'hermine à l'ourlet et aux poignets. Des ceintures luxueuses enserraient leurs tailles épaisses au-dessus des chausses multicolores et des bottes à ornements. Ces hommes d'âge mûr revêtaient les atours des jouvenceaux de la Cour. On avait cousu des clochettes d'argent sur leurs manches. Leurs chemises, sous les robes, étaient de fine batiste ; des fermaux de pierreries et des anneaux d'argent décoraient doigts et poignets boudinés. Aucun n'était armé, mis à part les dagues de parade glissées dans des fourreaux brodés.

Malmesbury, belliqueux, dirigeait la bande. Il murmura quelques instants à l'oreille de Sir Humphrey Aylebore dont la face aux traits épais se fendit d'un sourire malveillant quand il jeta un coup d'œil à Sir Miles Coverdale. Athelstan comprit qu'entre ces puissants émissaires et le capitaine de Jean de Gand ne régnait pas la plus grande cordialité. Elontius se mit à siffloter entre ses dents. Goldingham, qui semblait avoir beaucoup bu, se laissa aller en arrière, yeux mi-clos, et Harnett s'absorba dans la contemplation des tableaux sur les murs.

Le dominicain, près du lutrin, s'inquiétait : comment Sir John se conduirait-il avec ces hommes, si différents des malandrins, félons et autres pendards de Cheapside ? Il pria en silence pour que le coroner garde son calme et espéra qu'il n'avait point eu trop souvent recours à sa gourde miraculeuse. Les cloches de l'abbaye commencèrent à sonner pour appeler les moines à l'office divin et leur carillon résonna à travers les cloîtres vides. Cranston pencha la tête de côté, comme si ce bruit l'intéressait davantage que l'animosité de Malmesbury et de ses compagnons. Les cloches se turent ; les chevaliers continuèrent à bavarder entre eux à voix basse et Sir John se plongea dans la contemplation de son anneau d'officier royal. Les murmures finirent par s'apaiser, mais il ne releva pas la tête. Le silence se faisait oppressant et Athelstan agrippa le bord du pupitre.

Malmesbury se dressa d'un bond et prit la parole.

— Bon, messire le coroner, vous nous avez convoqués céans.

Il fit claquer sa paire de gants de cuir sur sa cuisse.

— Si vous ne voulez pas nous interroger, nous allons nous retirer. Laissez-moi vous rappeler, messire le coroner, que nous ne sommes point sous votre juridiction : les membres des Communes ne peuvent être arrêtés à cause de dérisoires lois civiles.

Il quêta, du regard, l'approbation de ses amis qui la lui accordèrent sans réserve.

— Très beau discours ! commenta Cranston en se levant et en s'approchant d'Athelstan.

Il fit un geste vers la porte.

— Vous pouvez partir, si vous le désirez. Sir Edmund dit vrai : vous n'êtes pas sous ma juridiction. Puis-je, pourtant, vous remettre en mémoire quelques détails de la loi ? D'abord, deux de vos compagnons, membres des Communes, ont été assassinés. Ce qui est une attaque contre l'autorité de la Couronne. Je ne parle pas du régent, mais de Richard, roi d'Angleterre, dont je suis l'officier. Les juristes de la Chancellerie peuvent soutenir que se rebeller contre moi c'est se rebeller contre la Couronne. Mais, ajouta-t-il avec un sourire, ce serait à débattre par la justice royale, ce qui pourrait être long et vous obligerait à revenir du Shropshire à Londres. Ensuite, vous êtes protégés tant que les Communes siègent. Une fois ce parlement dispersé, et quoi qu'il arrive il le sera, j'obtiendrai un mandat d'arrêt parce que vous êtes soupçonnés de meurtre.

— Absurde ! lança Goldingham en faisant mine de se lever. Vous nous accusez d'avoir assassiné nos deux compagnons ?

— J'ai dit « soupçonné », ce qui se fonde sur le très juste point légal que vous refusez de répondre aux questions de l'officier du roi.

— Mais nous n'avons rien à voir avec leur mort ! cria Thomas Elontius, visage empourpré et yeux si globuleux que le dominicain craignit qu'ils ne jaillissent de leurs orbites.

Cranston sourit.

— Très bien, ronronna-t-il. Dans ce cas, vous ne ferez pas d'objection à répondre à quelques petites questions.

Goldingham s'affala sur les marches.

— Terminons-en ! marmonna-t-il.

— Bon, lundi dernier..., commença le coroner.

— Un instant, intervint Harnett en désignant Coverdale. Doit-il rester ici ?

— Oui. S'il s'en va, répondit Cranston, je ferai de même. Sir Miles, calmez-vous. Asseyez-vous. Ce ne sera pas long.

Le coroner prit le temps de s'éponger le front du bord de sa chape ; il tourna la tête vers Athelstan et lui adressa un clin d'œil. Ce dernier fit un pas. Les mains glissées dans les manches de sa bure, il s'avança vers les chevaliers qui l'observèrent avec curiosité.

— Messeigneurs, énonça-t-il, lundi soir, Sir Oliver Bouchon a quitté le souper auquel vous participiez tous à la taverne de *La Gargouille.* Selon des témoins, Bouchon était agité et préoccupé. Il n'est pas revenu et plus tard on a découvert son corps dans les roseaux du fleuve près de Tothill Fields.

— Et alors ? demanda Malmesbury qui observait le dominicain comme Bonaventure aurait guetté une souris.

— Pourquoi Sir Oliver était-il si troublé ?

Les chevaliers se contentèrent de le regarder en retour.

— Ne vous a-t-il pas dit où il allait ?

Silence.

— Vous a-t-il parlé de ce qu'il avait reçu ? De la pointe de flèche, de la bougie et du morceau de parchemin avec les mots « Souviens-toi » griffonnés dessus ?

— Il ne nous a parlé de rien. N'est-ce pas, messeigneurs ? répondit Malmesbury, en reprenant le mot d'Athelstan et en lançant un grand sourire à ses amis.

— Nous avons évoqué cela entre nous, précisa Elontius qui gratta sa barbe rousse ébouriffée.

De près, il n'avait pas l'air si redoutable et Athelstan aperçut un éclair de douceur dans ses yeux saillants.

— Mon frère, nous ne voulons offenser ni vous ni Sir John, reprit Elontius, mais nous ignorons tout de la mort de Sir Oliver, que Dieu le garde. Oui, il est resté silencieux ; oui, il est parti ; et c'est la dernière fois que nous l'avons vu.

— Ainsi vous ne savez rien qui pourrait expliquer sa mort ? Pourquoi on a lui a expédié une pointe de flèche et d'autres objets ni pourquoi quelqu'un voulait le tuer ?

Un chœur de dénégations lui répondit. Athelstan baissa les yeux vers le sol dallé et suivit, du bout de sa sandale, la fleur de lys qui y était peinte.

— Et plus tard, ce soir-là, messeigneurs ?

Il releva la tête.

— Êtes-vous allés vous amuser ailleurs ?

— Oui, le singea Goldingham, nous sommes allés, hum... nous amuser au couvent de Dame Mathilda à Cottemore Lane.

Harnett ricana. Elontius eut l'air un peu gêné. Aylebore arbora un petit sourire narquois, mais Malmesbury ne quitta pas Athelstan des yeux. Le prêtre, lui, se demanda où il avait déjà vu cet homme.

— Vous êtes donc allés au bordel ? intervint Cranston. C'est ce que dirige Dame Mathilda : un lieu de réconfort pour les hommes éloignés de leur épouse.

Il se tenait à présent près de ses interlocuteurs, jambes écartées, ses yeux bleus glacés les fixant froidement. Il secoua la tête et les menaça du doigt.

— Il n'y a point là matière à rire. Que va-t-il se passer, messires, si ces morts ne sont pas élucidées et si je dois me rendre à Shrewsbury pour enquêter devant vous et vos femmes ?

— Ce serait plutôt difficile, bredouilla Goldingham. La mienne est morte !

— Eh bien, messire, elle a de la chance !

Goldingham porta la main à son poignard.

— Pourquoi ne le tirez-vous pas ? le nargua Cranston. Ou, mieux encore, Sir Maurice, souffletez-moi de vos gants. Je peux encore monter un destrier et jouter. Je vise juste et ma main est aussi ferme que lorsque je combattais pour le Prince Noir.

Malmesbury se retourna et prit Goldingham par l'épaule.

— Sir John, veuillez nous excuser. Ainsi que vous, frère Athelstan. Je répondrai pour les autres et ils me contrediront s'ils le veulent. Sir Oliver a quitté la taverne ce soir-là et n'est point revenu. Nous ignorons tous ce qui le tourmentait. Il est vrai que nous avons tenté de l'égayer mais il était d'humeur fort mélancolique. Après le souper, notre brave propriétaire nous a conduits chez Dame Mathilda, à Cottemore Lane. Nous y sommes restés jusqu'à l'aube, puis nous sommes rentrés...

Il eut un sourire contraint.

— ... quelque peu soûls. Bien sûr, la mort de Sir Oliver nous a tous émus, mais, après tout, Londres est emplie de filous. Et, ajouta-t-il, quelque peu sarcastique, nous avons cru comprendre que ces attaques sont fréquentes.

Athelstan scruta la rangée de visages. « Vous mentez, pensa-t-il, vous vous êtes réunis pour préparer cette histoire : si Sir John et moi vous interrogions un par un, vous chanteriez tous la même chanson. »

— Et il en va de même pour le meurtre de Swynford, précisa Harnett.

Le dominicain perçut la peur dans la voix tremblotante et le rapide battement des paupières de Sir Francis. Il décida de lui demander à la première occasion ce qu'il faisait le long du fleuve.

— Bon, bon ! dit Cranston en revenant près du pupitre.

Il jeta un coup d'œil à Coverdale par-dessus son épaule. Le jeune capitaine était affalé sur les gradins et ses yeux affichaient tant de haine que le coroner se demanda s'il s'était montré avisé en exigeant la présence de l'écuyer de Jean de Gand.

— Je suppose, déclara Athelstan avec lassitude, que la mort de Swynford a aussi été une surprise et un terrible choc pour vous tous ; que vous ignorez les raisons pour lesquelles on lui a envoyé pointe de flèche, bougie et morceau de parchemin ; et que hier soir, quand on l'a tué, vous vaquiez tous à vos propres affaires ?

— C'est exact, répondit Malmesbury. Nous étions fatigués après la nuit précédente et affligés par la mort de Sir Oliver ; nous sommes donc restés à *La Gargouille*.

— Avez-vous des témoins ?

— J'étais avec Sir Edmund, rétorqua Elontius. Dans sa chambre. Nous avons joué aux dés et parlé des événements.

— Et vous, Sir Humphrey ?

Aylebore grimaça.

— Je me suis retiré tôt. Je suis allé me recueillir près du corps de Sir Oliver. Puis j'ai bavardé quelques instants avec l'aubergiste et Goldingham. Ensuite j'ai quitté la grand-salle pour regagner ma propre chambre. Je n'ai compris qu'il se passait quelque chose d'étrange que lorsque le tavernier a donné l'alarme. N'est-ce pas, Goldingham ?

Sir Maurice passa la main dans ses cheveux bien coiffés.

— C'est vrai et l'hôte pourra s'en porter garant. J'ai conversé avec lui à propos du commerce du vin et des assauts des pirates français sur nos cogghes [1] venant de Bordeaux. Il m'a quitté et j'ai causé avec la charmante Christina.

— L'un de vous a-t-il vu le prêtre arriver ?

— Moi, dit Goldingham. La taverne était pleine et la grand-salle bondée. J'essayais de prendre la main de Christina quand la porte s'est ouverte. J'ai vu une silhouette emmitouflée et encapuchonnée.

Il haussa les épaules.

— Le prêtre a fait son entrée dans la pièce, la servante lui a dit quelque chose et il est monté. Ensuite – il bâilla – je ne me souviens vraiment de rien. Je

1. Bateau mis au point dans la seconde moitié du XIIe siècle, d'environ trente mètres de long sur sept de large, et dix fois plus puissant que les navires antérieurs en capacité de charge. (*N.d.T.*)

m'apprêtais à me coucher quand j'ai ouï crier l'aubergiste.

— Quelqu'un a-t-il vu le prêtre repartir ? s'enquit Athelstan.

— Comment l'aurions-nous pu ? rétorqua Malmesbury. J'étais avec Sir Thomas. Aylebore était au lit, Goldingham dans sa chambre. Nous n'avons appris la mort de Swynford qu'en entendant le tavernier brailler comme une bachelette[1] !

— Il ne reste plus que vous, Sir Francis, remarqua le dominicain en souriant à Harnett. Où vous trouviez-vous hier soir ?

— J'étais...

Les yeux rapprochés cillèrent.

— J'ai passé la soirée dans ma chambre.

— Et la veille ?

Harnett ouvrit la bouche pour mentir, mais le silence de ses compagnons le trahit.

— Je suis parti tôt de chez Dame Mathilda, avoua-t-il. Je me suis rendu à King's Steps où j'ai loué une barque.

— Pour aller où ? Sir Francis, de grâce, dites-moi la vérité !

— Aux étuves de Southwark, aux bains.

Rougissant, il jeta un regard à ses amis qui rirent sous cape.

— Les activités de la soirée ne vous avaient donc point épuisé ? s'étonna Athelstan d'un ton sec. Sir Francis, je suis le prêtre de la paroisse de St Erconwald : les bains le long du fleuve sont des bordels notoires.

— Vraiment ?

Harnett leva la tête et pinça les lèvres.

— Je voulais me rafraîchir, mon frère, comme sans doute maints de vos paroissiens.

— Puis vous êtes revenu, continua le dominicain sans relever l'offense.

---

1. Jeune fille, servante. (*N.d.T.*)

— Oui, je suis revenu. Que pourrais-je ajouter ? dit Harnett en haussant les épaules.

« Quoi d'autre en vérité ? » réfléchit Athelstan. Il sourit pour cacher son désespoir : ces hommes mentaient et même se gaussaient de lui. Et ni Sir John ni lui ne pouvaient faire grand-chose pour les obliger à rendre des comptes. Il jeta un coup d'œil derrière lui. Cranston avait à présent regagné sa place près de Coverdale. Athelstan toussa à grand bruit car le coroner, yeux papillonnant, était un peu penché en avant. « Oh, ne vous endormez pas ! pria Athelstan. De grâce, Sir John ! » Il avait l'impression qu'ils suivaient un sentier étroit et dangereux ; le moindre faux pas et ces puissants nobles éclateraient d'un rire railleur. Ils affirmeraient n'avoir rien d'autre à dire et iraient s'adonner à leurs plaisirs.

— Et Sir Henry Swynford, cria-t-il presque en se retournant et en avançant vers les chevaliers tout en espérant que le coroner se secouerait, et Sir Henry, répéta-t-il aussi fort, n'a pas signalé qu'il avait reçu les mêmes objets que Sir Oliver Bouchon ?

— Non, grommela Aylebore, et je commence à en avoir assez, mon frère !

— Par conséquent vous ignorez quelle peut être la raison de son assassinat ?

— S'il y en avait une, nous vous le dirions, rétorqua Malmesbury.

— Qu'étaient supposés se rappeler Sir Oliver et Sir Henry ? interrogea le dominicain.

— Si *nous* le savions, remarqua Sir Edmund d'un ton sarcastique, vous le sauriez aussi !

— Étiez-vous tous amis ?

— Plutôt compagnons et voisins, précisa Aylebore.

— Mais tous Chevaliers du Cygne ?

Pour la première fois les masques glissèrent : Malmesbury tressaillit et les autres, inquiets, s'agitèrent.

— Il y a des années de cela, chuchota Sir Edmund. Dans notre folle jeunesse, frère Athelstan. Le temps passe. Les gens changent et c'est ce que nous avons fait.

— La noble fraternité des Chevaliers du Cygne n'existe donc plus ?

— Elle est morte de sa belle mort.

— En même temps que votre amitié ? s'enquit Athelstan.

— Mon frère, prévint Sir Humphrey Aylebore, vous devenez impertinent.

— Frère Athelstan, intervint Sir Thomas Elontius avec douceur, nous demeurons tous dans le même comté. Nous avons livré les mêmes batailles. Nous nous marions entre nous. Nous nous retrouvons pour les tournois ou les chasses. Nous festoyons aux mariages et pleurons aux enterrements. Nous avons nos dissensions, mais rien qui aille jusqu'au meurtre entre nous.

« Vous ressemblez à Sir John, pensa Athelstan en jetant un bref coup d'œil sur Elontius, malgré vos cheveux roux et votre barbe hirsute, vous êtes un homme bon. »

Sir Thomas soutint son regard.

— Nous ne savons absolument pas, mon frère, murmura-t-il d'une voix rauque, pourquoi ces deux bons chevaliers ont trépassé de malemort.

— Et les croix rouges marquées sur les visages de deux cadavres ?

— Rien, grinça Malmesbury.

— Dans ce cas, déclara Cranston, qui se leva, le souffle court, et traversa la salle capitulaire, mon secrétaire va écrire vos dépositions. Vous n'êtes pour rien dans cette affaire. Vous ne pouvez nous aider. Êtes-vous disposés à prêter serment ?

— Montrez-nous un Évangile, persifla Goldingham, et je jurerai.

— Alors...

Cranston jeta un regard à Coverdale par-dessus son épaule.

— *Festina lente*, commenta Sir Maurice Goldingham. Cela signifie « Hâte-toi lentement », messire le coroner.

Il tendit ses mains boudinées.

— Nous sommes restés céans et avons répondu à votre interrogatoire, mais le fait demeure : deux de nos compagnons ont été assassinés. Vous et frère Athelstan êtes venus ici et, dans votre enquête, avez insinué que l'un d'entre nous, ou nous tous, pourrions être les meurtriers. Mais...

Goldingham se leva et écarta la main que Malmesbury avançait en signe d'avertissement.

— ... ces hommes ont été exécutés à Londres, dans votre juridiction, messire. Tous deux, comme nous, s'élevaient avec force contre le régent et les nouvelles taxes qu'il exige.

Il enfonça son doigt épais dans la poitrine du magistrat.

— On commence à insinuer qu'ils ont été victimes de ceux qui n'aiment pas les discours trop francs !

Il appuya son doigt plus fort, mais le coroner ne broncha pas.

— C'étaient nos amis, reprit Goldingham d'une voix âpre. Leur sang crie vengeance au ciel. Vous avez été dépêchés par le régent mais je vous préviens : si leur mort n'est pas élucidée et si l'assassin n'est pas arrêté, je monterai en personne au pupitre pour dire aux Communes que le tueur est libre parce que certains officiers du roi sont incapables de le capturer et qu'il faut donc les remplacer !

Cranston s'empara de l'épais doigt de son interlocuteur et le serra jusqu'à ce que Goldingham tressaille.

— Je vous ai compris, Sir Maurice, marmonna-t-il, et vous trouve fort sot. Je vous donne ma parole sur deux points. D'abord que je prendrai leur meurtrier et le verrai pendre, dépecer, écarteler et éventrer.

Il éleva la voix :

— Et ensuite que les morts de ces hommes sont enveloppées de mystère et que vous êtes tous bien niais si vous croyez que ce seront les dernières !

CHAPITRE V

— Dieu soit loué, nous sommes sortis de là !

Cranston et Athelstan se trouvaient sur le parvis, devant l'entrée principale de l'abbaye. Ils avaient laissé les chevaliers dans la salle capitulaire. Sans attendre qu'ils réagissent à son avertissement, le coroner avait tourné les talons et s'était éloigné à grands pas, suivi du dominicain et du capitaine. Coverdale arborait un grand sourire en pensant à la façon dont Cranston avait traité ces puissants seigneurs. Il lui tardait de savourer le malaise des représentants et, une fois passé le cordon de soldats, il brûlait de faire ses adieux à Athelstan.

— Ai-je bien agi ? souffla Sir John.

Il s'empara de sa gourde, porta un toast à la Vierge sur son socle près de la porte de l'abbaye et avala quelques généreuses rasades.

— Ils vous ont menacé, Sir John, et sans motif. Mais Goldingham a peut-être raison. Rien ne prouve que l'assassin de Bouchon et de Swynford soit l'un des chevaliers.

— Mes couilles ! jura Cranston. Ils n'ont cessé de mentir. Ils étaient là, comme des enfants de chœur ou des acteurs débitant leur texte dans une pantomime.

— Ce qui ne signifie point qu'ils cherchent à dissimuler quelque chose à propos des meurtres, insista le dominicain.

Il passa son bras sous celui de son compagnon et l'entraîna un peu à l'écart.

— Vous avez déjà rencontré des hommes de la même farine, Sir John. Vous savez bien comment ils se comportent, ajouta-t-il, flatteur. Ils ont grandi ensemble et ont servi comme pages et écuyers dans les mêmes maisons. Ils sont liés par le sang et le mariage. Ils vont à la guerre, partagent le butin et, en temps de paix, sont unis comme les deux doigts de la main.

— Pas de devinettes, mon frère !

— Mais, Sir John, ce n'est point là une énigme. Vous avez simplement bu une gorgée de trop à votre gourde. Non, ne me regardez pas ainsi ! Vous êtes le père des marmousets et me foudroyer de sous ces blancs sourcils ébouriffés n'est que faux-semblant. Ce que je veux dire, c'est que, bien sûr, ces seigneurs ont beaucoup à cacher, mais qu'ils n'ont sans doute rien à voir avec les crimes.

— Comment allons-nous nous en assurer ?

Athelstan effleura la gourde sous la chape de Sir John.

— *In vino veritas*, Sir John. La vérité est dans le vin.

— Vous voulez parler de Banyard ?

— Oui. Montrez-moi un tavernier qui prétend ne point prêter l'oreille aux conversations de ses chalands, et je vous montrerai un menteur !

Ils sortirent de l'abbaye et durent emprunter une rue tortueuse entre d'étroites ruelles nauséabondes pour se rendre à *La Gargouille*, car une maison avait brûlé et bouchait ainsi le chemin le plus direct.

— N'est-ce pas étrange ? chuchota Cranston. Nous venons de quitter un endroit sacré et vénérable, l'abbaye où sont couronnés les rois et où se tiennent les parlements, et pourtant il semblerait que tous les coquins de la ville rôdent alentour.

Athelstan dut bien le reconnaître. Il aperçut deux individus, dont l'un affublé d'un bandeau sur l'œil, qui avaient tous les deux remonté leur capuchon et emboîtaient le pas à une jolie gueuse qui sautillait entre les étals. Les deux hommes surveillaient avec convoitise la bourse brodée qui pendait à la ceinture éclatante de la ribaude. Au coin de la venelle, trois muets brandissaient des pancartes proclamant qu'ils étaient sourds-muets de naissance. Les passants ne leur feraient-ils pas la charité d'un farthing ?

— Mensonges ! grogna Cranston, incrédule.

— Mais ils sont sincères ! s'exclama Athelstan.

— Regardez ! maugréa le coroner.

Il traversa la rue en franchissant d'un bond l'égout central débordant et attendit qu'une petite foule se soit rassemblée, prête à donner quelques piécettes. Il tira son poignard, s'approcha de l'un des muets et piqua les fesses du compère de la pointe de sa dague. Ce dernier laissa tomber son panneau et piailla comme un oiseau.

— Qui a fait ça ? Qui a fait ça ?

Les spectateurs le contemplèrent avec stupéfaction.

— C'est un miracle, déclara Cranston en levant son arme. Il parle !

Menaçant, il avança vers les deux autres.

— Et peut-être puis-je réussir de même avec vous ?

Les trois pendards attrapèrent leurs sébiles et décampèrent dans la ruelle comme des lièvres. La nouvelle avait dû se répandre car au passage du coroner, qui reprit son chemin, différents individus, tous occupés à quémander, disparurent dans l'ombre. Ils furent rapidement remplacés, sur les seuils ou dans les intervalles entre les maisons, par une légion d'autres vagabonds : vendeurs de ballades, colporteurs, marchands de reliques, omniprésents trafiquants d'indulgences avides de négocier des pardons aux pèlerins qui se regroupaient autour du tombeau d'Édouard le Confesseur. Le bruit était intense et les venelles parfois si encombrées que Cranston et Athelstan n'avançaient qu'à grand-peine.

— Comment se fait-il que la religion appâte tant de

truands et de niais ? beugla le coroner. Le Bon Dieu ne S'y oppose-t-Il pas ?

Athelstan eut envie de lui rappeler que, pendant sa vie, le Christ avait attiré non seulement des saints mais aussi des pécheurs. Mais le fracas était si fort qu'il décida de repousser sa remarque à une autre fois. Ils tournèrent enfin et se retrouvèrent sous l'enseigne de *La Gargouille*. Le dominicain observa la tête diabolique qui y était peinte. Vert-de-gris sur fond pourpre, elle était vraiment effrayante. Les cheveux hirsutes du démon, ses yeux horribles et sa gueule grondante menaçant un chevalier armé de pied en cap lui rappelèrent ses propres soucis à St Erconwald. Ils pénétrèrent dans la grand-salle : Banyard, près des tonneaux de vin, haranguait un groupe de bateliers au sujet des prix croissants de la bière et du vin. Il s'interrompit pour sourire aux deux hommes.

— Eh bien, messire le coroner, que puis-je pour vous ? Voulez-vous vous restaurer ?

— Oui, répondit Athelstan en hâte. Et pourrais-je avoir une écritoire ?

— Occupons-nous d'abord du corps ! gronda le coroner.

— Un peu de ragoût ? proposa l'hôte. Du porc aux œufs. Et le pain est frais.

Cranston et Athelstan acceptèrent et le tavernier les conduisit à une table à l'écart. Il leur apporta des chopes de bière, puis leur envoya un valet chargé d'une écritoire contenant plume, corne à encre, parchemin et cire.

— De quoi s'agit-il ? demanda le coroner.

Son secrétaire prit la plume et se mit à écrire à toute vitesse, la main courant sur le vélin. Il s'arrêta et repensa aux morceaux de parchemin expédiés aux chevaliers défunts.

— Ça n'a pas été fait céans.

— Quoi ?

— Le vélin et l'encre sont différents, expliqua le

prêtre. Je me demandais si les avertissements avaient été rédigés ici.

Il plissa les paupières.

— Si seulement nous pouvions découvrir ce dont Sir Bouchon et Sir Swynford étaient supposés se souvenir ! En tout cas...

Il trempa le bout de sa plume dans la corne à encre et reprit ses écritures.

— ... j'envoie un message au père prieur. Il faut que je lui parle du démon de Southwark.

— En quoi pourra-t-il vous être utile ? s'enquit le coroner.

— Il a la ruse du serpent et la candeur de la colombe.

— Comme vous ?

— Sir John, vous me flattez... Mais il se trouve que dans une récente missive notre supérieur nous incite à étudier avec plus d'attention la possession démoniaque et à enquêter sur ces phénomènes.

Il cessa d'écrire, reposa sa plume et demanda au valet une bougie pour faire fondre la cire.

— Vous comprenez, Sir John, reprit-il quand il eut apposé le sceau, Pike le fossier peut voir toutes sortes de démons quand il a bu, mais Benedicta garde la tête froide. Vous pouvez vous gausser, mais quelque chose d'immonde rôdait dans notre dépositoire cette nuit-là. Sir John, dit-il en soufflant la chandelle, ne croyez-vous pas à Satan et à ses pouvoirs ?

— Si, j'y crois sacrément !

Le coroner savoura une gorgée de bière.

— Et maints de ses amis vivent à Cheapside. Mais vous ne pensez sûrement pas que les diables sortent de l'Enfer pour cabrioler dans les ruelles de Southwark ? Je suis persuadé qu'il y a des proies plus succulentes et plus potelées sur l'autre berge du fleuve.

— Quoi qu'il en soit, remarqua Athelstan, prenant en main son message quand Banyard s'approcha avec leur repas, je dois en faire part au père Anselme pour qu'il me donne un conseil.

Quand l'aubergiste eut déposé les plats fumants devant eux, Athelstan lui tendit la lettre.

— Pourriez-vous vous assurer qu'on l'apporte au couvent de Blackfriars ? demanda-t-il en sortant un penny de son escarcelle. Je paierai votre valet.

— Mais non, de grâce ! répondit Banyard. Inutile de payer, mon frère !

— Alors, commenta Cranston en reposant sa cuillère de corne et en claquant des lèvres, une gracieuseté en vaut une autre. Que le garçon se hâte, maître Banyard, et soyez donc notre invité.

Le tavernier accepta. Il revint de la cuisine et s'assit, une chope de bière écumante en main. Sir John prit une pièce d'argent dans sa bourse et la fit glisser vers leur hôte.

— Nous aimerions avoir votre avis, maître Banyard.

L'aubergiste avala une gorgée sans quitter des yeux la pièce d'argent.

— A quel sujet ? s'enquit-il en s'essuyant les lèvres d'un revers de main.

— Ne jouons pas les enfants !

Le coroner baissa la voix et poussa la pièce vers Banyard.

— En haut, messire, il y a les corps de deux anciens chalands : ce ne peut être profitable pour le commerce.

— La mort ne prévient point, Sir John. *La Gargouille* a abrité bien des dépouilles.

Le bonhomme fixa des yeux les poutres noircies par la fumée.

— Cela ne date pas d'hier. Des clients meurent dans leur sommeil ou dans des échauffourées. Nous avons aussi recueilli maints cadavres repêchés dans la Tamise.

— Mais là c'est différent, insista Athelstan.

Banyard reposa sa chope. Il tendit le bras et la pièce d'argent disparut.

— Je vous ai dit ce que je savais et ce que j'avais vu, murmura-t-il. Pourtant nos nobles représentants ne sont pas la bande de frères qu'ils semblent être. La nuit où Bouchon a été tué, il y a eu bien des désaccords sur un grand nombre de sujets.

Il grimaça.

— Des questions locales : la mainmise sur le grain tout comme les prix fixés sur les marchés de Shrewsbury.

— Et ? questionna Cranston.

— Les discussions furent chaudes, reprit le tavernier. Ils ont débattu d'un bateau qu'ils avaient loué pour faire venir du grain du Hainaut. Apparemment, ils avaient écouté les conseils de Malmesbury, mais le voyage ne s'est pas bien passé et le navire a été arraisonné en Manche par des pirates français. Goldingham, le petit brun qui marche comme une damoiselle et a une langue de vipère, a affirmé que Malmesbury devait les rembourser. Sir Edmund, rouge de colère, a juré qu'il n'en ferait rien.

— Alors ?

— De fil en aiguille, ils ont évoqué une coupe qui avait disparu. J'ai entendu citer le nom d'« Arthur ».

Banyard reprit une rasade.

— J'entrais et sortais de la grand-salle mais quand je suis revenu la conversation avait changé. Sir Henry Swynford expliquait qu'ils ne devraient pas se montrer si véhéments dans leur opposition au régent. Il a fait allusion à l'agitation croissante dans les comtés et aux attaques qui se multiplient contre les fermes et les manoirs isolés, dans le Kent ou sur les marches galloises.

Le tavernier se tut et serra sa chope.

— A ce moment, Sir Francis Harnett a dit quelque chose de très étrange.

Il ferma les yeux.

— Oui, c'est ça : il a prétendu qu'autrefois c'était mieux. Malmesbury s'est penché par-dessus la table et lui a agrippé le poignet. « Ne soyez pas stupide, a-t-il craché, contentez-vous de vos bêtes sauvages ! »

— Que croyez-vous que cela signifiait ? interrogea Athelstan.

— Oh, Sir Francis Harnett semble s'intéresser à

toutes les espèces d'animaux exotiques. Quand il est revenu de la Tour, il babillait comme un enfant à propos d'éléphants, de singes et même de l'ours blanc qui se trouvent parmi les animaux du roi.

— Non, précisa le dominicain, quand il a dit qu'autrefois c'était mieux.

Banyard sourcilla.

— Mon père, je suis aubergiste et pas magicien de foire !

— Et Sir Oliver Bouchon ? Se taisait-il ?

— Il a gardé le silence et n'a pas touché à son repas.

Le bonhomme se leva.

— Voilà tout ce que je sais ; mes clients attendent.

— Vous auriez pu nous narrer ça plus tôt !

— Sir John, je vends vin, bonne chère et commérages. Tout cela se paye.

— Nous conduirez-vous chez Dame Mathilda à Cottemore Lane ? interrogea le coroner.

Banyard eut un sourire narquois.

— Avez-vous besoin de consolation, Sir John ?

— Que nenni ! Que nenni ! répondit en hâte Cranston. Lady Maude, que Dieu la protège, serait horrifiée d'apprendre que je suis allé en de semblables endroits. Il faut seulement que je découvre si nos nobles chevaliers y ont passé la soirée de lundi.

Le tavernier grimaça tout en tripotant sa chope vide.

— Sir John, ils sont tous rentrés après minuit, ivres comme des grives.

Il haussa les épaules.

— Quand vous serez prêts, je vous emmènerai là-bas.

Et, se levant, il retourna dans la dépense.

— Bon, résuma Cranston en repoussant son écuelle, nous n'avons rien établi de nouveau. Ces braves chevaliers sont des menteurs. Il y a des rivalités entre eux.

Il s'humecta les lèvres.

— Je me demande ce que signifient ce gobelet

d'Arthur et la proclamation d'Harnett au sujet du bon vieux temps.

— Ces hommes, affirma Athelstan, savent ce que représentent la pointe de flèche, la bougie et les mots « Souviens-toi ». On a tué deux d'entre eux à cause d'un méfait secret commis il y a bien des années. Mais cela amène une autre question.

Le dominicain essuya sa cuillère de corne et la rangea dans son escarcelle.

— S'ils sont poursuivis par les démons de leur passé, pourquoi ne s'affolent-ils pas ? Pourquoi ne s'enfuient-ils pas dans le Shropshire ?

Il regarda le coroner et se pencha en avant.

— Si vous, moi et d'autres nous rendions à Shrewsbury – supposons que nous ayons commis un péché secret – et que, tout à coup, on commence à assassiner les membres de notre groupe, que feriez-vous ?

Cranston baissa sa chope.

— Bien qu'il me déplaise de le reconnaître, je quitterais Shrewsbury au triple galop.

— Alors pourquoi les chevaliers ne le font-ils pas ? insista Athelstan. Deux de leurs compagnons sont morts, pourtant...

Sir John embrassa la taverne du regard.

— Oh, bien vu, mon frère ! murmura-t-il. Fuir Londres, mettre le plus de distance possible entre eux et Westminster serait naturel.

Il gonfla les joues et caressa sa moustache embroussaillée.

— Bien entendu, ils ont encore le temps de le faire, quoique les hommes que nous avons rencontrés dans la salle capitulaire aient paru fort décidés à rester.

Il agrippa le poignet de son secrétaire.

— Vous posez des questions, mon frère. Mais avez-vous quelques réponses ?

— Eh bien, d'abord, répondit Athelstan avec calme, ils ne peuvent s'escamper sur l'heure. On aurait l'impression qu'ils sont coupables et veulent cacher quelque chose. Ensuite, ce sont des représentants. C'est leur devoir de rester à Westminster jusqu'à ce que le parlement en ait fini. Mais...

Athelstan fit une pause.

— ... ils pourraient toujours prétexter quelque maladie ou une affaire pressante chez eux, reprit-il avec lenteur. Il se peut qu'il y ait deux autres explications. Premièrement, tous les chevaliers que nous avons vus ce matin n'ont peut-être pas une faute à dissimuler. Deuxièmement, une peur plus grande les oblige à rester céans.

Il écarta écuelle et écritoire.

— Mais venez, Sir John, le temps passe.

Il sourit.

— Et nous devons encore rendre visite à Dame Mathilda et à ses belles de nuit.

Dans son petit oratoire richement orné du palais de Savoy, Jean de Gand était agenouillé sur son prie-Dieu, tête inclinée, en oraison. Près de lui, à genoux sur un coussin brodé de rouge et d'or, se tenait son « neveu bien-aimé », Richard d'Angleterre. De temps à autre le jeune roi, son angélique visage pâle comme l'ivoire encadré de cheveux d'or, clignait de ses yeux bleu clair et jetait un bref regard à son oncle. Il avait maintes fois avoué à son tuteur, Sir Simon Burley, à quel point il haïssait, d'une passion au-delà de toute mesure, son « cher oncle ». Jean de Gand priait-il vraiment ? s'interrogeait le roi. Ou l'oratoire n'était-il qu'un endroit calme et discret où il pouvait tramer ses complots ? Richard leva les yeux sur le crucifix d'argent.

« Mon Dieu, invoqua-t-il en silence, j'ai treize ans. Encore trois années, trois seulement, et je serai roi de plein droit ! »

Il sourit. Qu'adviendrait-il alors du « cher oncle » ? Mais trois ans, c'était long : il pouvait arriver n'importe quoi ! Richard, par son tuteur, n'ignorait rien des paysans furieux d'être attachés à la glèbe, de ne pouvoir vendre les fruits de leur labeur au marché, ni discuter de leurs gains. Et voilà qu'un parlement se tenait à Westminster : les grands seigneurs, temporels et spirituels, se réunissaient entre eux ; les Communes, dans la salle capitulaire, s'opposaient avec force à des prélèvements de taxes pour que le « cher oncle » puisse construire davantage de navires et lever des troupes fraîches. Mais que se passerait-il s'il éclatait une tempête qui balayerait non seulement son oncle mais lui ? Les rebelles porteraient-ils vraiment la main sur le fils du Prince Noir, leur propre roi consacré ? A ses côtés, le régent soupira, releva la tête et se signa avec ostentation. Il se tourna vers Richard.

— Bien-aimé neveu, susurra-t-il, il était fort gracieux de votre part de vous joindre à mes prières.

— Mon cher oncle, rétorqua Richard de la même voix mielleuse, vous avez besoin de tout le soutien que Dieu peut vous envoyer.

Le sourire de Jean de Gand ne s'effaça pas.

— Dans trois jours, sire, vous devrez vous rendre à Westminster. Pour vous trouver au milieu des Communes et leur rappeler combien vous les aimez. Et à quel point leur appui vous est nécessaire.

— M'accompagnerez-vous, bel oncle ?

— Comme à l'accoutumée, très cher neveu, je serai à votre dextre.

— Et si ta main droite est cause de scandale, énonça Richard en citant l'Évangile, coupe-la.

— Bien-aimé neveu, que voulez-vous dire ?

Jean de Gand se leva du prie-Dieu, mais le jeune garçon resta agenouillé.

— Dans trois ans, mon cher oncle, j'accomplirai mon destin : je serai roi légitime.

Sa voix se durcit.

— Il me plairait d'avoir un royaume à gouverner et non un pays déchiré et en guerre.

— Les paysans finiront par obtenir ce qu'ils veulent.

Le régent s'assit sur les marches de l'autel, en face de son neveu.

— On ne m'aime pas, sire, mais celui qui exerce le pouvoir n'est jamais aimé. Les flottes française et espagnole ravagent nos côtes sud. Les possesseurs des terres écrasent de leur botte le cou des serfs. Et ces derniers, en revanche, ourdissent trahison et révolte.

Richard scruta les traits léonins et hautains de son parent. Il remarqua les ridules autour des yeux et les sillons qui couraient dans la barbe argentée. « Ai-je tort ? » s'inquiéta-t-il. Jean de Gand voulait-il s'emparer de la Couronne, comme le lui soufflait sans cesse Burley ? Ou tentait-il seulement de guider l'Angleterre vers des eaux plus calmes ? Le régent, se penchant, prit la main du prince.

— Mon cher neveu, ce royaume vous appartient mais, à moins d'augmenter les impôts, nous n'aurons ni bateaux ni soldats pour nous défendre. Quand j'y serai parvenu, je pourrai calmer les seigneurs et soulager les paysans. Lorsque vous rendrez visite au parlement, faites ce que je vous recommande. Adressez-vous avec bienveillance aux chevaliers et aux bourgeois. Faites-leur savoir que mes exigences sont les vôtres.

Jean de Gand eut un sourire en coin.

— Après tout, vous êtes le fils du célèbre Prince Noir et le petit-fils du grand Édouard III qui a conquis la France.

Richard retira sa main.

— Je suis aussi le légitime roi d'Angleterre.

Le régent allait répliquer quand on frappa à l'huis. Sir Miles Coverdale entra et s'inclina.

— Messeigneurs, Sir Simon Burley est ici. Il insiste pour que notre jeune roi retourne à ses leçons.

Gand se leva et aida son neveu à faire de même.

— C'est vrai, vos leçons ! sourit-il. Faites mes compliments à Sir Simon, sire, mais rappelez-lui le fameux adage : il est plus aisé de prêcher que d'agir.

Richard ajusta la cordelière d'or qui ceignait sa taille fine et lissa les plis de sa robe de soie bleu et or. Il salua.

— Très cher oncle, dit-il en lui rendant son sourire, vous auriez dû être prêcheur !

Coverdale fit un pas de côté et Richard d'Angleterre sortit de l'oratoire. Jean de Gand écouta s'éloigner le bruit de ses pas.

— Vous venez de Westminster, Coverdale ?

— Oui, monseigneur, Sir John et frère Athelstan ont pris l'affaire en main.

Le capitaine eut un rire narquois.

— Le coroner a malmené nos chevaliers : ils bourdonnent comme des abeilles !

Le régent s'agenouilla sur son prie-Dieu.

— Mais ils n'ont point progressé dans l'enquête ? demanda-t-il.

— Non, monseigneur.

Jean de Gand contempla l'ange peint sur le vitrail au-dessus de l'autel.

— Je vais rester céans un moment, chuchota-t-il. J'attends deux visiteurs. Séparez-les. Ils doivent ignorer leur présence mutuelle.

Coverdale acquiesça et s'en fut. Le régent se replongea dans ses méditations et calcula comment on pourrait dépenser les taxes levées par le parlement. Il entendit frapper à la porte et jeta un coup d'œil de côté quand son hôte masqué et encapuchonné entra dans l'oratoire. Gand le reconnut à l'odeur forte, à la boue sur l'ourlet de la cape usée et à ses bottes éculées.

— Un bon chien retrouve toujours sa niche, murmura-t-il.

— Monseigneur, s'exclama le Chien en se laissant tomber à genoux, ne suis-je pas votre serviteur très dévoué ?

Jean de Gand, bien qu'il n'eût pas réellement peur, effleura des doigts le poignard enfoncé dans son ceinturon. Le Chien était un pitoyable petit traître, terrifié par l'idée d'être pendu. De toute façon, dans la tribune du chœur derrière lui, se tenaient deux maîtres archers, flèche encochée sur leur arc.

— Reste où tu es, coquin, dit Gand à voix basse, et ne bouge pas.

Le Chien croisa les bras et, toujours agenouillé, essaya de contrôler ses tremblements. Si la Grande Communauté du Royaume avait vent de sa présence en ces lieux, elle l'écorcherait vif en guise d'avertissement pour les autres félons. Mais, en fait, c'était le régent qui l'épouvantait. Quelque temps auparavant, le Chien avait compris que, en dépit de leurs noms de guerre, de leurs réunions clandestines et de leurs conspirations secrètes, Gand savait avec précision ce que tramaient les membres de la Grande Communauté. Il se demanda combien d'autres chefs rebelles étaient à la solde du régent, mais il n'avait pas le choix. On l'avait capturé et on lui avait mis le marché en main : soit être un Judas, soit être pendu, écartelé et étripé à Tyburn pour traîtrise. Il s'était décidé très vite. Il avait accepté ce que les hommes du régent lui avaient offert. Il n'y avait plus d'autre choix : il devait se plier à leur règle du jeu.

Jean de Gand se retourna.

— Bon, bon, Chien, dans trois jours, samedi matin, entre onze heures et midi, mon neveu et moi nous rendrons à cheval à Westminster suivis par un cortège de chevaliers, écuyers et pages. Le roi distribuera des aumônes et touchera malades et infirmes. Tu iras là-bas...

Il eut un sourire moqueur.

— Le Lièvre est toujours couvert d'écrouelles ?

Le Chien acquiesça avec ardeur.

— Et il hait toujours ceux qui chevauchent des palefrois et s'habillent de soie ?

Même signe fébrile.

— Assure-toi qu'il est armé.

Le régent entendit hoqueter le Chien. Il se leva et s'approcha de lui.

— De quoi as-tu peur, Chien ?

— Le Lièvre attaquera, chuchota le Judas. Il frappera l'oint du Seigneur.

— Eh bien, n'est-ce point là ce que vous ourdissez dans vos réunions et vos rencontres secrètes à Southwark et ailleurs ?

Jean de Gand enfonça un ongle dans la joue crasseuse du coquin et se mit à rire.

— Fou comme un lièvre de mars, n'est-ce pas ? Fais simplement en sorte qu'il soit là.

Il tapota la chevelure graisseuse de son interlocuteur.

— Oh, ton compagnon le Renard a été piégé !

Le régent lança une pièce sur le sol.

— Tes renseignements étaient bons.

— Que va-t-il advenir de lui, monseigneur ?

— J'ai ordonné à mes juges de faire un procès juste puis de le pendre.

Il tourna les talons.

— Il faut que je prie pour son âme.

Le Chien saisit la pièce et détala. Jean de Gand alla prendre une aiguière, tendit les doigts sur un bassin et laissa l'eau de rose couler sur ses mains. Puis il s'essuya à l'aide d'une toaille et retourna à son prie-Dieu. Il pivota tout d'un coup, scruta la sombre galerie du chœur, aperçut l'éclat d'une cotte de mailles et comprit que les archers étaient toujours à leur poste.

Il se replongea dans ses réflexions. Le menton dans la main, il pensa aux meurtres perpétrés à *La Gargouille*. Cranston serait-il capable de résoudre le mystère ? Il fixa une mouche qui avançait sur la blanche nappe d'autel apprêtée. Certains méprisaient le coroner et ne voyaient en lui qu'un gras bouffon d'ivrogne, mais son esprit démentait son apparence. Et ce prêtre, Athelstan, avec son visage lisse à la peau mate et le regard avisé de ses yeux noirs ! Jean de Gand ferma les yeux et sourit. Dans d'autres circonstances, il aurait parié qu'ils réussiraient, mais avec qui pourrait-il en parler ?

On frappa encore une fois.

— Entrez ! Entrez !

Le visiteur était emmitouflé et encapuchonné, mais la chape était de pure laine et les bottes qui en dépassaient étaient taillées dans un onéreux cuir de Bourgogne.

— Vous êtes sans doute un chevalier nommé au parlement..., murmura le régent.

Il désigna le ciboire et le coffret d'or incrusté de pierreries suspendu à une chaîne d'argent au-dessus de l'autel.

— ... mais devant le Christ notre Roi, sans parler de Son légitime représentant sur terre, vous devez mettre genou à terre.

L'homme s'exécuta sans que Jean de Gand prenne la peine de se retourner.

— Vous élevez fort la voix dans la salle capitulaire, remarqua-t-il à voix basse.

— Monseigneur, c'est ce que vous vouliez.

Gand fit une grimace.

— Moins d'ardeur, conseilla-t-il. Sinon, quand vous changerez de bord, cela pourrait provoquer des ragots.

— Et quand devrai-je le faire, monseigneur ?

— Oh, vous serez averti au bon moment, répondit le régent. On vous enverra un signe.

— Monseigneur...

Le chevalier fit mine de s'approcher, mais Gand tendit les mains et claqua des doigts.

— Pas plus près, conseilla-t-il.

— Monseigneur, qu'en est-il des meurtres ?

— Ah oui, ces deux honorables Chevaliers du Cygne, Sir Oliver Bouchon et Sir Henry Swynford. J'étais céans à genoux et priais pour le repos de leur âme.

— Monseigneur, il y a un assassin en liberté qui veut nous tuer tous.

— Peut-être pas tous, susurra le régent.

— Nous pensions bien agir.

— Ce que vous pensiez et ce qu'exige la loi sont deux choses différentes.

— Monseigneur, rétorqua le chevalier d'une voix rauque, nous devons quitter Londres !

— Partir ?

Jean de Gand se retourna, l'air étonné.

— Vous et vos compagnons, messire, êtes des représentants élus.

Il lui tourna le dos.

— Si vous vous enfuyez, les juges royaux d'Eyre seront envoyés à Shrewsbury. Ils enquêteront, écouteront les rumeurs et creuseront profondément dans la boue de votre passé. Et que diront les gens, hein, Sir Edmund Malmesbury ? Que racontera le peuple ? Que vous êtes allés vous pavaner à Londres et que vous avez décampé parce que deux de vos compagnons ont été assassinés ? Et pourquoi l'ont-ils été ? Qui est responsable ? Il y aura maints murmures et ragots devant les grilles de l'église.

Malmesbury repoussa son capuchon et tendit les mains.

— Monseigneur, nous étions jeunes. Nous avons commis une terrible erreur. Nous avons juré d'aller en pèlerinage, de payer des compensations...

— En pèlerinage ? ricana Jean de Gand en tournant un peu la tête. En pèlerinage ? C'est ici votre pèlerinage, Sir Edmund. C'est là votre pénitence. Vous resterez. Cranston et Athelstan démasqueront le meurtrier.

— Cranston n'est qu'un bouffon aviné !

— Je ne le crois pas, répondit Gand d'une voix douce. Ce que vous et vos compères devez faire, Sir Edmund – il leva ses mains jointes comme s'il était en oraison –, c'est prier. Prier du fond du cœur pour que Cranston et Athelstan trouvent cet assassin parmi vous avant qu'il ne frappe derechef.

Le régent claqua des doigts.

— On vous donnera un signal samedi matin. Lundi, vous saurez ce qu'il faut faire. Et faites-le !

Il poussa un soupir.

— Si vous êtes encore en vie, bien sûr ! Mais, là encore, si vous êtes mort quelqu'un s'en chargera à votre place. Allez, à présent !

Jean de Gand entendit l'homme s'éloigner et la porte de l'oratoire se fermer derrière lui. Il leva les yeux vers le crucifix et se prit à rêvasser : qui avait bien pu supprimer les deux chevaliers ?

CHAPITRE VI

La demeure de Dame Mathilda Kirtles, à Cottemore Lane, était à la fois imposante et élégante. Soutenues par des fondations de briques, les larges poutres qui montaient jusqu'au toit couvert de tuiles rouges étaient d'un noir luisant et le plâtre, dans les intervalles, d'un rose délicat. Aux trois niveaux, les fenêtres treillissées étaient garnies de vitres divisées par des meneaux ou bien serties de plomb. De chaque côté de l'allée de gravier, le jardin avait été dessiné avec goût. Des petits rosiers parsemaient des plates-bandes d'herbes odorantes.

— Et dire que c'est un bordel ! s'exclama Athelstan.

Banyard, souriant d'une oreille à l'autre, montra la poignée de cuivre jaune en forme de sensuelle jouvencelle levant une cruche d'eau. Le dominicain la contempla sans un mot ainsi que le bout de la corde de la clochette dont les contrepoids représentaient un pénis. Cranston, offusqué et riant, hésitant entre la gêne et l'amusement, tira sur la corde qu'il relâcha en hâte.

« Grâce à Dieu, Lady Maude ne peut me voir, songea-t-il. Oh, que le Seigneur et tous Ses saints fassent qu'elle n'en sache jamais rien ! »

Au doux tintement de la cloche répondit un bruit de pas dans la maison et l'huis s'ouvrit. Dans d'autres circonstances, Athelstan aurait pensé que la jeune fille était une novice : un voile blanc bordé d'or couvrait sa chevelure brillante, mais la robe grise à collet montant qu'elle portait était ornée de volants à l'ourlet et ses ongles étaient écarlates. Ce qu'il avait pris pour un linge blanc sur sa gorge s'avérait plutôt être une fine gaze jetée sur d'opulents seins voluptueux.

— Bonsoir, messires !

Elle les accueillit d'un sourire et, saisissant sa robe, la releva un peu afin de montrer ses épais jupons blancs. Elle eut un geste effronté à l'adresse d'Athelstan.

— Entrez, mon père. Vous ne serez point le premier frère que nous recevons ici !

Elle étouffa le rire qui lui montait aux lèvres.

— Et certainement pas le dernier ! Les amis de maître Banyard sont nos amis !

— Maître Banyard s'en va, grommela Cranston en reprenant ses esprits et en écartant son secrétaire. Et apprenez, ma belle, que je suis Sir John Cranston, coroner de la ville.

— Les coroners sont aussi les bienvenus, répondit-elle avec impertinence. Bien que la maîtresse des lieux – elle fit une moue en voyant le ceinturon de Sir John – n'autorise pas les épées.

Banyard ricana mais redevint grave quand Cranston pivota sur ses talons.

— Sir John, je dois m'en retourner.

— Je veux rencontrer sur-le-champ Dame Mathilda Kirtles, annonça le magistrat en regardant la jeune femme sous le nez, sinon je vous enverrai les baillis. Et ne me dites pas qu'eux aussi seront les bienvenus !

La jouvencelle, une main sur la bouche, recula et les conduisit le long d'un couloir bien éclairé jusqu'à une petite pièce parfumée. Elle les pria d'attendre et referma la porte derrière elle. Athelstan s'installa sur un coussiège[1], bouche bée en admirant la salle.

— Oh, voyons, mon frère, s'exclama Cranston, ne

1. Banc de pierre accoté à la fenêtre et couvert de coussins. (*N.d.T.*)

me racontez pas que vous n'êtes jamais allé dans un bordeau auparavant !

Le dominicain leva la main lentement.

— Sir John, je vous jure que je n'ai jamais vu d'endroit semblable !

Il contempla le sol aux planches si bien cirées qu'elles reflétaient le soleil. D'épais tapis de laine le jonchaient. Les murs étaient couverts de panneaux de bois à mi-hauteur et le plâtre, au-dessus, offrait une riche nuance crème. On avait appendu des tapisseries aux couleurs vives. Athelstan, redressant la tête, en examina une. Il lui sembla d'abord qu'elle représentait une jeune fille écoutant le chant d'un troubadour, mais il rougit en s'apercevant que le jouvenceau était nu et que la robe de la donzelle était fendue au milieu.

— Bon, bon, ça va, murmura-t-il.

— Avez-vous jamais été avec une femme ? l'interrogea son compagnon.

— Sir John, c'est là chose qui me concerne et c'est à vous de vous demander...

Il secoua la tête.

— A première vue, il aurait pu s'agir du logis d'une abbesse.

— Connaissant quelques abbesses comme c'est mon cas, gronda le coroner, vous avez sans doute raison !

— La ville ne tente-t-elle pas de fermer ces bordels ?

Tout en parlant, le dominicain entendit un bruit provenant du mur près de la hotte de la cheminée. Il jeta un rapide coup d'œil ; on venait de rabattre un volet en bois, il en était certain.

— Qui se risquerait à clore un endroit pareil ? fit remarquer le magistrat. Dame Mathilda et ses *jolies filles*[1] pourraient bien entonner une chanson qui gênerait plus d'un échevin.

— Oui, et quelques autres !

Cranston se retourna brusquement. Une grande

1. En français dans le texte. (*N.d.T.*)

femme à l'air sévère, vêtue d'une robe grise et d'un voile blanc, se tenait sur le seuil. Elle avait des cheveux gris, un visage émacié et hautain, des yeux perçants et aux aguets. Elle s'avança en jouant avec la ceinture dorée qui enserrait sa taille.

— Je suis Dame Mathilda Kirtles.

Elle le dévisagea.

Athelstan eut envie de se pincer : elle avait le comportement et les paroles d'une vénérable mère supérieure.

— Vous êtes le dominicain de St Erconwald, n'est-ce pas ? L'une de vos paroissiennes, Cecily, nous parle souvent de vous.

Il était trop stupéfait pour répondre.

— Et vous, bien sûr, devez être Sir John Cranston : le plus gros, le plus bruyant et le plus aviné des coroners !

Elle tendit une main que le magistrat baisa.

— Madame, je suis votre serviteur.

— Non, sûrement pas ! le coupa-t-elle d'un ton sec. Vous ne fréquentez point les ribaudes, Sir John, et c'est fort dommage.

Son regard s'adoucit un peu.

— Mais on prétend que l'on ne peut vous corrompre et en cela vous êtes unique.

Dame Mathilda traversa la pièce d'un pas majestueux et alla s'asseoir sur une petite chaire garnie d'un coussin, près de l'âtre.

— Sir John, vous n'êtes point ici pour vous amuser, alors que voulez-vous ?

Cranston prit place sur le coussiège à côté de son secrétaire. Pour une raison ou une autre, il avait l'impression d'être redevenu un petit garçon, qui aurait lancé en cachette des cailloux dans les viviers et se serait fait réprimander par l'une de ses vieilles tantes.

— Je vous ferais bien apporter quelque rafraîchissement, déclara Dame Mathilda, mais je serai franche, Sir John, plus tôt vous partirez, mieux ce sera !

Elle eut un sourire pincé.

— Banyard cacarde comme une oie. Personne n'osera s'approcher tant que vous serez céans.

— Y compris les honorables représentants de Shrewsbury ? suggéra Cranston. Ils étaient ici lundi dernier, Dame Mathilda. Fort avinés et panses repues.

— Oui, et escarcelles pleines d'argent. Ils sont arrivés environ deux heures avant la minuit. Mes filles se sont occupées d'eux...

D'un geste de la tête, elle désigna le plafond.

— Chacun est allé de son côté avec la jouvencelle de son choix.

— Tous ?

— L'un d'entre eux est reparti.

— Lequel ? intervint Athelstan.

— Le petit à l'air étrange. Il a passé un moment avec une des filles et n'a cessé de l'entretenir d'animaux, de bêtes sauvages et de ce qu'il avait vu à la Tour. Elle a failli s'endormir d'ennui ! Puis il a consulté la chandelle des heures, a bafouillé une excuse et s'en est allé.

— Et il n'est pas revenu ?

— Je n'ai pas dit ça. Il a réapparu juste avant le départ des autres. Et, avant que vous ne le demandiez, Cranston, j'ignore où il a été et ce qu'il a fait : sa chape était mouillée et j'en déduis qu'il s'est approché du fleuve. Mais, continua-t-elle avec brusquerie, s'il était resté, il aurait été aussi efficace que ses compagnons !

— Ce qui signifie ? s'enquit le magistrat.

— Sir John, ces hommes ont un certain âge ; ils sont rassis et sensés et avaient le ventre plein. Ils peuvent encore dresser leur lance, mais pas dans les joutes de chambre.

— Bon.

Cranston jeta un bref coup d'œil à Athelstan, mais ce dernier paraissait complètement pétrifié par ce que venait d'énoncer Dame Mathilda.

— Et je présume, madame, que quand vous recevez des hôtes, vous les surveillez ?

Le coroner embrassa la pièce du regard.

— Même dans cette salle il doit y avoir apertures et cernels[1] cachés.

— Sir John, vous êtes plus sage que vous le semblez.

— Ont-ils bavardé avec les gueuses ?

— Allons, allons, Sir John !

Dame Mathilda joignit les mains avec une modestie affectée.

— Vous attendez-vous réellement à ce que je vous le narre ?

— Eh bien...

Le coroner étendit les jambes et se croisa les bras.

— Vous pouvez me le confier maintenant ; sinon je peux mander aux baillis de vous accompagner au Guildhall demain.

— Ils se sont vantés, Sir John, comme le font tous les hommes : de leurs granges, de leurs manoirs, de leurs troupeaux bien gras, de leur rang...

— Et de quoi encore ?

— D'être membres des Communes et ils ont assuré qu'ils ne lèveraient pas le petit doigt pour aider le régent, sauf s'il leur accordait ce qu'ils voulaient.

Dame Mathilda se leva.

— C'est tout ce que je peux vous dire, Sir John, que ce soit ici ou au Guildhall.

Elle se dirigea vers la porte puis se retourna.

— Frère Athelstan, avez-vous découvert où se trouve Perline Brasenose ?

— Non, répondit-il en se levant aussi. Vous le connaissez ?

— En effet.

Dame Mathilda revint sur ses pas.

— Il y a des années, sa mère a travaillé chez moi. Perline était, comment dire, le fruit inattendu d'une nuit de labeur.

1. Judas, petite ouverture. (*N.d.T.*)

— C'est une de mes ouailles ; il est marié avec Simplicatas.

— Oh, est-ce ainsi qu'elle se fait appeler à présent ?

— Je n'avais point songé à ça, dit Athelstan en souriant et en baissant les yeux sur ses mains.

Perline et sa mère s'étaient installés à Southwark quelques années auparavant, puis Simplicatas avait surgi dans leur foyer. Perline avait toujours prétendu que c'était une parente éloignée. Quand il l'avait épousée à St Erconwald, Athelstan avait seulement cherché à s'assurer qu'ils n'étaient pas liés par le sang, selon la règle du droit canon. Il ferma les yeux et revit le pâle visage d'elfe de Simplicatas, ses cheveux blonds, ses yeux verts et souriants.

— Si je m'attendais à ça ! répéta-t-il à voix basse.

Il leva la tête.

— Savez-vous que Perline est toujours porté disparu ?

— Oui, oui.

Dame Mathilda ouvrit l'huis.

— Le monde est petit, frère Athelstan, surtout pour les catins. Simplicatas a requis notre assistance.

Elle jeta un coup d'œil malicieux à Sir John.

— Nous, les gueuses, savons à peu près tout ce qui se passe à Londres. Et à présent, Sir John, je dois insister...

Une fois qu'ils eurent quitté la maison, le coroner passa le bras sur les épaules de son secrétaire et se mit à rire à gorge déployée.

— Mon frère, mon frère, vous n'êtes donc pas informé de tout ce qui concerne vos paroissiens ? dit-il, déglutissant avec peine et cillant de ses yeux bleus protubérants, encore humides d'avoir tant ri.

— Il ne semble pas, Sir John.

Les épaules du dominicain s'affaissèrent.

— Simplicatas semblait si prude !

— Et c'est bien ce qu'elle est, expliqua le magistrat en prenant le bras de son clerc pour redescendre Cottemore Lane. Si vous êtes une femme pauvre et isolée à

Londres, il vaut mieux donner dans la ribauderie que de mourir de faim. Simplicatas n'est pas une femme de mauvaise vie. Elle a sans doute gagné sa dot et a abandonné son activité dès que possible. Mais maintenant que son mari a fui ?

— C'est vrai et cela ne ressemble pas à Perline, remarqua Athelstan. C'est un écervelé, mais il aime sincèrement Simplicatas. Personne ne semble savoir où il se trouve. Son poste de soldat à la Tour lui plaisait. Il était payé et correctement nourri.

— Et s'il ne réapparaît pas bientôt, maugréa Cranston, on le pendra pour désertion !

Au bout de Cottemore Lane, Athelstan dégagea son bras et regarda avec attention vers la berge.

— Vous semblez las, mon frère, remarqua le coroner en fixant les cernes noirs qui soulignaient les yeux du dominicain.

— Je m'inquiète, Sir John – au sujet de Perline, de Simplicatas, du démon qui erre à Southwark, sans mentionner Pike le fossier qui va criant dans les tavernes à propos d'une grande révolte. Il se croit très malin, mais le valet qui lui sert sa bière pourrait fort bien être un espion du régent !

Athelstan fit un geste vers les tours élancées de Westminster.

— Et maintenant ces meurtres !

Il laissa Cranston le guider dans une étroite ruelle vers Fleet Street.

— Que pensez-vous de cette affaire ? interrogea le magistrat.

— Eh bien...

Athelstan s'arrêta pour rassembler ses idées.

— Nos nobles représentants mentent, Sir John. Ils ont beaucoup à dissimuler et je les soupçonne d'avoir peur et de serrer les rangs, à l'exception de Sir Francis Harnett. La nuit où Bouchon est mort, il est parti de chez Dame Mathilda pour se rendre près de la Tamise. Était-ce pour y retrouver Bouchon ou pour une autre raison ? Je l'ignore. Ce que je ne cesse aussi de me demander, continua-t-il, c'est pourquoi l'assassin a chanté le *Dies irae* tout en étranglant Swynford.

— Estimez-vous qu'il pourrait s'agir d'un prêtre ? Voire d'un moine ?

— Comme le père Benedict ?

Athelstan se souvint du grand bénédictin à l'air sévère.

— Pourquoi aurait-il haï Swynford ou Bouchon ? Le seul lien entre lui et les envoyés, c'est qu'un ancien ami, le frère Antony, servait jadis dans cette même abbaye du Shropshire où les chevaliers autrefois tenaient leur table ronde.

Le dominicain eut une mimique de doute.

— Jusqu'à présent, Sir John, nous n'en avons pas appris assez. Si nous retournions à *La Gargouille*, Sir Francis nous conterait une histoire qui ne prouverait ni n'infirmerait en rien ses raisons de quitter le bordel. Je suis certain que l'un de ses compagnons jurerait solennellement que Sir Francis dit la vérité.

Il donna une légère bourrade au coroner.

— Ce que nous devons faire, Sir John, c'est attendre. Il y aura un autre meurtre.

Il soupira.

— Et nous ne pouvons pas faire grand-chose pour l'empêcher !

— Et Coverdale ? s'enquit Cranston. Il est jeune, fort et vient du Shropshire. Il aurait pu rencontrer Bouchon, l'assommer et jeter son corps dans le fleuve. Il aurait pu aussi, déguisé en prêtre, pénétrer dans la taverne et étouffer Swynford. Nous pourrions retourner sur nos pas pour l'interroger.

— Et il exigera que nous nous expliquions, répliqua Athelstan. Quel motif a-t-il pour tuer deux chevaliers ?

— La vengeance ? proposa le coroner. Son père n'était qu'un petit propriétaire du Shropshire. Coverdale, remâchant torts et offenses, peut avoir saisi l'occasion de régler ses comptes. De plus, il sert le régent.

— Et c'est le point faible de votre hypothèse, rétorqua le dominicain. Pourquoi Bouchon aurait-il accepté de rencontrer un homme de Jean de Gand la nuit ? Et pour Coverdale, entrer dans une salle bondée, même habillé en prêtre, aurait été très périlleux. Qui plus est...

Il s'immobilisa pour contempler le ciel empourpré.

— ... Coverdale est intelligent. Nous sommes ici pour enquêter sur ces meurtres justement parce que le régent ne veut point qu'on l'en accuse. À moins, bien sûr, que le capitaine ne soit pas un fidèle ami de Jean de Gand, ajouta-t-il. Auquel cas, Sir John, nous sommes comme des chiens qui se mordent la queue !

— Et c'est pour cela que je repars à Cheapside ! s'exclama le coroner par-dessus son épaule en se mettant en marche à grands pas. Je ne suis peut-être pas capable d'aider monseigneur le régent...

Il s'arrêta et tapota son nez charnu.

— ... mais peut-être puis-je vous prêter assistance dans votre enquête sur Perline Brasenose.

Ils remontèrent jusqu'à Holborn Street. Le soleil se couchait et la large rue qui partait de Newgate était encombrée de marchands, charretiers, colporteurs et paysans qui, las, regagnaient leur logis après une journée de labeur. Un prêtre vagant, sa brouette délabrée emplie de ses maigres biens, s'arrêta pour quémander un penny à Athelstan.

— Je vous bénis, mon frère ! dit-il en esquissant un signe de croix. Et, à votre place, je me hâterais. La foule autour de Newgate fourmille comme mouches en bouse de vache ! On s'apprête à pendre un homme.

Il reprit sa brouette et disparut en vitesse.

Les deux hommes traversèrent la rue où Sir John, jouant de sa corpulence et de sa voix de stentor, fit arrêter une carriole chargée de tonneaux et de barriques. Le coroner de la ville et son secrétaire s'assirent comme deux enfants au bout de la charrette, jambes pendantes, tandis que le marchand de vin, désireux d'être à Londres avant le couvre-feu, faisait claquer son fouet et pressait ses puissants chevaux de trait. Ils parcoururent à grand fracas Pontypool Street,

Leveroune Lane, passèrent devant l'auberge de *L'Évêque d'Ely*, puis tournèrent à droite à Smithfield, devant Cock Lane où se regroupaient les ribaudes. L'une d'entre elles reconnut Cranston. Elle enfonça sa perruque rousse sur son crâne chauve et se tourna vers ses compagnes.

— Voilà monseigneur Gros Cul !

Toute la bande poussa des cris. Cranston leur répondit par un sourire radieux et une bénédiction. Athelstan se cacha le visage et pria pour qu'ils parviennent à Newgate sans autre encombre. Ils durent attendre tout près du grand fossé de la ville où les immondices nauséabondes formaient des tas aussi hauts qu'eux. La puanteur était indescriptible. Des prisonniers, surveillés par des baillis, la bouche et les yeux couverts de morceaux de haillons crasseux, éparpillaient du salpêtre sur les monceaux de détritus. D'autres, munis de soufflets, s'agglutinaient autour de grands brasiers rugissants pour activer la combustion du charbon. Athelstan se boucha le nez et essaya de ne pas regarder les cadavres de rats et autres animaux qui émergeaient des monticules. Cranston, lui, hurla des encouragements aux baillis.

— C'est bien, mes garçons ! Ce sera prêt à la nuit tombée ?

— Oh oui, Sir John ! lui répondit un homme appuyé sur sa pelle, quand le couvre-feu sonnera, nous allumerons un feu.

— Dieu merci ! haleta le coroner. Le fossé est bien assez comble : quand le vent souffle du nord-est, ça rend Lady Maude malade !

L'un des larrons, écartant l'oripeau qui lui couvrait le visage, s'exclama :

— Comme c'est plaisant de voir que messire le coroner a à présent sa propre voiture, et bien aménagée !

Cranston regarda avec attention à travers les volutes mouvantes de fumée.

— N'est-ce pas Tolpuddle ? On t'a donc encore repris, fichu petit bâtard !

— Pas exactement, Sir John, rétorqua gaiement le filou. Ce n'est qu'un petit malentendu à propos d'un porcelet que j'ai trouvé.

Il s'approcha. Athelstan remarqua qu'un de ses yeux était couturé et que l'autre brillait de malice.

— Un malentendu ? s'étonna Cranston.

— Oui, les baillis m'ont surpris avec lui il y a deux nuits.

— Tu l'avais donc volé ?

— Non, messire.

Il prit appui sur son râteau.

— Que les saints m'en soient témoins, Sir John. Je l'ai trouvé errant tout seul dans les rues. Il avait l'air si abandonné ! Je l'ai simplement ramassé et mis sous ma chape. J'allais le reconduire près de sa mère !

Le magistrat pouffa de rire, fouilla dans son escarcelle et lança un penny au compère. Le marchand de vin vit enfin un espace au milieu de la foule. Il claqua du fouet et la charrette s'ébranla. Tolpuddle leur fit de joyeux adieux jusqu'à ce qu'un bailli l'attrape par l'oreille et le renvoie au travail.

La carriole brinquebalante franchit les anciens remparts de la cité et Cranston et Athelstan descendirent devant Newgate. La grosse cloche de la prison sonnait le glas. Sur un échafaud aux hautes potences, juste devant la grande porte, on s'apprêtait à exécuter un malandrin. Au pied de l'estrade se pressaient des hommes en armes et des archers portant la livrée du régent qui repoussaient la populace pendant qu'un héraut en tabar royal proclamait que Robert atte Thurlstain, connu sous le nom de « Renard » et qui se prétendait chef de la soi-disant « Grande Communauté du Royaume », avait été reconnu coupable de conspiration, trahison et autres. Sur une plate-forme près de l'échafaud, un bourreau vêtu de rouge aiguisait déjà ses couperets et les déposait sur une vaste table. Le malheureux félon y serait couché après avoir été à moitié pendu. On lui ouvrirait le ventre, on l'étriperait, l'écartèlerait et jetterait du sel sur les plaies avant de mettre les morceaux dans des barriques de saumure puis de les exposer aux portes de Londres et d'autres villes.

Athelstan observa le prêtre qui, au pied de l'échelle, marmonnait en hâte la prière des agonisants pendant que l'aide du bourreau, à califourchon sur l'arc saillant du gibet, plaçait le nœud coulant au col du prisonnier. Le bourreau cria au prêtre de faire vite : la foule n'aimait point attendre et commençait à s'agiter. Des détritus et des morceaux de fruits pourris furent jetés à l'exécuteur tandis que le héraut achevait sa proclamation et qu'un tambour commençait à battre. Le dominicain se sentit glacé en se remémorant l'avertissement donné par Joscelyn, le tavernier manchot du *Cheval pie*. N'avait-il pas annoncé qu'un homme qui se faisait appeler le « Renard » avait été parmi ceux que Pike avait rencontrés en secret ? Il tira le coroner par la manche.

— Venez, Sir John, chuchota-t-il, allons-nous-en.

Cranston y consentit, mais prit pourtant le temps d'attraper la main d'un pendard qui se faufilait dans la rue. Il serra le poignet de l'homme, s'empara de la très fine dague que le truand avait dissimulée dans sa manche et la lança sur un tas de détritus. Puis il bourra de chiquenaudes le crâne du coquin.

— Ça suffit, du vent ! gronda-t-il en envoyant le larron rejoindre son poignard sur les immondices.

— Saviez-vous que cette exécution devait avoir lieu ? l'interrogea Athelstan alors qu'ils se hâtaient le long des Shambles vers Cheapside.

— Pas du tout, répondit le coroner. Le pauvre diable a sans doute été jugé devant le Banc du roi [1] : le régent exige toujours un châtiment immédiat.

1. Le roi exerce sa justice soit par des magistrats itinérants, soit par deux cours : le Banc commun ou Cour des plaids communs pour les contestations entre particuliers et le Banc du roi pour les procès criminels. (*N.d.T.*)

Ils tournèrent le coin et se retrouvèrent dans la grand-rue, plus calme maintenant que les marchands démontaient leurs étals et que leurs apprentis fourbus chargeaient paniers et mannes des biens de leur maître. On avait même vidé le pilori ; le crieur de ville faisait les cent pas en agitant sa clochette tout en proclamant : « Loyaux sujets du roi, votre labeur est achevé. Remerciez Dieu de vous avoir accordé une bonne journée et rentrez vite dans vos foyers ! »

Des balayeurs s'occupaient à enlever déchets et détritus. Cranston s'arrêta et, s'abritant les yeux du soleil, regarda vers Cheapside.

— Vous ne retournez point chez vous ? s'enquit le dominicain, plein d'espoir.

— Je n'y découvrirais rien au sujet de Perline Brasenose, dit le magistrat avec un sourire. Mais ce serait fort agréable d'aller embrasser les marmousets.

Ils prirent donc le chemin de la demeure du coroner qui bougonna :

— Je veux que Leif le mendiant, ce bougre de fainéant, aille porter un message.

A peine avait-il refermé la bouche que le miséreux grand, maigre et roux, surgit d'une venelle en sautant comme une grenouille.

— Sir John ! Sir John ! Que Dieu vous bénisse ! Frère Athelstan, puissiez-vous renvoyer tous les démons en Enfer !

— Tu as donc ouï la nouvelle ?

— Que oui ! répondit Leif, appuyé sur sa béquille, tête penchée de côté. Il paraît qu'un boucher de Southwark a capturé le démon dans sa cave. Il avait la forme d'une chèvre : le boucher l'a égorgée, l'a coupée en tranches et a convié tout le monde...

— Suffit ! l'interrompit le magistrat. Comment se porte Lady Maude ?

Le mendiant eut un sourire qui en disait long.

— Elle est fort en colère, Sir John. Les deux chiens ont avalé votre tourte : elle était sur la table, grande, dorée, avec une croûte appétissante, et refroidissait en attendant le souper. Lady Maude pense que c'est les marmousets qui l'ont donnée aux chiens. Elle proteste aussi contre la puanteur qui vient du fossé. Elle dit que si on brûle les déchets ce soir, il sera impossible de sécher les draps au matin.

— Bon, bon, c'est juste, gronda le coroner qui jeta un rapide coup d'œil dans la rue vers *L'Agneau de Dieu.*

Il s'éclaircit la gorge.

— Peut-être vaudrait-il mieux, mon frère, que nous laissions l'ire de Lady Maude s'apaiser un moment.

— Mon ventre crie famine, Sir John, gémit Leif.

Il regarda Athelstan.

— Vous aussi, hein, mon frère ?

Le dominicain acquiesça. Il avait effectivement faim, mal aux jambes et ne pouvait refuser l'aide généreuse proposée par le coroner.

— De la bière et quelque chose à manger à *L'Agneau de Dieu*, Sir John ?

— Ne devriez-vous point rentrer ? demanda Leif, jouant les naïfs.

— Affaires d'État ! Affaires d'État ! haleta Cranston.

— Moi aussi je meurs de faim, ajouta Leif avec à-propos. Lady Maude m'attend.

— Eh bien, viens avec nous, répliqua le coroner. Mais fais d'abord un tour dans les rues. Va chercher le Ramasseur de morts. Dis-lui que Sir John le mande à *L'Agneau de Dieu*. Bien, bien, j'ai compris : tu as besoin de force pour faire le chemin !

Il jeta un penny dans la main tendue du mendiant. Ce dernier allait décamper quand Cranston le retint par le bras.

— Quelles nouvelles de Cheapside, Leif ?

L'homme se gratta le nez.

— D'autres chats ont disparu, Sir John.

Leif montra la grande carriole à hautes ridelles des nettoyeurs de rues.

— Les gens n'ont plus confiance. Ils payent même Hengist et Horsa pour rechercher leurs matous.

— Vraiment ? murmura Cranston. Bon, cours porter mon message, Leif.

Le mendiant détala comme un lévrier : il lui tardait de s'être acquitté de sa tâche pour savourer à la taverne le souper promis par Sir John. Cranston s'avança à grandes enjambés vers les deux ramasseurs de détritus. Ils curaient l'égout au milieu de Cheapside, creusant dans le mélange de boue et d'eaux sales, lançant gaiement la fange dans leur énorme charrette nauséabonde.

— Que Dieu vous bénisse, messires, les salua le coroner.

Les deux hommes interrompirent leur labeur et rabattirent leur capuchon.

— C'est bien, mes gaillards ! souffla Cranston. Frère Athelstan, voici Hengist et Horsa, boueurs de Cheapside.

Hengist et Horsa eurent un grand sourire gêné. Jumeaux, leurs visages sales et verruqueux étaient identiques, si ce n'est que Hengist avait une dent alors qu'Horsa n'en avait plus.

— Bonjour, Sir John, dirent-ils en chœur.

— Ainsi vous êtes en quête des chats volés ? interrogea le magistrat.

— Oui, Sir John, et c'est grand dommage de voir comme ces pauvres bêtes disparaissent.

Hengist posa sa pelle contre le chariot et s'essuya les doigts sur son tablier de cuir rouge. Athelstan constata que celui d'Horsa était beaucoup plus court. Le bonhomme remarqua le regard du dominicain.

— On l'a taillé ainsi, mon père, pour qu'on puisse nous distinguer l'un de l'autre.

— Avez-vous retrouvé des chats ? grogna Cranston.

— Non, Sir John.

Hengist croisa les doigts comme s'il priait.

— On dirait qu'ils se sont envolés !

— Et vous n'avez aucun indice ?

— Aucun, Sir John.

Il écarquilla les yeux.

— Mais nous avons entendu parler du démon de Southwark.

— Et vous faites-vous payer pour vos recherches ? insista Cranston.

— Oh oui, Sir John ! Mais il n'y a pas la moindre trace.

Le magistrat s'avança et plongea son regard dans les yeux larmoyants du boueur.

— Alors, mes tout beaux, dit-il avec calme, si vous ne trouvez pas la moindre trace, pourquoi prendre les pennies des petits marchands et des pauvres vieilles femmes ?

— Sir John, nous n'avons pas reçu grand-chose. On nous a simplement demandé assistance.

— Oui, auquel cas, objecta le coroner d'une voix grinçante, les gens doivent être tout à fait désespérés !

Et, écartant les hommes d'un coup d'épaule, il reprit son chemin dans Cheapside.

— Sir John, vous avez été injustement dur, déclara Athelstan en le rattrapant en hâte.

Le coroner se contenta de secouer la tête et d'allonger le pas, filant comme une flèche vers *L'Agneau de Dieu*. Une fois dans la grand-salle, il ôta sa chape et tendit sa gourde vide à la propriétaire, surgie de la cuisine pour accueillir Sir John comme s'il était un frère perdu depuis longtemps.

— De la bière ! réclama Cranston en pinçant la joue rebondie de la femme. Et une de vos tourtes – fraîche, bien sûr, pas d'hier !

— Sir John, comme si nous avions jamais..., minauda-t-elle.

Le magistrat traîna sa bedaine vers le coussiège que deux marchands, connaissant Sir John et ses habitudes, avaient délaissé sans demander leur reste. Il s'installa et contempla le jardin par la fenêtre ouverte.

— Vous me trouvez dur, mon frère. Mais je ne confierais pas ma chemise à ces deux beaux compères !

Il s'interrompit quand la tavernière apporta deux

chopes de bière débordantes. Il sirota une gorgée et s'adossa au mur.

— Mais peut-être, mon cher frère, suis-je effectivement brutal. Dans le cas de ces deux pendards, j'ai maints soupçons et peu de preuves. En tout cas, à chaque jour suffit sa peine. Allons, mon frère, détendez-vous.

Serrant sa chope, il observa son secrétaire, yeux mi-clos.

— Ce que manigance notre cher régent m'intrigue, murmura-t-il. Tout ce vacarme, les morts de Westminster et l'exécution en public. Je présume qu'il y a un dessein derrière tout ça, mais du diable si je le devine !

— Et le jeune Perline ? questionna Athelstan avec espoir.

— J'ai envoyé quérir le Ramasseur de morts, expliqua le magistrat. Perline vivait et travaillait à la Tour, et rien de ce qui se passe dans les rues de Londres n'échappe au Ramasseur.

Il se redressa quand l'aubergiste apporta deux écuelles, garnies de tourtes chaudes et épicées, soigneusement coupées en quatre et nappées d'une sauce aux oignons. Le coroner prit sa cuillère de corne, l'essuya avec méticulosité sur une toaille et commença à manger.

— Et il y a aussi l'affaire des chats ? risqua le dominicain.

— Oui, mon frère, il se peut que le Ramasseur en sache quelque chose.

Ils continuèrent à dîner en silence et avaient presque terminé quand Leif surgit en sautillant dans la taverne.

— Sir John, il arrive ! Il arrive !

Le coroner désigna un coin de la pièce.

— Bon, Leif, du vent, va t'asseoir là-bas ! Mange et bois à ta guise mais ne va pas raconter à Lady Maude où je suis ! Tu as compris ?

Le mendiant, solennel, leva la main droite et jura. A peine était-il installé dans son coin favori qu'une silhouette emmitouflée et encapuchonnée se glissa comme une ombre dans la grand-salle.

CHAPITRE VII

Le Ramasseur de morts s'assit sur un tabouret devant Athelstan et Cranston. Il ne rabattit pas son capuchon et ne dénoua pas le masque de soie noire qui recouvrait le bas de son visage. Athelstan remarqua les très fins sourcils sur ses yeux aux lourdes paupières. Des yeux étranges, rapprochés et d'un bleu de glace, qui ne cillaient jamais.

— Messire le coroner, que voulez-vous au Ramasseur de morts ?

La voix, bien modulée, n'était guère plus qu'un murmure à travers la fente du masque.

— Nous, hum..., bégaya Athelstan. J'ai besoin de votre aide.

L'homme n'avait pas quitté Cranston des yeux.

— Je ne viens que lorsque le coroner m'appelle.

Il détourna le regard et le dominicain fut certain qu'il souriait.

— Néanmoins, frère Athelstan, prêtre de St Erconwald, il vous faut toute l'assistance possible, n'est-ce pas ?

Ce dernier sentit un frisson lui parcourir la nuque. Il maudit en silence son appréhension : c'étaient ces yeux et le parfum douceâtre qui émanait de la tunique de laine noire de son interlocuteur qui le mettaient mal à l'aise.

— N'enlevez-vous jamais votre masque ? interrogea Athelstan d'un ton sec en essayant d'affermir sa voix.

— Enlevez-vous jamais votre bure ? rétorqua le nouveau venu dont le regard revint se poser sur Sir John. Expliquez-lui, messire le coroner.

Cranston avala une rasade mais, sous la table, sa main agrippa le pommeau de sa dague.

— Le Ramasseur de morts, commença-t-il en soutenant le regard du visiteur, est un personnage mystérieux. Certains affirment que c'est un prêtre défroqué qui a commis un terrible blasphème et que Dieu a châtié en lui envoyant une maladie maligne qui lui a dévoré le bas du visage. D'autres disent que c'est un chevalier qui a combattu dans les guerres du roi et a reçu un carreau d'arbalète dans la bouche. Quoi qu'il en soit...

Cranston reposa sa chope.

— ... quand la grande peste s'est abattue sur la ville, personne n'a voulu s'occuper des cadavres infestés, sauf l'homme qui est à présent devant nous. Il s'est rendu au Guildhall où le maire et les échevins ont loué ses services. Tant que la mort fit rage, le Ramasseur, comme on a fini par le nommer, a emporté les corps dans les grandes fosses près de Charterhouse pour les y brûler. En échange, le conseil municipal a signé un contrat avec lui : contre un salaire mensuel, le Ramasseur parcourt les rues de la ville, la nuit, et enlève les dépouilles qu'il y trouve : des victimes de mort violente, les mendiants âgés, l'étranger inconnu ou ceux qui ont simplement péri d'une affreuse maladie, tout seuls, privés de secours. Il les rassemble dans son chariot peint en rouge ; avec sa clochette noire, il rôde dans la cité comme la mort en personne. Pour chaque cadavre il reçoit deux pence. Pour ceux qui ont trépassé de malemort, les échevins lui donnent six pence.

Cranston but une gorgée et fixa les yeux bleu clair du Ramasseur.

— Personne ne sait en vérité d'où il vient, et peu m'en chaut. Parfois...

Sa voix se fit chuchotement.

— ... parfois on assure que si le Ramasseur vous

trouve hésitant entre la vie et la mort, c'est toujours la mort qui l'emporte !

— Ce sont là sornettes, messire le coroner.

— Il se peut, répondit Cranston avec lassitude. Mais le Ramasseur de morts collecte les cadavres dans les rues et les ruelles de la ville alors que son compagnon, le Pêcheur d'hommes, les repêche dans le fleuve.

— Que voulez-vous, messire le coroner ?

— Frère Athelstan avait pour paroissien un jeune soldat nommé Perline Brasenose, membre de la garnison de la Tour, qui a disparu.

Sir John se tourna vers son secrétaire.

— Décrivez-le, Athelstan.

Ce dernier s'exécuta et le Ramasseur de morts, le menton dans la paume de sa main gantée, l'écouta avec attention.

— Je n'ai point trouvé de corps répondant à votre description, mon père, mais...

— Mais quoi ? le pressa le coroner.

— Sir John, je suis votre hôte. Pourtant vous ne m'avez offert ni nourriture ni boisson.

Cranston présenta ses excuses et appela, mais la tavernière, près de ses barriques et de ses tonneaux, se contenta de faire un geste de dénégation : ses yeux s'écarquillèrent de peur quand elle regarda le Ramasseur de morts.

— Vous comprenez à présent pourquoi je ne vous ai rien proposé, fit remarquer Sir John d'une voix rauque.

Soulevant avec peine sa bedaine du coussiège, il rejoignit la femme et revint avec un gobelet d'étain débordant de clairet.

— Elle fera bouillir la coupe après votre départ, précisa-t-il.

Le Ramasseur de morts dégusta le vin lentement et Athelstan comprit que sa lèvre inférieure devait être abîmée, car l'homme faisait un curieux bruit de succion en buvant ; yeux clos, savourant son plaisir passager, il soupira de satisfaction.

— Quand ce jeune soldat a-t-il disparu ?

— Il y a environ trois nuits.

Le Ramasseur se balança avec douceur sans quitter Cranston du regard.

— Je suis fort occupé, Sir John. Je passe mon temps avec vous alors que les morts m'attendent.

Le magistrat glissa sur la table une pièce dont le compère s'empara d'un geste vif.

— Lundi soir, dit-il, j'étais près de Steel Yard où la Hanse mouille ses bateaux. Il y avait eu une échauffourée dans une taverne. Un marin d'un navire de Lübeck avait été tué et son corps dépouillé. A l'accoutumée, je ne m'approche point du fleuve.

Il sourit derrière son masque.

— Le Pêcheur d'hommes est très attentif en ce qui concerne son territoire, mais ce cadavre m'appartenait. J'étais las et avais mis mon chariot dans un coin sombre.

Il tapota la bouteille sous sa chape.

— Comme vous, Sir John, j'ai besoin de reprendre des forces. Une embarcation a accosté près de l'escalier du quai. Un soldat, que j'ai reconnu à sa livrée, est monté, avec un petit homme bien vêtu.

Le Ramasseur prit le temps de boire une gorgée.

— Ils sont restés là un instant sans s'apercevoir que j'étais caché dans mon coin. Le petit homme élégant a nommé le soldat « Brasenose » ; et lui s'adressait à son compagnon en l'appelant « Sir Francis ».

— Sir Francis Harnett ! s'exclama Athelstan.

Son interlocuteur haussa les épaules.

— Dieu seul le sait, mon père, mais ils étaient tous deux lancés dans une furieuse discussion. Sir Francis tambourinait sur la garde de son épée et accusait Brasenose de le voler.

— Et Perline ?

— Il semblait soumis, circonspect et désarmé devant les accusations de l'autre. La dispute a pris fin. Celui que vous appelez « Perline » a tourné les talons et s'est éloigné vers le Pont de Londres. Harnett lui a crié de revenir et l'a traité de larron, mais le jeune homme a continué sa route. Quelques minutes plus tard, Harnett a redescendu l'escalier pour prendre une barque qui attendait.

Il but en faisant ce bruit insolite.

— C'est tout ce que je sais, Sir John, mais, si vous voulez, j'interrogerai mon compère, le Pêcheur d'hommes. Le fleuve garde peut-être le corps de ce jouvenceau.

— Je vous en saurais gré, répondit Cranston. Et vous n'avez rien appris d'autre ?

Le Ramasseur fit un geste de dénégation et vida son gobelet. Il était sur le point de se lever quand le coroner, se penchant, lui agrippa le poignet.

— Vous qui parcourez les rues, j'ai un petit mystère à vous proposer. Vous avez, bien sûr, ouï dire que les chats disparaissaient ?

L'homme gloussa.

— Sir John, que voulez-vous ? Me demandez-vous assistance ou est-ce une allégation ?

— Je pose une question, précisa Cranston.

— J'ignore tout de cette affaire de chats, Sir John, si ce n'est que leur disparition rend mon travail beaucoup plus difficile. Le nombre de rats et de souris a quadruplé. J'ai cependant quelque chose à vous narrer.

Cranston poussa une pièce sur la table. Cette fois le Ramasseur fouilla dans un petit sac de cuir, sous sa chape. Il posa deux muselières de cuir noir sur la table.

— Près de Thames Street, expliqua-t-il, j'ai trouvé un cadavre de chat, couvert de cicatrices et de blessures, sous un tas d'ordures. Il portait ceci bien serré autour de la mâchoire. Je pense que quelqu'un lui a mis cette muselière pour qu'il ne miaule pas : l'animal s'est sans doute enfui, mais, incapable d'ôter ce bâillon, il est mort de faim ou s'est tellement affaibli qu'il n'a pu se défendre contre les chiens qui rôdent dans les parages.

Cranston jeta un regard de dégoût aux muselières.

— Et la seconde ?

— Je l'ai découverte près du pilori à Poultry, par terre.

Le Ramasseur se leva.

— Voilà, Sir John. Vous avez eu ce pour quoi vous avez payé.

Et, faisant demi-tour, il quitta la taverne aussi vite qu'il y était entré.

Athelstan laissa échapper un soupir de soulagement.

— Sir John, certains de vos amis ne me plaisent guère !

— Pour faire respecter la paix du roi, cher moine, vous finissez par avoir de très étranges compères ! Le Ramasseur de morts n'est pas aussi terrible qu'il en a l'air.

Le coroner cria à l'aubergiste de remplir à nouveau leurs chopes.

— Ce qui me préoccupe vraiment, ce sont les liens entre Sir Francis Harnett, chevalier du comté du Shropshire et membre des Communes, et le jeune Perline Brasenose.

Athelstan jeta un coup d'œil par la porte : la lumière baissait et le crépuscule commençait à tomber.

— Sir John, êtes-vous assez reposé ?

— Pour faire quoi ?

— Une promenade à la Tour.

Cranston étendit ses jambes puissantes jusqu'à ce que ses articulations craquent.

— Pourquoi là-bas ? Oui, je sais que Perline était membre de la garnison, mais que pourrions-nous y apprendre ?

— Au sujet de Perline, Sir John, fort peu de chose.

Le dominicain se rencogna sur sa chaise et se frotta les yeux.

— Souvenez-vous que le dimanche précédant la mort de Sir Oliver Bouchon, Coverdale a emmené tous les représentants du Shropshire voir les animaux royaux de la Tour. Harnett était parmi eux. C'est depuis cette visite que Perline Brasenose a disparu et que les meurtres ont eu lieu.

Il tira la manche de son compagnon.

— De grâce, Sir John, j'ai suffisamment bu, nous devrions aller à la Tour avant la nuit.

Le coroner cacha son déplaisir et accepta, ordonnant à la tavernière de remettre sa commande à une autre fois. Ils quittèrent *L'Agneau de Dieu*, suivirent Cheapside d'un bon pas et empruntèrent Lombard Street pour déboucher dans Eastcheap en direction de Petty Wales. La soirée se révélait chaude. Les estaminets étaient bondés ; des bruits de voix et des rires sortaient des portes et fenêtres ouvertes. Des baillis et des hommes du guet faisaient leur ronde dans les ruelles. Sous les maisons en saillie Athelstan se sentait en sécurité. La paix n'était troublée que par un chien qui aboyait ou des enfants qui se pourchassaient dans des parties endiablées de colin-maillard. Ils arrivèrent dans Tower Street et passèrent devant une église où deux pénitents professionnels de l'hospice, agenouillés sur les dures marches de pierre, égrenaient leur chapelet et priaient en expiation de quelque péché. Un peu plus loin, un groupe d'hommes s'amusait, assis sur le seuil d'une taverne, à regarder les ébats de deux chiots. Ils interpellèrent Athelstan quand il passa et ce dernier les bénit. Ils tournèrent dans une rue et pénétrèrent dans Petty Wales : d'une fenêtre au-dessus de leur tête s'éleva la voix claire et mélodieuse d'un petit garçon. Ils s'immobilisèrent un instant pour l'écouter. Athelstan ferma les yeux : c'était une de ses chansons préférées. Il se souvint que Francis, son frère, à présent décédé, l'entonnait quand ils aidaient leur père à rentrer les moissons pendant les longues journées baignées de soleil automnal précédant leur départ pour la guerre. Francis avait été tué et seul Athelstan était revenu.

La tristesse envahit le cœur du dominicain : la voix de l'enfant était pure et fraîche, comme l'avait été celle de Francis. Tout le monde louait le talent de son frère, particulièrement à la Noël quand, debout devant la crèche, il faisait retentir les chevrons de quelque joyeux chant.

— Mon frère ?

Athelstan rouvrit les yeux. Cranston l'observait avec curiosité. La voix s'était tue.

— Mon frère ?

Le prêtre frissonna et croisa les bras.

— Ce n'est rien, Sir John, simplement un fantôme du passé.

Ils traversèrent une place déserte. Au-dessus d'eux s'élançaient les abrupts murs crénelés, les tourelles, les bastions et les remparts de la Tour, masse de pierre sculptée, colossale forteresse construite non pour défendre Londres mais pour l'intimider. Ils suivirent la muraille et empruntèrent le pont-levis. Dans les douves stagnaient vase et eau croupie. Ils passèrent sous l'arche noire de la Tour du Milieu. L'énorme portail était ouvert comme une gueule dont la herse d'acier, à moitié baissée, évoquait les dents. Dans l'ombre, des sentinelles, vêtues de tuniques brunes en serge, gardaient l'entrée.

— Sir John Cranston, coroner, expliqua Athelstan à l'un des gardiens. Il faut que nous voyions le gouverneur.

Le garde grommela mais, après avoir lancé un bref regard sur un Cranston à l'air furieux, il détala dans l'allée pavée pendant que son compagnon conduisait Sir John et son secrétaire au poste de guet. Ces derniers s'installèrent sur un banc et rongèrent leur frein jusqu'au retour du soldat suivi d'un petit homme maniéré qui se tamponnait la face du bord de sa chape.

— Qu'y a-t-il ? Qu'y a-t-il ? s'exclama le gouverneur d'un air affairé. Sir John, votre juridiction ne s'étend pas jusqu'ici !

— Oh, pas tant de manières, rétorqua le coroner d'un ton sec. Perline Brasenose fait bien partie de votre guet ?

On avait sans doute dérangé le gouverneur au milieu de son repas : de la langue, il se nettoyait les dents d'une façon particulièrement répugnante. Cranston approcha son visage du sien.

— Je n'ai point juridiction céans, chuchota-t-il d'un ton aimable, mais j'enquête sur ordre de monseigneur le régent !

Le gouverneur releva la tête et s'efforça de sourire.

— Sir John, Sir John, mille pardons, s'empressa-t-il. Perline Brasenose est membre de la garnison, ou du moins était. Voilà des jours qu'il ne se présente plus à son poste.

— Il est donc déserteur ? interrogea Athelstan, anxieux.

Le gouverneur lui tapota l'épaule avec bienveillance.

— Ne vous inquiétez pas, mon père. Les Français n'ont pas accosté et la Tour n'est pas en danger. Il n'est pas rare qu'un jeune homme disparaisse.

Il se rembrunit.

— Mais il faut être raisonnable ! S'il n'est pas revenu dans la semaine, je devrai le porter déserteur, c'est vrai.

— Était-il de service dimanche dernier, quand les membres des Communes ont visité la Tour ? s'enquit le dominicain.

L'homme pinça les lèvres et fixa le mur.

— En effet, en effet. Il faisait partie de l'escorte qui les a accompagnés pour voir les archives royales, les engins de siège et, bien sûr, les animaux du roi.

— S'est-il alors passé quelque chose d'inhabituel ?

Le gouverneur eut un geste de dénégation.

— La Tour est un endroit isolé, mon père. Nous nous contentons d'attendre un ennemi qui n'attaque jamais. Nous gardons quelques prisonniers logés dans les cachots et, parfois, partons en reconnaissance en ville ou dans la campagne.

— Vous devriez être plus vigilant, conseilla le coroner. Si vous allez dans la campagne, vous avez dû entendre évoquer, parmi les paysans, complots et conspirations.

Du bout des lèvres le gouverneur imita un son grossier.

— Sir John, voilà trois cents ans que la Tour est là. Personne ne l'a jamais prise et ce ne sera certainement pas une poignée de manants cul nu qui y parviendra. S'ils attaquent, nous lèverons le pont-levis et ils pourront bien nous assiéger jusqu'au retour du Messie, ils n'iront pas plus loin !

— Et les animaux ? demanda Athelstan.

— Les animaux, ricana l'officier en glissant le pouce dans son ceinturon et en s'approchant, ce n'est rien d'autre qu'une collection de fosses et de cages à l'autre bout de la Tour. Un éléphant, des ours, quelques chats galeux et des babouins. Depuis la mort du vieux roi, on s'est très peu occupé d'eux.

Il eut un petit sourire suffisant.

— Mais, pourtant, ils éblouissent nos visiteurs. L'un des chevaliers surtout, Sir Francis Harnett, a été tout à fait séduit par ce qu'il a vu.

— Et il ne s'est rien passé de fâcheux ? insista Athelstan.

— Mon père, ils sont repartis comme ils étaient venus. Je n'ai rien de plus à ajouter. A présent, je dois m'en aller !

Et il se hâta vers son repas.

Athelstan et Cranston suivirent une ruelle pour regagner Petty Wales.

— Nous ne sommes guère plus avancés, constata le dominicain.

Le coroner contempla la Tour en plissant les yeux. Ce qu'il avait vu ne lui avait pas plu : des gardiens somnolents, un gouverneur amateur de bonne chère, et la façon dont on les avait laissés au poste de garde sans leur permettre d'entrer plus avant.

— La prochaine fois que je verrai Jean de Gand, grogna-t-il, je lui parlerai de la Tour. Il faut qu'il dépêche les contrôleurs du roi pour établir un état des magasins et du personnel. Je crois que notre grassouillet gouverneur n'est pas homme à refuser un pot-devin ; non seulement de la part de ceux qui veulent voir les bêtes, mais aussi de la part des hommes de la garnison qui veulent faire une escapade.

— Vous croyez ?

— Je le sais, répliqua Cranston. Selon la loi des armées et ses us et coutumes, Perline Brasenose est un déserteur et on devrait afficher son nom par toute la ville.

Il tapa sur l'épaule de son secrétaire.

— Ce qui veut dire, mon petit frère, que Perline n'est pas mort. Il s'est échappé et a offert quelques pièces au gouverneur pour ne point être recherché.

Après avoir suivi Thames Street, ils débouchèrent dans Billingsgate. L'air sentait le fraîchin et le sel. Les rues étaient animées par la préparation de la pêche du petit matin. Marchands et poissonniers sortaient déjà leurs étals et des barriques de saumure et de sel pour les prises du matin.

Au coin de Bridge Street, Cranston et Athelstan se séparèrent. Le coroner fulminait toujours contre le gouverneur et promit à son compagnon qu'il s'occuperait, le lendemain, de savoir si le Pêcheur d'hommes pouvait leur apporter quelque aide pour élucider les mystères auxquels ils étaient confrontés. Athelstan le remercia et se dirigea vers l'entrée du pont. Il s'arrêta à la barrière où des soldats flânaient ou jouaient aux dés, impavides face aux longues perches qui saillaient de chaque côté du pont. Sur chacune était piquée la tête mutilée d'un pirate surpris à piller les bateaux dans l'estuaire de la Tamise. Athelstan montra le mandat que lui avait remis Cranston. La barrière s'ouvrit et il s'avança sur le pont en passant devant les échoppes et les maisons silencieuses construites de part et d'autre.

A mi-chemin, au niveau de la chapelle de St Thomas Becket, le dominicain s'immobilisa près de la rambarde. Il regarda le fleuve et ses yeux revinrent sur la Tour. Les rayons du soleil couchant éclairaient encore le ciel. Il lui plaisait de s'arrêter là avec les eaux qui se précipitaient autour des piles, sous ses pieds, et, sur sa tête, le ciel émaillé par les premières étoiles. On avait l'impression d'être entre ciel et terre. Athelstan prit une profonde inspiration et fixa l'étoile du berger. La brise rebroussait ses cheveux et rafraîchissait son front en sueur et, pendant quelques minutes, il eut l'impression qu'elle le lavait des fatigues et des soucis de la journée.

— J'aimerais pouvoir suivre les cours à Oxford, murmura-t-il, et étudier les manuscrits de Roger Bacon.

Il contempla les étoiles. Bacon avait construit un observatoire à Folly Bridge et rédigé un ouvrage passionnant sur les étoiles et les planètes. D'où venaient-elles ? Pourquoi se déplaçaient-elles ? Et, si elles bougeaient vraiment, qu'est-ce qui les attachait au firmament ? Pourquoi certaines brillaient-elles plus que d'autres ? Et la lune, se mouvait-elle ? Il s'appuya à la balustrade et ferma les yeux. Il se demanda si le prieur lui accorderait une petite pause, loin de ses tâches à Londres. Il avait ouï les rumeurs : des manuscrits anciens récemment découverts, copiés et traduits en Italie, provoquaient déjà de fougueuses controverses parmi les érudits. Certains chuchotaient même qu'ils prouvaient que les étoiles affectaient le comportement humain. D'autres, citant le célèbre Ptolémée, soutenaient que la terre n'était point plate mais que c'était une véritable sphère au milieu de maintes autres au ciel.

Le dominicain ouvrit les yeux et sourit.

— Oui, chuchota-t-il, chaque mode de vie présente ses propres problèmes.

Son ordre avait joué un rôle prédominant dans l'Inquisition, en Italie et ailleurs. Mais l'Inquisition voyait la nouveauté d'un fort mauvais œil. Et, bien sûr, il y avait Cranston, St Erconwald et toutes ses ouailles. Athelstan repartit d'un pas allègre. Il s'arrêta au guichet, près du poste de garde, à l'autre bout du pont. Les sentinelles, comme à l'accoutumée, commencèrent à lancer des plaisanteries bon enfant au sujet des occupations possibles des prêtres qui vagabondaient au milieu de la nuit. Une fenêtre haut percée dans le poste de garde s'ouvrit soudain avec violence. Burdon, le gardien nabot, sortit sa tête hirsute.

— Pour l'amour de Dieu, rugit-il, vos gueules ! Un homme et sa femme, sans parler de ses enfants, ne peuvent-ils plus dormir en paix !

Les vigies firent la grimace et rirent sous cape.

— Maître Burdon, cria Athelstan, excusez-moi ! C'est de ma faute !

La petite tête se tourna.

— Oh, c'est vous, mon père. Navré ! dit le gardien d'une voix aiguë en refermant la fenêtre à grand fracas.

Athelstan quitta les soldats, passa devant le prieuré de St Mary Overy et emprunta une ruelle menant à St Erconwald. La nuit, Southwark ne dormait jamais. Les rues étaient bondées de catins, de colporteurs et de bonimenteurs qui tentaient encore de vendre leurs produits de mauvaise qualité dont la plupart, le clerc en était certain, avaient été volés de l'autre côté du fleuve. Les portes des tavernes étaient ouvertes ; bruit, lumière et rires inondaient les rues. Les gueuses, allant et venant dans leurs atours voyants, lui adressaient minauderies et clins d'œil. Deux hommes se disputaient à propos d'un jeu de dés. Athelstan embrassa la scène du regard. Quelque chose n'allait pas. Normalement, il apercevait au moins un de ses paroissiens. Par exemple, Ursula la porchère et sa diablesse de truie qui la suivait partout et festoyait comme une reine parmi les choux du jardin du prêtre. Mais là il n'y avait personne. Ni Tab le chaudronnier, ni Manyer le bourreau, ni Mugwort le carillonneur, ni même Pernel la vieille Flamande qui se teignait les cheveux en orange et passait la nuit à bercer une chope de godale, n'occupaient le banc devant l'auberge du *Cheval pie*.

Le cœur lourd, Athelstan tourna au coin de la ruelle. Il vit une lueur vacillante et entendit des cris. Son inquiétude s'accrut. Quelque chose n'allait vraiment pas. Il se hâta en essayant de toutes ses forces de maîtriser les battements de son cœur mais le spectacle devant St Erconwald l'arrêta net. Les portes de l'église étaient closes et ses ouailles s'étaient rassemblées en foule sur les marches ; munies de torches, elles écoutaient un discours débité par Watkin le ramasseur de crottin.

— Oh non, gémit Athelstan, ça y est, il s'est armé !

Coiffé d'une petite marmite en fer, un couvre-nuque de cuir sur les épaules, une épée rouillée passée dans le ceinturon qui ceignait sa bedaine proéminente, Watkin se fendait et reculait tour à tour. Il était encadré par ses deux lieutenants : Pike le fossier brandissait un javelot et était, lui aussi, coiffé d'une marmite et Ranulf le tueur de rats arborait un grand arc et un carquois plein de flèches.

— Nous devons nous armer si frère Athelstan ne revient pas, répétait Watkin, radieux sous les acclamations d'approbation, en tranchant l'air de ses doigts boudinés.

Il baissa la voix.

— Et qui sait s'il reviendra, hein ? Après tout, le démon l'a peut-être emporté !

Des huées accueillirent ces mots.

— Nous devons pourchasser le démon !

Nouvelles acclamations. Athelstan remarqua, navré, que Tab le chaudronnier avait descendu la statue de saint Erconwald de son socle dans l'église et que Huddle l'imagier agrippait avec fermeté la croix processionnelle comme si c'était une lance.

— Benedicta ! Benedicta ! se lamenta-t-il. Où êtes-vous ?

Il la chercha du regard dans la foule et l'entrevit tout au fond. Elle parut sentir sa présence, se retourna et regarda dans sa direction. Athelstan sortit de l'ombre.

— Watkin ! hurla-t-il.

Ce dernier, surpris, sursauta.

— C'est le père ! glapit-il. Le démon l'a relâché !

Le dominicain se fraya un chemin à coups d'épaule,

ignorant tapes amicales et cris de joie. Il regarda le large visage bulbeux du ramasseur de crottin.

— Watkin, Watkin, murmura-t-il, au nom du Seigneur, que fais-tu ?

— Nous avons vu le démon, expliqua Pike en s'avançant. Juste avant le crépuscule, mon père, une silhouette noire dans le cimetière.

— Tu as bu, n'est-ce pas ? l'accusa le dominicain.

Pike eut l'air accablé.

— Mon père, je vous jure que non, par la croix !

— Ne blasphème pas ! le tança Athelstan d'une voix étouffée. Je reviens de Newgate où ton ami le Renard vient d'être pendu !

Pike en resta bouche bée.

— En fait, c'est de ma faute, intervint Ranulf, nerveux, en faisant un pas en avant. Au petit matin, je suis allé dans la maison de Stinking Alley. Vous savez, celle que le marchand a achetée. J'y ai vu le démon, en haut de l'escalier.

— Y êtes-vous retournés pour fouiller la demeure ?

— Oui, mon père : il s'était enfui mais la puanteur était insoutenable !

— Et qui l'a vu ce soir ?

— Moi.

Cecily la ribaude monta les marches, balançant des hanches, l'air innocent d'un ange.

— Mon père, vous m'avez demandé de revenir céans pour aider, et j'ai obéi.

— Mais que faisais-tu dans le cimetière ? s'enquit le dominicain en jetant un bref coup d'œil à Pike le fossier.

— Oh, mon père, ce n'est pas ce que vous croyez ! J'étais seule. Il y avait quelques fruits abîmés sur une tombe et je les ai pris. Tout était très calme, babilla-t-elle. Puis j'ai ouï du bruit. Je le jure, mon père !

Elle se signa.

— J'ai vu quelque chose près du mur, quelque chose qui rôdait sous les arbres !

— Et qu'avez-vous l'intention de faire, vous tous, à présent ?

Watkin désigna la statue de saint Erconwald et la croix que tenait toujours Huddle.

— Nous allons au cimetière, mon père, chasser le démon !

Athelstan se retourna et étendit les mains sur ses paroissiens.

— Mes frères, mes sœurs, s'exclama-t-il, quelle sottise est-ce là ?

— Nous voulons poursuivre le démon ! hurla Hig le porcher. Ce n'est qu'une question de temps, mon père, avant qu'il attaque quelqu'un d'autre. Qui sait ? Cette fois il l'entraînera peut-être en enfer !

Il baissa la voix et jeta un coup d'œil autour de lui.

— Il se peut qu'il pourchasse Pike !

— Pas un mot sur mon mari ! lui rétorqua l'épouse du fossier. Tu peux parler, Hig ! Je t'ai vu ce matin devant *Le Cheval pie* !

— Que veux-tu dire ? répondit le porcher.

— Eh bien, ce n'était pas ta fille qui t'accompagnait !

Une méchante querelle se serait ensuivie si Athelstan n'avait claqué des mains pour réclamer le silence.

— Demain matin, annonça-t-il, je célébrerai la messe pour prier Dieu de nous aider en la matière.

Des cris désappointés s'élevèrent.

— Mais, pour que nous puissions tous reposer en paix dans nos lits, je vais inspecter le cimetière.

Le dominicain entendait bien s'y rendre seul, mais l'emprise de Watkin sur la foule était trop forte. Huddle, fort inquiet, partit le premier en brandissant la croix ; Tab le chaudronnier lui emboîta le pas en serrant la statue de saint Erconwald. Il était flanqué d'un côté par Crim, l'enfant de chœur, qui portait une torche enflammée, et, de l'autre, par Amisias, le fouleur, qui en portait une autre. Athelstan ferma les yeux et soupira quand Watkin, majestueux comme un comte prêt à en découdre, le rejoignit. La truie d'Ursula fit un brusque écart, frôla Tab et fonça tout droit dans le jardin du prêtre, poursuivie par sa maîtresse qui poussait des cris d'orfraie.

Ils entrèrent enfin dans le cimetière. Le courage de Watkin sembla faiblir ; il hésita et fit signe à Pike de prendre sa place. Huddle et Tab partirent d'un côté et Athelstan suivit le sentier de terre battue qui serpentait entre les tombes.

Crim, l'enfant de chœur, trottinait sur ses talons, toujours muni de la torche.

— Il n'y a rien, mon père, murmura-t-il. Un démon un peu intelligent serait parti depuis des siècles !

Athelstan sourit et scruta les ténèbres.

— Y a-t-il quelqu'un ? cria-t-il.

Mais seul le vent du soir agitait les branches des ifs et courbait les herbes hautes entre les stèles. Un hibou hulula. Athelstan se félicita de n'avoir ni tressailli ni sursauté, bien que, derrière lui, ses paroissiens aient reculé en hâte.

— Y a-t-il quelqu'un ici ? répéta-t-il. Au nom du Seigneur, montrez-vous !

Il se sentait un peu ridicule à hurler ainsi dans la nuit. Il remercia Dieu en silence qu'aucun de ses frères de Blackfriars ou, pire encore, Sir John Cranston, ne soient présents.

— Messire le coroner adorerait ça, chuchota-t-on près de lui.

Il se retourna et vit le visage souriant de Benedicta.

— Il tirerait son épée, continua la veuve, et chargerait comme un paladin à travers le cimetière !

— Oui, et nous ne parviendrions jamais à les envoyer se coucher ! commenta le dominicain qui regarda la jeune femme en fronçant les sourcils. Benedicta, ne pouviez-vous pas les arrêter ?

— Mon père, vous les connaissez. Quand Watkin a une idée en tête...

Elle eut un grand sourire.

— Vous avez été absent si longtemps, ils ont vraiment cru que le démon vous avait emporté !

— Il l'a fait, répliqua Athelstan. Il est grand et gros, il boit et se fait appeler John Cranston !

Il effleura le visage de Benedicta du bout des doigts.

— Je vous narrerai demain ce qui est arrivé.

— Une de vos bénédictions ! réclama Watkin. Vous savez, mon père, trois croix dans l'air !

— Oui ! hurla Pike peu désireux de laisser le dernier mot à Watkin. Et un grand seau d'eau bénite, mon père !

— Je vais vous donner ma bénédiction la plus solennelle, répondit le prêtre. Que Dieu pardonne mon mensonge, glissa-t-il à l'oreille de Benedicta en lui lançant un clin d'œil. C'est la bénédiction la plus solennelle qu'un dominicain puisse accorder. Il ne peut l'accorder que cinq fois dans sa vie de prêtre et à présent c'est la première fois !

Ses paroissiens, abrités au flanc de l'église, marmonnèrent des approbations. Athelstan se retourna et scruta les ténèbres. Pour impressionner ses ouailles, il entonna les cinq premiers vers du psaume cinquante et un, puis, levant la main, esquissa quatre bénédictions : au nord, au sud, à l'est et à l'ouest. Watkin se déclara satisfait. La foule se dispersa. Benedicta s'apprêtait à l'interroger, mais Athelstan secoua la tête.

— J'ai assez marché et parlé, s'excusa-t-il. Oh, où est Bonaventure ?

— Il est plus raisonnable, sourit Benedicta. Dès que Watkin est arrivé, il est allé chasser.

— Quel chat intelligent ! grogna Athelstan en imitant le coroner.

Le dominicain et la veuve se dirigèrent vers l'écurie pour s'occuper de Philomel, le vieux destrier. Derrière eux, dans le cimetière, le « démon » de St Erconwald, rôdant sous les arbres, leur décocha un regard furibond dans les ténèbres.

CHAPITRE VIII

Pendant qu'Athelstan préparait du feu dans l'âtre de son petit presbytère, Sir Francis Harnett se hâtait dans le couloir désert qui conduisait à la salle capitulaire de l'abbaye de Westminster. Gardes et archers l'avaient interpellé à maintes reprises, ce qui lui déplaisait fort. Mais une fois qu'il eut passé les barrages pour se retrouver dans l'enceinte de l'abbaye, un petit éclair de plaisir à l'idée de rencontrer l'insaisissable Perline Brasenose remplaça son ire. Il s'arrêta juste avant l'escalier menant à la salle capitulaire et, tournant à droite, descendit la longue volée de marches vers la chambre du trésor. Au bout, il ouvrit avec précaution la porte cloutée de fer. La pièce, rien de plus qu'une grande cellule voûtée en pierres nues, était sèche et propre, et deux lumignons brillaient sur leur support au mur.

— Perline ? appela Harnett à voix basse, sourcils froncés pour marquer son désagrément. Où êtes-vous, pour l'amour de Dieu ? siffla-t-il.

Ses mots ne rencontrèrent que l'écho.

Harnett poussa un soupir d'exaspération et, s'épongeant le front du bord de sa chape, alla s'asseoir sur un banc de pierre à l'autre bout de la salle. Le soldat était peut-être sorti ? Quand il reviendrait, le chevalier avait bien l'intention de lui dire ses quatre vérités. Les cloches de l'abbaye commencèrent à sonner les vêpres. Malgré l'épaisseur des murs, Harnett entendit le bruit des pas des moines qui descendaient. Il y eut un silence, puis, faiblement, le son du chœur qui se mettait à chanter.

« *Exsurge Domine, exsurge, et vindica causam meam.* »

« Viens, ô Seigneur, viens juger ma cause. »

Le chevalier reconnut les mots et eut un léger sourire. Dieu S'était-Il dressé pour le juger, lui et les autres ? Il se sentit tout d'un coup las et, s'adossant à la muraille, scruta les ténèbres. Tant de choses avaient mal tourné. Vingt ans, trente ans auparavant, ils avaient été de jeunes preux, successeurs spirituels d'Arthur et de ses chevaliers. Ils avaient même payé un moine chroniqueur pour qu'il prouve qu'Arthur avait bâti son palais dans le Shropshire. Et Guenièvre n'était-elle pas censée avoir été enterrée au couvent des Dames Blanches, sous les chênes de Boscobel ? Les Chevaliers du Cygne avaient tenu leur table ronde à l'abbaye de Lilleshall. Tournois et joutes s'étaient succédé dans un grand déploiement de couleurs, aux sonneries stridentes des trompettes d'argent. Puis ils avaient découvert la coupe. Sir Edmund Malmesbury s'était d'abord défié. Il s'était gaussé du marchand de reliques qui l'avait mise en vente. Sir Henry Swynford, pourtant, l'avait apportée à un moine érudit qui avait décrété que le calice de cèdre était très ancien et pourrait bien être le Graal qu'Arthur et ses chevaliers avaient cherché. Oh, quelle joie alors !

Harnett étendit les jambes pour apaiser ses crampes. Ils s'étaient regroupés dans le grand réfectoire de Lilleshall, autour de la table et du calice posé sur un socle et couvert d'un linge damassé écarlate. Chaque homme, à tour de rôle, avait reçu le privilège de garder la coupe pendant un mois. Puis elle avait disparu. Un soir, comme ils se reposaient et banquetaient à l'abbaye, Malmesbury avait fait irruption en criant :

— Le calice a disparu ! Le calice a disparu !

Ils avaient fouillé partout mais ne l'avaient jamais retrouvé, et les graines de la discorde avaient été semées. Personne n'avait formulé ouvertement des accusations, mais les Chevaliers du Cygne avaient commencé à médire entre eux. On avait soupçonné de félonie celui-ci, puis celui-là. La pourriture, comme un chancre dans une fleur, s'était étendue et avait entaché leur vie, lourde des querelles à venir.

Une chose en avait entraîné une autre. La guerre, en France, n'avait point été heureuse et, aux nouvelles des défaites, s'étaient ajoutés les ravages de la grande peste : on s'était trouvé à court de bras et les paysans exigeaient des gains plus élevés, de plus grands privilèges. Harnett et ses compagnons avaient laissé leur âme s'enliser dans les ténèbres...

Harnett soupira et se pencha en avant : tout cela, sans nul doute, avait été oublié. Il avait cultivé ses champs, acquis des livres et s'était intéressé aux animaux inconnus et exotiques. Il était venu à ce parlement contre son gré. En fait, en secret, il avait manœuvré pour ne pas être élu, mais le shérif était un homme de Jean de Gand. Quand on avait compté les réponses dans le guildhall de Shrewsbury, il avait été aussi surpris par les résultats que les autres. Malmesbury leur avait bien conseillé de faire front avec courage, clamant haut et fort comment ils agiraient une fois arrivés à Westminster, mais quelque chose, pourtant, n'allait pas.

Harnett et Aylebore avaient protesté avec timidité : le shérif avait eu un geste d'impuissance et s'était contenté de sourire derrière la grande table installée sur l'estrade du guildhall.

— Vous êtes élus, avait-il déclaré. Prétendez-vous que je suis corrompu ?

Qu'aurait pu faire Harnett ? S'insurger aurait semblé étrange. Alors, en fin de compte, ils avaient tous accepté le verdict, s'étaient mis en route pour Westminster et, comme de coutume, étaient descendus à *La Gargouille*.

En entendant un léger bruit de pas dans le couloir, le chevalier se leva, mais il ne percevait que les chants lointains qui venaient des stalles du chœur. Encore un bruit, pourtant. Il se dirigea en silence vers la porte. C'était bizarre, mais la torche fixée au mur au-dessus de l'escalier s'était éteinte.

— Y a-t-il quelqu'un ? cria-t-il.

Un frisson de peur lui parcourut l'échine. Empoignant la garde de son épée, il monta pas à pas les marches.

— Perline ? chuchota-t-il.

Une fois en haut, il regarda autour de lui. Rien, si ce n'est les ombres dansant à la lueur de la torche qui rendait les figures des gargouilles sur les chapiteaux plus grotesques encore : les démons se raillaient de lui et les satyres montraient les dents. Harnett tenta de contrôler sa respiration. Devait-il attendre ou non ? Il redescendit en se promettant que si Perline n'arrivait pas bientôt, il partirait pour ourdir sa vengeance. Dans sa colère, il serra les poings : il avait remis à Perline un document particulier qui lui permettait d'accéder à la salle capitulaire. Pourquoi ne s'en était-il pas servi pour venir sans barguigner au lieu de lui envoyer un message demandant qu'ils se rencontrent là ? Harnett alla se rasseoir sur le banc. Il ne pensait plus à l'accord secret qu'il avait passé avec le jeune soldat de la Tour ; il ne cessait de revoir Sir Henry Swynford, le visage figé en un masque d'horreur, la corde étroitement serrée autour du cou. Et le corps de Bouchon, couvert de vase, la figure livide et verdâtre. Et ces horribles croix rouges gravées dans leur peau ! Ces terribles rappels du passé.

Lui et ses compagnons s'étaient rebiffés contre Malmesbury, arguant qu'ils devraient fuir. Mais ce dernier, tout aussi effrayé, avait hoché la tête.

— Vous savez ce qui arrivera, les avait-il prévenus. Nous n'avons point le choix.

— Mais la pointe de flèche, la chandelle ? avait rétorqué Aylebore. Qui peut savoir ce que ça veut dire ?

— Le régent, avait répondu Malmesbury.

— Nous a-t-il fait venir céans pour nous tuer ? avait

demandé Goldingham. Pourquoi ne changeons-nous pas d'avis, Sir Edmund ? Il nous châtie peut-être pour notre opposition ?

Malmesbury avait eu un geste de dénégation et s'était caché le visage dans les mains.

— Il ne peut rien faire, avait-il murmuré. Il a promis un signe.

— C'est absurde ! avait bégayé Goldingham. On attend ici comme des agneaux destinés à l'abattoir !

Harnett contempla ses doigts. Le régent avait dit à Malmesbury de faire confiance à Cranston. Les chevaliers étaient tombés d'accord pour ne pas se séparer, mais – Harnett tapa du poing le haut de sa cuisse – il devait sans faute voir Brasenose. Il avait payé en bon argent et voulait son dû ! Il entendit du bruit à l'huis. Il leva la tête, cœur battant la chamade, sang figé dans les veines. Une silhouette encapuchonnée avait surgi.

— Brasenose ? dit-il dans un murmure.

— « *Jour de colère*, entonna la silhouette en s'avançant avec lenteur, *jour de deuil, ciel et terre seront réduits en cendres. Vois comme tremble le cœur de l'homme...* »

Harnett recula dans son coin, en battant l'air. Le nouveau venu lui jeta quelque chose : la pointe de flèche tomba aux pieds du chevalier, suivie par une chandelle et un morceau de parchemin.

Harnett s'écroula sur les genoux et joignit les mains.

— De grâce ! supplia-t-il.

L'arrivant se rapprocha. Harnett ne pouvait distinguer ses traits. La lumière était chiche, la porte close et les lueurs vacillaient derrière cette épouvantable, cette terrible forme, un fantôme qui réveillait des terreurs cachées dans l'âme de Harnett et faisait resurgir des images du passé : des cavaliers casqués, en cotte de mailles, torche en main, rassemblés sous les branches déployées d'un grand chêne où se balançaient et dansaient des silhouettes.

— Il y a si longtemps ! gémit-il.

— Le passé ne s'oublie pas, Sir Francis, lui répondit-on.

Harnett releva la tête. Il reconnaissait cette voix !

— Oh non ! Pas vous, par pitié !

— Faites la paix avec Dieu !

L'homme sortit une hache de sous sa chape. Sir Francis se recroquevilla. La hache s'abattit et, d'un coup net, envoya rouler la tête de Harnett sur le sol.

Assis à la table du presbytère, Athelstan contemplait le feu.

— Je devrais être couché, confia-t-il à Bonaventure.

Le gros matou, épuisé après une nuit de chasse, ronronnait de plaisir à la chaleur de l'âtre. Le dominicain baissa les yeux sur le vélin devant lui. Il avait tenté de comprendre les événements de la journée. Il s'était passé tant de choses ! Son esprit était encore plein d'images : les deux cadavres sinistres gisant dans leurs cercueils ; c'étaient autrefois des hommes puissants et, à présent, ils étaient si pitoyables dans la mort ! Banyard les emmenant chez Dame Mathilda ; la jeune ribaude exposant ses superbes seins.

Il sourit.

— Elle était fort belle, Bonaventure. Des cheveux noirs comme la nuit et un corps à damner un saint !

Le chat leva la tête comme pour lui répondre puis la laissa retomber. Le regard d'Athelstan se perdit dans les flammes. Si seulement Bonaventure pouvait parler et lui narrer ce qu'il voyait dans les ruelles et les venelles de Southwark ! Cela résoudrait le mystère du démon. Le prêtre pinça les lèvres. Bon, le démon attendrait jusqu'à ce qu'il ait reçu les conseils du père Anselm. Il se demanda si Sir John dormait et se remémora leur rencontre avec le Ramasseur de morts. Grâce à Dieu, le bonhomme n'avait pas trouvé le corps de Perline ! Cranston avait sans doute raison : Perline n'avait pas déserté la garnison de la Tour, mais avait bel et bien payé le gouverneur pour qu'il ferme les yeux pendant qu'il se livrait à quelque autre activité.

Mais laquelle ? Et pourquoi s'était-il abouché avec un chevalier sur un quai sombre et désert ? Athelstan se gratta le menton. Apparemment Harnett s'était rendu à Southwark afin de voir Perline et ils avaient tous deux traversé la Tamise pour aller à Steel Yard, mais pourquoi ? Le soldat pouvait-il être impliqué dans la male-mort des deux chevaliers ?

Bonaventure s'agita et s'étira. Le dominicain se souvint que le coroner s'inquiétait de la disparition des chats à Cheapside. Il se pencha et caressa le matou.

— Un océan de tourments, Bonaventure ! Un océan de tourments !

Il reprit sa plume et ferma les paupières pour se concentrer. « J'ai terminé ma tâche, pensa-t-il. Philomel dort comme un bienheureux. Je ne peux rien faire au sujet de notre démon avant d'avoir la réponse du père prieur. Sir John et ses chats ? Eh bien, il faudra qu'ils attendent ! Voyons donc ces meurtres à Westminster. »

Il soupira, rouvrit les yeux et entreprit de coucher ses pensées par écrit.

Item : Bouchon et Swynford appartenaient à un groupe puissant qui formait une compagnie nommée les Chevaliers du Cygne.

Item : Qu'est devenue cette compagnie ?

Item : La pointe de flèche, la chandelle et le bout de vélin ont-ils quelque chose à voir avec la quête chevaleresque de ces hommes ?

Item : Les morts de Bouchon et de Swynford ont-elles un lien avec la dislocation des Chevaliers du Cygne ?

Item : Mis à part l'échec d'une entreprise marchande en mer, quelle autre discorde existe-t-il entre les chevaliers ?

Item : Quel passé veulent-ils cacher ? Quels terribles secrets partagent-ils ?

Item : N'était-ce qu'une coïncidence si le père Benedict, chapelain des Communes, connaissait,

> par l'entremise de son ami le frère Antony, ces nobles seigneurs du Shropshire ?
>
> Item : Pourquoi Harnett a-t-il rencontré Perline Brasenose ? Pourquoi n'a-t-il point avoué la vérité à Cranston ?
>
> Item : Qui Bouchon a-t-il vu lundi soir ? D'où provient la saleté noire sous ses ongles ?

Athelstan posa sa plume et s'étira. Le corps de Bouchon, réfléchit-il, avait été retrouvé près de Tothill Fields, ce qui signifiait qu'on avait dû le tuer et le jeter dans la Tamise à marée descendante. Sinon il aurait été ramené vers la ville. Le dominicain se frotta les lèvres. Cela donnait-il une indication quant au lieu où il avait péri ? On l'avait trouvé emprisonné dans les roseaux. Athelstan eut un geste de dénégation. Il se souviendrait de ce détail.

Il reprit sa plume et ses écritures.

> Item : Qu'en est-il de ce mystérieux prêtre qui est entré et sorti de la taverne de *La Gargouille* sans que personne s'en préoccupe vraiment ? Pourquoi était-il si certain de pouvoir s'échapper sans qu'on le remarque ? Ne pourrait-ce point être l'un des chevaliers ?

Il jeta sa plume, exaspéré.

— Oh, Bonaventure, dit-il quand le matou sauta sur la table et se frotta contre sa main, voilà le vrai mystère, ô toi le plus rusé des chats ! Pourquoi ces seigneurs ne quittent-ils pas Westminster pour regagner Shrewsbury ? Après tout, ce sont des opposants reconnus du régent. Sauf, bien sûr...

Il caressa Bonaventure et regarda ce qu'il venait d'écrire.

— ... sauf, le plus fidèle des chats, si Jean de Gand en personne, connaissant leurs redoutables secrets, les oblige à demeurer à Westminster.

Il écarta le matou avec douceur. Il alla à la resserre, versa du lait dans une écuelle de métal et la mit devant la cheminée. Bonaventure sauta de la table et se tapit pour laper le liquide de sa petite langue rose.

Athelstan s'agenouilla près de lui et écouta les ronronnements satisfaits de l'animal.

— Mais pourquoi Gand désire-t-il que ces nobles, ses ennemis avoués, soient présents à Westminster ? dit-il dans le vide.

Il s'assit sur ses talons. Devraient-ils, lui et Cranston, solliciter une audience auprès du régent ? Insister pour qu'il leur confie tout ce qu'il savait sur ces hommes ? Jean de Gand ne se contenterait-il pas de lever ses fins sourcils, de hausser les épaules et de jurer de son innocence ?

Le dominicain reprit sa tâche. Il s'arrêta et tendit l'oreille : le vent se lamentait dans les arbres du cimetière. Il se souvint de la petite armée de Watkin : Simplicatas en était absente, bien qu'à l'accoutumée elle rôdât autour de l'église en quête de nouvelles auprès du prêtre. Il se prit le menton dans les mains.

— Le passé ? murmura-t-il. Tous ces mystères dépendent du passé !

C'était comme les dessins d'une tapisserie qu'on déroulerait lentement. Jusqu'à présent il n'apercevait pas la moindre lueur qui aurait pu le guider dans ce labyrinthe d'énigmes. Il jeta un coup d'œil à la bougie des heures. S'il continuait à travailler, il n'en serait que plus perplexe. Il se dirigea vers l'âtre et disposa le pare-feu rudimentaire pour que flammes et cendres ne s'envolent pas. Il tapota la tête de Bonaventure, prit son écritoire et monta l'escalier. Il soupira et revint à la table. Il avait un jour laissé la corne à encre et Bonaventure l'avait fait tomber. Athelstan la reboucha, ouvrit l'écritoire et, à la lueur du feu, regarda les deux muselières que le Ramasseur de morts avait abandonnées sur la table, à *L'Agneau de Dieu*. Il les sortit pour les examiner avec attention. Le cuir noir était éraflé.

— Comment peut-on se montrer si cruel envers les créatures de Dieu ? demanda-t-il à Bonaventure.

Le dominicain déchira en deux l'une des muselières

et observa le cuir rouge à l'intérieur. Il eut un grand sourire et s'agenouilla pour caresser son matou.

— Il doit y avoir des anges gardiens pour les chats ! dit-il.

Et, après avoir rangé la muselière dans son sac, il remonta l'escalier en fredonnant. Demain il pourrait résoudre au moins l'un des mystères auxquels lui et Cranston étaient confrontés.

« *Ite missa est.* » « Allez, la messe est dite. »

Athelstan regarda ses paroissiens qui, c'était étrange, avaient tous assisté à l'office du matin, brûlant de savoir quelle décision leur prêtre avait prise à propos de leur démon. Il termina la bénédiction. Il s'apprêtait à descendre les marches et à faire une génuflexion devant le saint sacrement, quand il saisit l'air désespéré de Watkin. Soupirant, Athelstan s'installa sur les marches du chœur, Crim à sa droite et Bonaventure à sa gauche. Le matou, assis tout droit, toisait de son seul œil valide ces gens qui retardaient l'arrivée de son écuelle de lait matinale.

— Mes frères, mes sœurs, commença le dominicain, je ne sais vraiment pas que dire. J'ai requis l'aide du père Anselm, le prieur.

— Et elle est là, mon frère !

Athelstan releva la tête d'un coup. Il observa, à travers le jubé, le corpulent et robuste frère qui remontait à grands pas la nef. Quand ce dernier rabattit son capuchon, Athelstan reconnut le visage affable et souriant de l'un des dominicains, John Armitage. Il se leva quand Armitage passa en trombe sous le jubé, les paroissiens lui faisant place. Armitage saisit la main du prêtre de la paroisse.

— Je suis au fond depuis un bon moment, mon frère, dans l'ombre. Qui est votre artiste ?

Athelstan désigna Huddle qui semblait inquiet.

— Vous avez le coup d'œil, mon ami, commenta Armitage en grattant sa joue bien rasée. Avez-vous jamais pensé à devenir dominicain ? Nous avons besoin de bons artistes.

Huddle, plutôt effarouché par ce prêtre exubérant qui le fixait avec tant d'intensité, fit un geste de dénégation.

— Nous avons besoin de bons artistes, répéta Armitage. Si toutes nos églises ressemblaient à celle-ci, il y aurait peut-être plus de fidèles à la messe !

Il desserra la corde qui ceignait son énorme bedaine ; mais Athelstan savait que pour un homme aussi massif, il pouvait se déplacer avec une grande agilité.

— Le prieur m'a envoyé, murmura Armitage, mais je n'ai point envie de discuter devant tout le monde.

— Ce qui concerne frère Athelstan, trompeta Watkin qui avait entendu l'aparté, nous concerne tous, surtout s'il s'agit de notre démon !

— C'est le chef du conseil paroissial, s'empressa de chuchoter Athelstan en voyant l'air sévère d'Armitage.

Frère John s'avança et toisa Watkin qui, en retour, lui lança un regard de défi. Le dominicain se pencha et glissa quelques mots à l'oreille du ramasseur de crottin dont le visage s'illumina et qui acquiesça avec solennité. Armitage fit alors une génuflexion devant le ciboire et, suivi d'Athelstan, de Crim et de Bonaventure, entra dans la sacristie. Athelstan ôta en hâte ses vêtements sacerdotaux et conduisit son hôte au presbytère.

— J'ai un peu de fromentée, proposa-t-il.

Armitage se pourlécha.

— Avec du lait et du miel ? s'enquit-il.

— En abondance, précisa Athelstan en souriant.

— Alors je suis comblé ! répliqua Armitage.

— Qu'avez-vous dit à Watkin ? interrogea Athelstan en servant son visiteur.

Les yeux d'Armitage pétillèrent.

— De garder le sanctuaire : si le démon attaque, il frappera le maître-autel. Et seul un homme comme Watkin sera alors assez fort pour lui résister !

Athelstan eut un grand sourire et ils prirent le temps

de s'asseoir pour déjeuner. Le repas était modeste, mais Armitage affirma qu'il était mille fois meilleur que l'ordinaire du réfectoire de Blackfriars. Quand ils eurent terminé, il posa les coudes sur la table et observa Athelstan. Ses yeux noirs avaient perdu leur gaieté à présent.

— Le père prieur m'a parlé de vos difficultés.

Athelstan acquiesça avec circonspection.

— Je croyais que vous enseigniez aux collèges d'Oxford ? dit-il, détournant la conversation.

— La nourriture était infecte et j'ai demandé qu'on me renvoie, plaisanta Armitage en se tapotant l'estomac. Je suis à présent à Blackfriars, officiellement comme bibliothécaire et archiviste. Je suis aussi exorciste pour l'est de Londres. Bon, pour la plus grande partie, mis à part les paroisses au nord de St Mary of Bethlehem.

Athelstan lui lança un coup d'œil incrédule. Du noviciat d'Armitage, il gardait le souvenir d'un prêtre joyeux à l'esprit pratique, qui n'était point du genre à s'intéresser aux démons, aux incantations ni à l'exorcisme.

— Je sais ce que vous pensez, Athelstan !

Armitage ramassa une miette dans son écuelle et se la fourra dans la bouche.

— Mais ma tâche n'est pas aussi effrayante qu'on pourrait le croire.

Il eut un petit sourire.

— Vous n'imaginez pas le nombre de gens qui, après avoir avalé deux pintes de bière, voient diables et esprits dans tous les coins !

— C'est différent, ici, intervint Athelstan.

— Je sais, je sais, le père prieur m'a narré tout ça. L'un de vos paroissiens a été réellement attaqué et d'autres ont aperçu une hideuse forme noire ; quant à vous, vous avez détecté une terrible puanteur dans le dépositoire. Avant d'aller à l'église, je l'ai visité, mais n'ai vu ni senti rien d'étrange.

— Parce qu'il a été récuré et balayé, rétorqua Athelstan d'un ton sec.

Son interlocuteur lui prit la main.

— Mon frère, je ne me gausse point de vous. Voilà dix-huit mois que je fais fonction d'exorciste. J'ai assisté à au moins cinquante incidents. Tous pouvaient s'expliquer par des phénomènes naturels. Mais, ajouta-t-il lentement, il y a les autres !

Il sirota une gorgée de bière.

— Il y a dix jours, je suis allé dans une demeure près de St Giles Cripplegate. La femme avait évoqué d'étranges bruits et des cris dans la nuit. L'impression, la profonde prémonition qu'il y avait un démon. J'ai éprouvé la même chose, Athelstan. J'ai fouillé la maison. Je l'ai bénite. J'ai pratiqué un exorcisme mais n'ai rien pu découvrir. C'était chez une veuve ; douce, pieuse, plutôt angoissée mais honnête de nature. Je m'apprêtais à repartir quand son fils, âgé de vingt ans, est entré. Il était vêtu à la dernière mode avec des cheveux crêpelés et bouclés. Il était un peu trop poli.

Armitage cilla et Athelstan lut la peur dans ses yeux.

— Ce jouvenceau, reprit l'exorciste, m'a serré la main et demandé comment je me portais. Ne voulais-je point une autre pinte de godale ? Ou un peu d'argent pour les pauvres ?

Armitage ferma les paupières et se mordit les lèvres.

— Il m'a vraiment effrayé, continua-t-il d'une voix rauque. Ses yeux étaient morts, mon frère. On aurait cru que tout son visage n'était qu'un masque et qu'il y avait quelque chose derrière : une présence, sombre et sinistre, qui se raillait de moi et de sa mère !

Il reposa sa chope de bière.

— Il me faut pourtant rassembler tout mon courage pour retourner dire à cette femme que, à mon avis d'exorciste, l'âme de son fils est enveloppée de ténèbres. Il s'est adonné à un vice qui a ouvert la porte à d'autres puissances !

Armitage repoussa sa chope.

— Je vous raconte ceci, Athelstan, parce que c'est

là ma vision du démon, de la possession. Quelqu'un de froid, de logique, voire d'apparence et d'attitude affables.

Athelstan caressait Bonaventure qui avait sauté sur ses genoux.

— Vous prétendez donc que nous n'avons pas de démon à Southwark ?

Son condisciple sourit.

— Le croyez-vous vraiment, mon frère ?

Athelstan eut un geste de dénégation.

— Alors suivez votre cœur, Athelstan. Quand vous rencontrerez un diable, ce ne sera point une forme obscure qui sautera entre les tombes. Vous comprenez ce que je veux dire, n'est-ce pas ?

Athelstan se souvint des puissants chevaliers de Westminster, de leur air suffisant, de leurs mensonges, de la duplicité de leur vie.

— Oui, je comprends.

Armitage soupira.

— J'en étais sûr. Vous êtes le secrétaire du coroner, non ? Votre réputation vous précède, mon frère. Pensez à tous les meurtriers que vous avez pourchassés : à ces hommes et à ces femmes qui suppriment la vie d'autrui en un clin d'œil, puis s'essuient les lèvres et clament leur innocence à la face du monde. Voilà vos démons. Mais, dit-il en remontant son capuchon, cela n'empêche pas que vos ouailles aient raison : il y a peut-être une présence qui rôde à Southwark, bien que j'en doute fort.

— Alors que dois-je faire ? interrogea Athelstan.

— Appliquez la logique qui vous a rendu célèbre, répondit son interlocuteur en se levant. Calmez vos paroissiens. Étudiez toutes les preuves qui vous sont offertes. Cherchez le point faible et, quand vous l'aurez trouvé, le mystère sera résolu.

Armitage prit sa chape.

— Je suis navré de ne pas avoir pu vous être d'un grand secours, mon frère. Le père prieur m'a demandé d'aller à Eltham et de m'arrêter céans pour vous voir, expliqua-t-il en souriant. Acceptez mon pari, mon frère : si vous n'avez pas découvert le démon dans une semaine, je reviendrai et resterai jusqu'à ce que vous ayez réussi.

— Et si j'y parviens ?...

Armitage tendit la main.

— Envoyez votre peintre à Blackfriars : il y a un morceau de mur nu à côté de la sacristie, et chaque fois que je passe par là, j'imagine un beau tableau du Christ parlant à la Samaritaine. Ne vous inquiétez pas, il recevra un bon salaire !

Athelstan serra la main tendue.

— Je tiens le pari !

Armitage remercia son condisciple et Bonaventure pour leur accueil, les bénit et s'en fut.

Athelstan réfléchit un moment aux paroles de l'exorciste.

— Frère John a dit vrai, déclara-t-il finalement. Mais où est le point faible dans tout cela ?

Il berça son matou en contemplant le crucifix austère au-dessus de la cheminée. Watkin et ses amis avaient vu le démon pour la première fois le lundi soir. Plus tard, cette même nuit, Sir Oliver Bouchon avait été tué et Perline Brasenose, absent de son foyer depuis le samedi, avait, semble-t-il, rencontré Sir Francis Harnett sur le quai de l'autre côté de la Tamise. Par la suite, on avait aperçu le démon près de chez Benedicta, un autre endroit isolé et désert ; Ranulf le tueur de rats l'avait entrevu dans la maison vide, et on l'avait vu à nouveau, la veille, dans le cimetière paroissial. Où était donc l'écueil de toute l'histoire ? Il entendit frapper à l'huis.

— Entrez !

Il s'attendait à moitié à la visite de Cranston, mais ce fut Benedicta, chargée d'un panier, qui se glissa dans la pièce. Il y eut un moment de confusion quand Bonaventure, en quête de nourriture, sauta avec agilité dans le cabas.

— Voici de quoi vous nourrir, sourit la veuve en posant son fardeau sur la table.

Elle en sortit de petits paquets enveloppés d'un linge et les ouvrit un à un : du pain, du fromage, un pot de confiture, un morceau de jambon séché, des tranches de lard salé, des oignons et un petit sac de farine d'avoine. Athelstan ne pouvait refuser. En fait, comme ne manquait pas de le taquiner le coroner, il n'était que trop heureux de contempler le ravissant minois de Benedicta. Elle rangea les mets dans la resserre et aida le prêtre à nettoyer la table. Il apporta des chopes de bière fraîche, puis s'installa pour lui narrer les événements de Westminster. La veuve l'écouta avec attention : son doux visage au teint mat se rembrunit quand il évoqua la mort des deux chevaliers et les possibles intrigues sinistres du régent, Jean de Gand.

— Vous devriez être plus prudent, Athelstan, le prévint-elle. Quand vous vous rendez sur la place du marché, on vous sourit et on vous salue, comme il se doit. Mais quand vous n'êtes plus là, les ragots reprennent, nourris et attisés par les paysans qui viennent vendre leurs produits. Il y a eu des émeutes en Essex ; à Coggeshall, on a attaqué un collecteur de taxes, et, à Colchester, on a fermé les portes aux messagers royaux. On parle de gens qui rassemblent des armes et cachent épées et poignards. On dépouille les ifs pour fabriquer arcs et flèches. On a aiguisé faux et serpettes, et ce n'est point pour la moisson !

Elle se pencha sur la table et posa sa douce main sur celle du dominicain.

— Un orage va éclater, mon père. Cette ville sera le témoin de terribles violences !

— Et, avant que vous ne posiez la question, Benedicta...

Athelstan, gêné, retira sa main, se leva et s'approcha de l'âtre.

— ... je resterai ici, sauf si le père prieur en décide autrement.

Benedicta vit l'entêtement marquer ses lèvres et sut que toute discussion était inutile.

— Et le démon ? questionna-t-elle en hâte.

— Je le pourchasse toujours.

— Et Perline ?

Le prêtre secoua la tête.

— J'ai croisé Simplicatas sur la place, reprit Benedicta. Elle a encore l'air inquiet. Je lui ai demandé si elle avait des nouvelles, mais elle a hoché la tête et a continué son marché.

La jeune femme eut un petit rire contraint et joua avec la chaîne d'argent qui pendait à son cou.

— Je serais venue plus tôt, mais je l'ai aidée à porter son panier.

Elle sursauta quand la porte s'ouvrit à la volée et que Cranston fit une entrée en trombe. Il gloussa de plaisir en apercevant Benedicta et, la prenant par les épaules, se courba pour planter un baiser humide sur chacune de ses joues.

— Grâce soit rendue à Dieu pour avoir créé les belles femmes ! beugla-t-il et il se retourna, jambes écartées, pouces dans son ceinturon. Bon, Athelstan, faites votre balluchon et fermez votre église : nous partons pour Westminster !

Le dominicain gémit.

— Ordres du régent, ajouta le coroner. Hier soir Sir Francis Harnett, chevalier, a été retrouvé dans la chambre du Trésor. Il gisait sur le sol, et sa tête était attachée par les cheveux à un support de torche au mur.

Il fit une grimace à l'adresse de son secrétaire.

— Apparemment notre bon chevalier s'est rendu là-bas hier soir pour voir quelqu'un. Dieu seul sait qui. Les gardes l'ont laissé passer. Ce matin, l'un des archers, apercevant l'huis ouvert, est descendu voir ce qu'il en était. Il est remonté à toute vitesse en poussant des cris éperdus.

— Mais pourquoi Harnett a-t-il été stupide au point de se rendre dans un endroit si isolé ?

Cranston haussa les épaules.
— Je l'ignore. Malmesbury avait dit aux chevaliers de ne pas se séparer. En tout cas, c'est ce que nous devons découvrir.
Il tapota l'épaule de son clerc.
— Je suis désolé, mon frère, mais nous n'avons pas d'autre choix que de louer des chambres à *La Gargouille*. Ce sont les instructions du régent.
Athelstan ouvrit la bouche pour protester mais le coroner secoua la tête.
— Toute discussion est vaine, mon frère. Tout céans devra attendre.
Il sourit à Benedicta.
— Il vous faudra veiller sur la paroisse et, si vous restez ici assez longtemps, jolie comme vous l'êtes, vous pourriez même capturer le démon !
Il se retourna vers son secrétaire.
— Il y a un autre ordre : samedi matin, Gand et le jeune roi se rendront à Westminster en grand arroi pour rencontrer les Communes.
Il bomba le torse.
— En tant qu'officier de justice du roi, je ferai partie de la procession et, bien sûr, mon cher Athelstan, vous devrez m'accompagner.
Le dominicain contempla le feu. Le désir de crier son refus le submergeait, mais cela n'aurait servi qu'à bouleverser Cranston et aurait été inutile.
— Benedicta, je vous confierai les clés.
Il se leva.
— Occupez-vous de Bonaventure. N'oubliez pas de nourrir Philomel et demandez au prêtre de St Swithin s'il aurait la bonté de venir célébrer la messe du matin.
Benedicta acquiesça. Athelstan alla à la cheminée et, saisissant un tisonnier, commença à disperser les braises.
— Ce sera bientôt éteint, dit-il, l'esprit ailleurs.
— Ne vous faites pas de souci, mon père, le réconforta la veuve, je m'assurerai que tout se passe bien.
Athelstan monta l'escalier de fortune qui conduisait

à sa chambre. Tout en remplissant ses sacoches de selle au pied de son lit, il s'interrogeait ; non sur Westminster, mais sur Simplicatas. Pourquoi une jeune femme seule, supposée être dévorée d'inquiétude au sujet de son époux disparu, faisait-elle un marché si important que Benedicta avait dû l'aider à porter son panier ?

CHAPITRE IX

— Le laveur de cadavres ne peut pas grand-chose avec ça, remarqua Banyard en désignant le buste décapité de Sir Francis Harnett.

Les restes étaient étalés sur une méchante toile goudronnée dans un appentis derrière la taverne : la tête pendait de côté comme un ballon, yeux entrouverts, joues meurtries aux endroits où le crâne avait roulé sur le sol de la crypte.

— Pour l'amour de Dieu, un peu de respect ! murmura Cranston.

— Je me contente de décrire les choses comme elles sont, messire le coroner, non comme elles devraient être !

Athelstan s'agenouilla, se signa, ferma les paupières et récita à voix basse le requiem : « Seigneur, donne-lui le repos éternel et que la lumière brille à jamais sur lui. Qu'il repose en paix. »

— Amen, répondit Cranston.

— Mais que pouvait-il bien faire dans la chambre du Trésor ? interrogea Athelstan en se relevant.

— Dieu seul le sait, répliqua Sir Miles Coverdale. Les Communes ont siégé tard hier. Ensuite l'abbaye était déserte, quoique les membres, bien sûr, soient restés dans l'enceinte pour échanger des ragots et discuter.

— Vos gardes étaient-ils encore en faction ? s'enquit le coroner.

— Oh oui. Y compris la nuit. Personne ne peut pénétrer dans les cloîtres ni les quitter sans montrer le sceau particulier dont est muni chaque représentant.

— Et qui s'est rendu là-bas hier soir ? insista Cranston. Allons, mon ami, vous savez ce que nous cherchons !

Coverdale, blême, eut un geste de dénégation.

— Pour être honnête, je ne peux répondre à cette question, Sir John. Les envoyés ne cessent d'aller et de venir. Comme vous le savez, les soirées peuvent être fraîches et nombreux sont ceux qui portent coule ou capuchon. Je peux pourtant affirmer deux choses. D'abord, que personne n'est entré dans les cloîtres ou dans les parages de la salle capitulaire sans présenter le cachet spécial, pas plus qu'il n'en est sorti.

— Et le couloir ? le pressa Athelstan. Les portes doubles sont-elles toujours gardées ?

— Pas avec autant de vigilance de nuit que de jour, quand les Communes sont en session, mais il y a des hommes dans la galerie qui y conduit.

— Quelqu'un se souvient-il d'y avoir vu Sir Francis ?

— Un de mes soldats, vaguement ; d'autres ont suivi, mais il faisait sombre. Comme je vous l'ai expliqué, les envoyés ont coule ou capuchon et sont hautains et péremptoires. Ils montrent le sceau, écartent leur chape pour qu'on constate qu'ils n'ont point d'épée et les portes sont ouvertes.

— Vous vouliez nous signaler deux points ? intervint Cranston.

— Ah oui !

Coverdale désigna le cadavre décapité de Harnett.

— Sir John, vous avez assisté à des exécutions ou à des décapitations après une bataille. Pour couper la tête d'un homme, il faut soit un glaive soit une hache à deux tranchants, mais toute personne pénétrant dans l'enceinte de l'abbaye doit prouver qu'elle est désarmée. Seules les dagues de cérémonie sont autorisées.

Athelstan rabattit les bords de la toile goudronnée noire sur le corps supplicié.

— Est-il possible que quelqu'un se soit faufilé dans l'abbaye ? questionna-t-il.

— J'en ai parlé au père abbé, précisa Coverdale. Il n'y a ni passages secrets, ni galeries. N'oubliez pas, mon père, que la chambre du Trésor se trouve juste devant la salle capitulaire. Harnett et son assassin devaient traverser au moins trois rangées de mes gardes – sans compter que le tueur a dû revenir.

Il eut un mince sourire et haussa les épaules.

— Que dire de plus ? Les chevaliers de tel ou tel comté faisaient de continuelles allées et venues. Certains pour visiter le tombeau de sainte Foy, d'autres l'abbaye. Quelques-uns sont revenus chercher leurs affaires. Vous ne pouvez blâmer mes hommes, dit-il, sur la défensive. Ils ont reçu des ordres : exiger le sceau, s'assurer que la personne n'est pas armée et la laisser alors passer.

Il s'essuya les lèvres d'un revers de main.

— Il y a tant d'envoyés et l'abbaye a moult entrées.

— Et ils doivent posséder un de ces cachets ? se fit répéter le dominicain.

— Oui. Ou un message spécial paraphé par l'un des membres. Mais, dans ce cas, mes gardes ont l'ordre strict d'arrêter le porteur et de me l'envoyer.

Il eut un geste d'impuissance.

— Depuis le début de ce parlement, on n'a jamais présenté ce genre de lettre, et certainement pas hier soir.

— Et si le tueur était un moine ? suggéra Athelstan.

— Impossible, ricana Sir Miles. Les frères peuvent se servir des cloîtres, mais le couloir et la salle capitulaire elle-même sont strictement interdits. Qui plus est, mes soldats s'en souviendraient si un moine avait tenté de s'y introduire et d'en sortir.

— Il n'y a alors plus qu'une hypothèse.

Athelstan se frotta le bout du nez et s'approcha du capitaine de la garde.

— Je ne veux point vous offenser, messire, mais le meurtrier de Sir Francis Harnett ne pourrait-il être un soldat ?

Coverdale s'empourpra.

— Je n'insinue ceci, reprit le prêtre, implacable, que parce qu'un homme d'armes porte épée et hache. Il aurait eu aussi le droit de se trouver dans le couloir de la salle capitulaire.

— Vous voulez parler de quelqu'un comme moi ?

— Je n'ai point dit cela, Sir Miles. Je ne faisais qu'une observation.

Cranston, assis sur un seau retourné, comprit, tout comme Banyard, le sens des paroles du dominicain. L'aubergiste recula, comme s'il voulait se mettre hors de portée de l'ire de Coverdale. Sir Miles, cependant, en dépit de ses pommettes rouges de colère, garda son calme.

— Vous devriez continuer vos questions, mon père, dit-il d'un ton sec. Les compagnons de Sir Francis Harnett nous attendent dans la taverne. Ils vous affirmeront que Sir Francis les a quittés malgré mes ordres – et leurs conseils – peu avant vêpres.

— Et, bien sûr, vous allez nous confier où vous étiez ?

— Oui, mon père, je me trouvais au palais de Savoy avec les autres capitaines du régent pour préparer le cortège royal de samedi à Westminster. Monseigneur de Gand, et un grand nombre de ses chevaliers, jureront solennellement que j'étais avec eux.

— A l'heure de vêpres ? insista Athelstan en observant que Coverdale détournait les yeux.

— Un peu après.

Le prêtre se retourna.

— Maître Banyard, combien de temps le corps restera-t-il céans ?

— Jusqu'à cet après-midi.

— Y a-t-il eu vol ? intervint le coroner en se levant, grognant et grommelant.

— Pas le moindre, répondit en hâte Coverdale.

Athelstan examina la dépouille et, ce faisant, remarqua un lent filet de sang qui serpentait sous le drap sale.

Coverdale le vit aussi et se détourna promptement.

— On nous attend, jeta-t-il avec hargne.

Il fit mine de sortir, mais, s'arrêtant nez à nez devant le dominicain, il siffla :

— Faites votre enquête, mon père. Je ne suis pas un assassin !

Athelstan allait répondre quand des cris, suivis de bruits de pas, montèrent de la taverne. Christina, ébouriffée, fit irruption dans la pièce ; elle jeta un coup d'œil au cadavre recouvert du linge et recula.

— Qu'y a-t-il, ma fille ? Qu'y a-t-il ?

Athelstan et ses compagnons quittèrent la chambre sur ses talons.

— C'est les chevaliers ! s'exclama-t-elle. Quelqu'un est venu à la taverne !

Elle secoua la tête.

— Je ne sais pas qui. L'un des valets prétend qu'il était tout vêtu de noir. Il lui a remis une lettre pour Sir Edmund Malmesbury et un petit sac fermé. Le valet l'a apporté aux seigneurs. Sir Edmund l'a ouvert et à présent ils sont tous en train de crier « On l'a retrouvé ! on l'a retrouvé ! ».

— Qu'est-ce qui a été retrouvé ? s'enquit Cranston en serrant le bras de la servante.

— Je l'ignore, bégaya-t-elle. Mais ils sont surexcités et se disputent au sujet d'une coupe qui avait été volée.

Sir John s'éloigna à grands pas vers la taverne. Athelstan prit le temps de vérifier que le corps était couvert comme il fallait. Il ferma l'huis et traversa la cour de l'auberge. Un coq au plumage splendide chantait, perché sur un tas de riche terreau noir.

— Tu as une belle voix, mon frère le coq, chuchota le prêtre en pensant sans conviction qu'il aimerait avoir un oiseau semblable et quelques poules à St Erconwald.

Il se souvint tout à coup de Bonaventure et de la truie à l'air diabolique d'Ursula la porchère, et fit un geste de dénégation.

— Tu ne chanterais pas, là-bas, frère coq !

Il reprit son chemin et aperçut le fleuve qui scintillait au loin et la longue rangée de barges à grains qui se dirigeaient vers Queenshithe ou Dowgate. Glissant la main dans son habit, il toucha la muselière qu'il avait examinée la veille. Au milieu du tumulte, il l'avait presque oubliée. Il fallait qu'il demande à l'honorable coroner de tendre un piège pour capturer ce sinistre voleur de chats. Il soupira et pénétra dans la taverne.

Cranston avait fait vider la grand-salle. Les quatre chevaliers, joues empourprées, étaient à présent assis autour de la table. Ils ne quittaient pas des yeux un calice en cèdre poli placé devant eux. De temps à autre l'un d'entre eux se penchait, yeux brillants, et effleurait la coupe. Coverdale, installé sur le coussiège, regardait la scène avec curiosité. Cranston, près des barriques de vin, goûtait, selon ses explications, le meilleur bordeaux de l'hôte. Banyard contemplait le calice en hochant la tête, tout agité.

— Qu'est-ce ? interrogea Athelstan.

— Ce que c'est ?

Sir Humphrey Aylebore frotta d'une main son crâne chauve et, comme un enfant incapable de se maîtriser, se pencha pour saisir la coupe de bois sombre.

— C'est le Graal !

Athelstan lui prit le vase de bois des mains. Il était peu profond avec une base et un pied pesants. Le bois était poli, non seulement à cause de sa texture, mais aussi de son âge. Le dominicain se remémora les légendes du roi Arthur et se demanda si c'était bien le vrai Graal : le calice même dont avait usé le Christ pendant la Cène pour transformer le vin en Son sang qu'Il offrirait au monde.

L'objet ne portait ni marques ni gravures et le prêtre cacha ses doutes. Il était de plus en plus prudent devant les reliques, ayant vu assez de bois – supposé être celui de la Vraie Croix – pour construire une flotte de guerre. En fait, s'il avait rassemblé tous les morceaux de linge réputés avoir couvert le corps du Sauveur, il était sûr que le rouleau de tissu serait allé de Londres à York. Il leva la tête. Malmesbury avait les yeux brillants. « Quelle que soit mon opinion, se dit Athelstan, ces hommes, eux, sont convaincus que c'est le Graal. »

— Frère Athelstan, de grâce !

Malmesbury tendit les bras d'un air suppliant.

Le dominicain rendit le vase au chevalier qui l'étreignit avec autant de tendresse qu'une mère son enfant.

— Vous prétendez que cela vous a appartenu autrefois ? interrogea le coroner en s'avançant, un gobelet de vin débordant en main.

Il adressa un clin d'œil à son secrétaire tout en avalant en hâte une rasade.

— C'est à nous, affirma Goldingham d'un ton sec.

Il enleva de force le calice à Malmesbury, le retourna et montra la forme imprécise d'un cygne gravée sous la base.

— Il a disparu, reprit-il, une nuit, il y a des années, quand nous nous trouvions à l'abbaye de Lilleshall.

Ses yeux se remplirent de larmes et sa voix faiblit.

— Depuis lors, rien ne nous a réussi.

— Que voulez-vous dire ? s'étonna Athelstan.

Goldingham hocha la tête et, berçant la coupe, se balança d'avant en arrière comme si la relique pouvait le protéger de tout mal.

— Et on vous l'a rendu, à présent ? intervint le coroner.

— Oui, répliqua Malmesbury. Un inconnu l'a apporté à la porte de la taverne.

Il prit un sac de cuir qu'on avait fermé.

— Là-dedans, avec un morceau de vélin sur lequel était inscrit mon nom.

Athelstan s'empara du parchemin et de la sacoche pour les examiner avec attention.

— Comment, s'exclama Coverdale, comment quelqu'un à Londres savait-il qu'une coupe dérobée des années auparavant dans une abbaye du Shropshire vous appartenait ?

— Nous l'ignorons, jeta avec hargne Sir Humphrey par-dessus son épaule. Nous savons seulement que le calice a été volé et que le voilà restitué à ses légitimes propriétaires !

— Pensez-vous que cela ait un rapport avec la mort de Sir Francis Harnett ? s'enquit le prêtre.

Une ombre passa sur le visage animé des chevaliers.

— Se peut-il, continua Athelstan, que Sir Francis ait gardé la coupe pendant tout ce temps ? Et qu'elle vous soit remise à présent qu'il est mort ?

— Expliquez-vous, mon père ! l'interrompit Goldingham.

Le dominicain sourit et s'assit sur un tabouret, en face de lui.

— Je ne le puis. Ce n'est peut-être qu'une coïncidence si un de vos compagnons a été assassiné hier soir et si ce matin un vase perdu depuis longtemps a été retrouvé.

Athelstan avait des soupçons mais décida de les taire.

— Sir Francis est mort, dit-il en martelant ses mots. L'un d'entre vous sait-il pourquoi il est descendu dans la chambre du Trésor hier ? Qui devait-il y rejoindre ? La pièce est vide, fit-il remarquer, il ne pouvait donc s'y rendre que pour rencontrer quelqu'un. Son tueur.

— Nous ne savons rien, répondit Sir Thomas Elontius en passant la main dans ses cheveux roux hirsutes. Ses yeux exorbités avaient un regard effrayé et inquiet.

— Nous sommes tous restés céans, à *La Gargouille*.

— Personne n'en est parti ? intervint Cranston qui s'était rapproché de son clerc.

— Interrogez le tavernier, rétorqua Elontius.

— Il dit vrai, déclara Banyard en les rejoignant. Les cinq chevaliers étaient là. Je leur ai servi la spécialité de la maison : une jeune oie, tendre et fraîchement tuée, nappée d'une sauce aux épices. Mes hôtes ont mangé et bu leur content puis ont regagné leur chambre. Je ne me suis même pas aperçu que Sir Francis était sorti.

— Vous êtes donc tous restés là ? répéta le coroner.

Un chœur de « oui » s'éleva.

— Mais il tombe sous le sens, observa Athelstan, que si Sir Francis Harnett a pu s'en aller sans qu'on le remarque, alors l'un d'entre vous, ou vous tous, pouviez faire de même !

Banyard sembla étonné : il soupira et se gratta la joue.

— La taverne a au moins trois ou quatre entrées. Et, le soir, nous sommes fort occupés. Frère Athelstan, la maison est réputée pour sa chère, sa bonne bière et son vin généreux. Les clients vont et viennent. *La Gargouille* est une hostellerie et non un château fort !

— Vous jurez donc, insista le dominicain en s'adressant aux chevaliers, que nul n'a quitté les lieux ?

Il les dévisagea l'un après l'autre mais ils firent tous signe que oui.

— Nous étions las, expliqua Sir Humphrey Aylebore. Oui, mon frère, fatigués et effrayés. Nous étions rassasiés.

Il eut un sourire contraint.

— Je suppose que mes amis ont fait ce que j'ai fait : j'ai fermé la porte et la fenêtre de ma chambre et me suis caché sous les draps. Nous avions promis de ne point nous déplacer dans Westminster sans être accompagnés d'au moins l'un d'entre nous.

— Savez-vous pour quelle raison Sir Francis Harnett s'est absenté ?

Cranston avala une rasade en claquant des lèvres avec bruit.

— Non, répondit d'un ton sec Malmesbury en lançant un regard de dédain au coroner.

— Allons, sir Edmund !

Le magistrat eut un large sourire.

— Il est à présent de notoriété publique que Sir

Francis était un homme qui ne cessait d'entrer et de sortir de la ville, d'aller çà et là dans des buts secrets.

— C'était un petit homme méticuleux. Que Dieu le reçoive en Son paradis ! commenta Goldingham. Jadis nous étions des frères, Sir John, mais, ajouta-t-il en montrant le calice, quand on nous l'a volé...

Il haussa les épaules.

— Chacun a pris ses distances, surtout Sir Francis. Oh, il grommelait entre ses dents et détalait, mais nous ignorons pourquoi il a quitté la maison de Dame Mathilda, et pourquoi il a été assez stupide pour se rendre seul dans la chambre du Trésor.

— A-t-il jamais mentionné un jeune soldat nommé Perline Brasenose ?

— Pas à ma connaissance, intervint Sir Edmund. Mais Goldingham a raison : Harnett vivait dans son propre monde, avec ses étangs à carpes, ses livres sur les animaux lointains. Il ne nous avouait jamais où il allait ni pourquoi. S'il l'avait fait, il serait vivant ce matin !

— Vous avez parlé de Perline Brasenose, releva Sir Thomas Elontius en se penchant.

Il se retourna et chuchota quelques mots à l'oreille de Sir Humphrey qui acquiesça.

— Celui qui fait partie de la garnison de la Tour ?

— Oui.

— Je me souviens de lui.

Elontius porta sa main à ses lèvres.

— Dimanche dernier, nous nous sommes rendus à la Tour. Quand nous en sommes repartis, j'ai aperçu Sir Francis en conversation avec un jeune garde près du portail.

— A quel sujet ? interrogea Athelstan.

— Je l'ignore. Mais quand Harnett nous a rejoints, il était surexcité.

Cranston fouilla dans sa sacoche et en tira la petite chandelle de cire, la pointe de flèche et un bout de vélin.

— Voici ce que nous avons trouvé près du corps

de Harnett, et des cadavres de Swynford et Bouchon. Prétendez-vous toujours que cela n'a aucun sens pour vous ? gronda-t-il en fixant les chevaliers à tour de rôle.

— À coup sûr, ça n'en a aucun pour moi, rétorqua Sir Thomas. Peu me chaut tout cela, Sir John !

Il menaça le coroner du doigt.

— Je sais seulement qu'un fol assassine les membres de notre groupe et que vous n'avez rien fait pour l'en empêcher !

— Je ne peux être partout ! se défendit Cranston avec âpreté.

— C'est un cauchemar ! meugla Elontius en claquant des doigts à l'adresse de Banyard. Apportez-nous à boire, l'ami !

Il sourit à l'aubergiste.

— La seule chose agréable à Londres, c'est cette taverne : prix raisonnables, chère délicieuse et chambres propres ! Même Harnett, ce bâtard d'avaricieux, l'avait fait remarquer.

Athelstan attendit que Banyard ait apporté un plateau de gobelets et qu'il les ait disposés devant les chevaliers. L'hôte se pencha vers le pichet.

— En voulez-vous, mon père ? proposa-t-il.

Le dominicain refusa d'un geste. Pour une raison ou une autre, il se sentait un peu nauséeux et il lui était encore difficile de chasser l'image de l'horrible dépouille mutilée de son esprit. Il se remémora la description donnée par Banyard de la nuit où Bouchon était mort et eut envie de demander à quoi Sir Francis Harnett faisait allusion en évoquant le « bon vieux temps ». Mais cela révélerait que Banyard avait écouté à l'huis et, de toute façon, les seigneurs ne diraient pas la vérité.

— Tavernier ! appela Cranston par-dessus son épaule. Harnett a-t-il envoyé des messages à Londres, par écrit ou oralement ?

L'homme revint en se grattant le crâne, un air de perplexité sur son visage basané.

— Non.

— J'ai examiné ses biens, annonça Malmesbury. Sir John, il n'y a rien d'intéressant. Un livre d'heures, une corne à encre, des gobelets, des habits, mais rien d'extraordinaire.

— Et savez-vous pourquoi Harnett désirait rencontrer un soldat appartenant à la garnison de la Tour ? s'enquit le dominicain.

— Si c'était le cas, j'en parlerais à Sir John, lui fut-il répondu abruptement.

Athelstan se pencha et reprit le calice.

— Et vous ne savez absolument pas d'où vient la coupe et qui l'a rapportée ?

— C'est un mystère, intervint Goldingham, en portant son gobelet à ses lèvres. La dernière fois que je l'ai vue, mon père, c'était il y a des années ; et voilà qu'elle réapparaît, comme si elle sortait du néant.

— Cela ne vous intrigue donc pas ? s'étonna Cranston.

— A dire vrai, Sir John, commenta Aylebore, peu m'importe ! J'aimerais simplement pouvoir l'enfermer dans un coffret et retourner tout droit à Shrewsbury avec les dépouilles de nos amis assassinés.

— Pourquoi ne pas le faire ? dit le dominicain en s'adressant à Malmesbury. Le régent vous donnera sans nul doute sa permission.

— C'est impossible ! grommela le chevalier. Nous représentons le comté et les villes du Shropshire. Quelles explications pourrions-nous fournir, mon frère, pour justifier notre fuite soudaine ? Et comment être sûrs que le tueur ne nous poursuivrait pas ?

Il fit courir ses doigts sur le bord de son gobelet.

— Qui plus est, comme l'a souligné Sir John, si nous fuyons, maintes personnes nous croiront coupables.

Il avala une rasade.

— Et enfin nous avons une tâche à accomplir : il faut bien que quelqu'un s'élève contre les taxes exigées par le régent.

— Allez-vous vous y opposer ? interrogea Cranston.

— En effet, répondit Malmesbury.

— Mais si le jeune roi se rend aux Communes pour réclamer votre soutien ?

Malmesbury haussa les épaules.

— Vous connaissez le vieil adage, Sir John : à chaque jour suffit sa peine !

— J'irai même plus loin ! commenta Sir Humphrey Aylebore en désignant le calice que tenait toujours Athelstan. Pour ma part, mon père, je serais prêt à vous l'offrir si vous parveniez à révéler qui est l'assassin rôdant parmi nous.

— Parmi vous ? releva Athelstan en penchant la tête de côté. Sir Humphrey, pourquoi estimez-vous que le tueur est un membre de votre groupe ?

— C'est évident, non ? tempêta son interlocuteur. Sir Francis a peut-être rencontré ce Perline la nuit dernière, ou peut-être que le soldat ne s'est pas présenté, mais le meurtrier, lui, était là !

— Et ?

— Oh, pour l'amour de Dieu, mon père, ne faites pas le naïf ! L'abbaye est bien gardée. Deux ou trois rangs d'hommes d'armes et d'archers. Personne ne pourrait pénétrer dans le corridor menant à la chambre du Trésor s'il n'était muni d'un sceau particulier... et n'objectez point qu'on pouvait l'avoir contrefait. Il est fort difficile d'obtenir le cachet de la Cire verte [1], sans parler de l'empreinte du Grand Sceau du royaume, et on ne peut les imiter !

A ces mots le silence se fit dans la grand-salle.

— Je dis vrai, n'est-ce pas ? Le tueur...

Il tendit son doigt boudiné.

— ... le tueur doit détenir le sceau. Il a sans doute su à quel moment Sir Francis nous a quittés ; et c'est probablement quelqu'un qui pouvait entrer et sortir de l'abbaye en toute impunité.

1. L'Échiquier délivrait ses ordres en les scellant de cire verte. (*N.d.T.*)

— Mais la hache ? s'inquiéta Malmesbury. Celle qui a décapité Harnett ? Aucun représentant n'a le droit d'être armé dans l'enceinte de l'abbaye.

Il jeta un coup d'œil à Coverdale affalé sur le cous-siège derrière lui.

— Que voulez-vous dire, Sir Edmund ? demanda Athelstan.

— Et si l'assassin avait été dépêché à l'abbaye ? S'il avait pu aller et venir à sa guise ?

— Attention à ce que vous dites, le prévint Coverdale.

Le dominicain se leva en souriant. Il reposa le calice sur la table.

— Quoi qu'il en soit..., énonça-t-il avec calme.

Il sentait que l'atmosphère était en train de changer et ne désirait pas être entraîné dans une vive querelle.

— Sir John, il me semble que nous devrions examiner les biens de Sir Francis.

Il montra le calice et le sac de cuir dans lequel on l'avait apporté.

— Messires, puis-je vous les emprunter quelque temps ?

Malmesbury le regarda avec hésitation. Goldingham haussa les épaules mais Sir Humphrey Aylebore se leva et fourra coupe et sac dans les mains du prêtre.

— Si cela peut vous aider, mon père, gardez-les aussi longtemps que vous voulez !

Il sourit.

— Prenez garde, néanmoins, que notre Graal ne disparaisse derechef !

Cranston vida son gobelet et dévisagea les chevaliers.

— Messires, promettez-moi de rester ensemble à la taverne. Ne sortez point la nuit, ni en groupe ni tout seuls. Tenez-vous mutuellement informés de l'endroit où vous vous trouvez et de ce que vous faites. Entendu ?

Chacun jura d'obtempérer.

Le coroner se tourna vers Banyard.

— Avez-vous des chambres pour mon secrétaire et moi, messire l'aubergiste ?

— Vous pouvez prendre celles de Swynford et de Bouchon, répondit celui-ci en se levant et en appelant un valet. Pendant que vous visiterez celle de Sir Francis, je ferai changer les draps et épandre une jonchée fraîche.

Cranston le remercia, puis suivit Athelstan dans l'escalier. Sur le palier, ils rencontrèrent Christina, chargée de gerbes de joncs propres, dont le bout lui chatouillait le nez. Athelstan attendit que sa crise d'éternuements eût pris fin.

— Dieu vous bénisse, ma fille !

— Merci, mon père.

— La chambre de Sir Francis ?

— Encore une autre volée d'escalier. L'huis est ouvert.

Athelstan, Sir John soufflant et ahanant sur ses talons, monta jusqu'à la chambre de Harnett. C'était une pièce agréablement meublée d'un lit à quatre montants, de deux grands coffres cerclés de fer, d'une petite table et de quelques tabourets. Dans un coin se trouvaient des braseros éteints. Par la fenêtre ouverte le chaud soleil baignait la pièce d'une douce lueur.

— Ils continuent à mentir, n'est-ce pas ? avança le coroner en fermant la porte.

— Oui, Sir John.

— Croyez-vous que l'assassin soit l'un d'entre eux ?

— Qui d'autre, Sir John ? Cette taverne est plus truffée de portes, couloirs et galeries qu'une garenne ! N'importe lequel aurait pu sortir à la dérobée, suivre Sir Francis dans la chambre du Trésor et l'assassiner.

— Et l'arme ?

Athelstan soupira.

— Oui, oui, c'est là le vrai mystère. Mais n'oublions ni Sir Miles Coverdale ni monseigneur le régent dans cette affaire.

— Et le fameux calice ?

— Ah !

Le dominicain souleva le couvercle de l'un des pesants coffres.

— Sir John, de grâce, descendez dans la grand-salle et envoyez un valet à l'abbaye demander au père Benedict s'il aurait la bonté de nous rejoindre céans. Non, non, finalement, Sir John, que le serviteur lui dise que nous le retrouverons dans une heure à la chapelle de Sainte-Foy. J'aimerais aussi visiter la chambre du Trésor, là où le meurtre a été commis. Oh, Sir John, à quelle heure se termine le marché de Cheapside ?

— Juste avant le crépuscule. Cela dépend du temps.

— Bien, quoi qu'il arrive, nous devons avoir regagné Cheapside quand il fermera.

— Pourquoi ?

Mais le dominicain, marmonnant entre ses dents, farfouillait à présent dans le contenu des coffres. Cranston tira la langue dans le dos du prêtre et, s'avançant sur le palier, cria à Banyard de lui dépêcher un valet. Quand il revint dans la pièce, son secrétaire avait étalé les possessions et les sacoches de selle de Harnett sur le lit et les examinait.

— Rien de particulier, murmura Athelstan. Un gobelet gravé d'un cygne, un recueil de légendes sur le roi Arthur, des vêtements, des ceintures, des dagues, une corne à encre et des plumes.

Il se redressa en serrant un livre d'heures.

— Sir John, dit-il en désignant le calice qu'il avait apporté de la grand-salle, laissons cela. Que Banyard scelle cette pièce.

Il contempla les ceintures brodées, les bottes, les chausses, les justaucorps et les chemises.

— Il manque quelque chose ici, chuchota-t-il, mais je ne sais quoi.

Il se gratta la joue.

— Bon, tant pis !

Le dominicain prit une courtepointe qu'il lança sur le lit ; ce qu'il n'était pas parvenu à trouver le préoccupait davantage que ce qu'il avait vu. Il redescendit, accompagné d'un coroner perplexe. Le tavernier, fort affairé dans la grand-salle, lui apprit que les chevaliers avaient regagné leurs chambres.

— Et Sir Miles Coverdale ?

— Oh, il a d'abord vociféré contre Sir Edmund Malmesbury en lui expliquant qu'il n'aimait pas ses insinuations, puis il a filé.

— Maître Banyard, pourriez-vous fermer la chambre de Sir Francis et dire à ses amis que j'ai emporté un livre d'heures mais laissé le calice là-haut ? demanda Athelstan.

L'aubergiste acquiesça et le prêtre rejoignit le coroner dehors.

— Pourquoi s'embarrasser de ce livre ? questionna Cranston alors qu'ils se hâtaient vers la masse sinistre de l'abbaye de Westminster.

— Sir John, avez-vous un livre d'heures chez vous ?

— Oui, bien sûr !

— Et vous en usez pour prier ?

— Naturellement.

— Et pour quoi d'autre ?

Cranston eut un grand sourire et tapota l'épaule de son compagnon.

— Sur les pages blanches, au début et à la fin, je rédige réflexions, prières et dévotions personnelles.

Il serra le bras de son clerc.

— N'avez-vous point examiné celui de Harnett avant de partir ?

— Très vite, répondit Athelstan, et je n'ai rien pu voir. Mais venez, Sir John, nous devons enquêter dans la chambre du Trésor et poser certaines questions au père Benedict.

Il était heureux d'être parti tôt car les gardes postés aux entrées de l'abbaye se montrèrent fort opiniâtres.

— Vous pourriez bien être l'archange Gabriel, je m'en moque ! dit d'un ton sec l'un des soldats à Cranston avec un air fermement décidé sur son visage mat. Personne ne peut pénétrer céans sans un sceau. Vous n'en avez point, vous n'entrerez point !

Après moult discussions, l'archer accepta enfin d'aller quérir Sir Miles Coverdale : quand ce dernier arriva, il les autorisa, de mauvais gré, à aller plus avant mais insista pour les escorter lui-même dans la salle de Jéricho, dans les cloîtres et dans le long couloir qui menait à la salle capitulaire.

— Les Communes ne siègent pas ce matin ? demanda le coroner pendant qu'ils se hâtaient.

— Non, Sir John, ce troupeau d'oies doit reposer sa voix : les caquetages commencent tard dans l'après-midi. Ils se plaignent déjà de la mort de Sir Francis Harnett, ajouta Coverdale, morose. Ils ont envoyé des pétitions au régent pour réclamer plus de soldats et d'archers céans !

— Vous sentez-vous responsable ? s'enquit Athelstan.

Le capitaine s'arrêta devant l'escalier conduisant à la chambre du Trésor.

— Mon père, il y a plus de deux cents représentants et une douzaine de clercs qui se retrouvent dans la salle capitulaire, sans parler des hommes d'armes et des archers de service. Certains, qui viennent de garnisons aussi lointaines que Douvres ou Hedingham Castle, me sont étrangers. Si quelqu'un, muni de ce sceau et désarmé, se comporte sans éveiller de soupçons, nous ne pouvons pas faire grand-chose pour l'empêcher d'entrer ici. Mais venez ! Vous vouliez voir la chambre du Trésor.

Il décrocha une torche de son support mural et les précéda dans l'escalier. En bas, un garde ouvrit la porte et ils pénétrèrent dans la sombre crypte sinistre. Coverdale alluma d'autres torches et désigna une tache noire sur les dalles.

— C'est ici que nous avons trouvé le corps, saignant comme cochon égorgé !

Il fit un geste.

— A côté, il y avait la pointe de flèche, la chandelle et le morceau de parchemin.

Il montra l'un des crochets de fer.

— La tête y était attachée par les cheveux.

Athelstan suivit des yeux la direction indiquée par Coverdale. Il se remémora le soin que Harnett prenait de sa chevelure et ce souvenir ne fit qu'accroître son horreur devant la mort du pauvre chevalier.

— Et il n'y avait rien d'autre ? questionna-t-il.

— Rien, mon père.

Le dominicain fit le tour de la pièce. Il n'y trouva rien d'anormal, mis à part les taches sombres et une atmosphère de malveillance comme si l'assassin, tapi dans l'ombre, se gaussait de leur maladresse. Il se souvint des paroles de l'exorciste et tira la manche de Cranston.

— Il n'y a peut-être pas de démon à Southwark, chuchota-t-il, mais, par Dieu, Sir John, il y en a eu un céans !

Le coroner avala une large rasade de sa gourde miraculeuse. Il la reboucha, jeta un coup d'œil autour de lui et frissonna.

— Venez, mon frère ! Sortons d'ici ! dit-il d'un ton sec.

CHAPITRE X

Cranston et Athelstan remercièrent Coverdale. Ils remontèrent l'escalier, traversèrent le couloir et prirent une autre volée de marches pour se rendre dans la petite chapelle de Sainte-Foy où ils s'installèrent sur un banc contre le mur. Le coroner, à moitié assoupi, ferma les paupières. Athelstan examina un tableau représentant sainte Foy couronnée, tenant un gril, emblème de son martyre. Près d'elle, se dressait la statue, de proportions réduites, d'un bénédictin orant. De ses lèvres s'échappait un rouleau portant les mots :

Douce Vierge, délivre-moi du poids de mes péchés.
Efface mes iniquités et donne-moi la paix en Christ !

— Nous pourrions tous réciter cette prière, murmura le dominicain.

— Qu'y a-t-il ?

Le coroner s'éveilla et claqua des lèvres.

— Belle chapelle, Athelstan, remarqua-t-il. Trop encombrée et pas très bien tenue ! Mais que disiez-vous ?

Son secrétaire lui montra la peinture sur le mur et sa légende.

— Il me semble que cela s'applique à notre situation, n'est-ce pas, Sir John ?

— Je n'ai rien fait de mal, déclara le magistrat.

Il eut l'air penaud.

— Je bois trop, c'est vrai.
Il poussa son clerc du coude.
— Mais seulement de temps à autre !
— Je me demande, observa pensivement Athelstan, comment l'assassin a pu pénétrer dans les cloîtres de l'abbaye, descendre dans la chambre du Trésor, commettre son terrible méfait et repartir sans encombre. Sir John, ça ne peut être qu'un soldat ou l'un des chevaliers...
— Mais certainement pas un moine !
Le prêtre se retourna. Le père Benedict se tenait sur le seuil. Athelstan et Cranston se levèrent.
— Mon père, je vous rends grâce d'être venu.
Le coroner, gêné, tenta de dissimuler la gourde qui dépassait de sous sa chape.
— Asseyez-vous ! Asseyez-vous !
Ils obtempérèrent. Le bénédictin alla chercher une petite chaise basse dans un coin de la chapelle. Il jeta un coup d'œil par-dessus son épaule vers l'autel où un cierge brûlait sous le ciboire renfermant le corps du Christ.
— Si vous m'interrogez céans, mon frère, fit remarquer à voix basse le père Benedict, je ne pourrai que dire la vérité.
— A quel sujet ? s'enquit le coroner avec curiosité.
— Oh, pas sur les meurtres, intervint Athelstan. Le père Benedict est innocent comme l'enfant qui vient de naître ! Mais en ce qui concerne la coupe de cèdre, le calice, le Saint-Graal, qu'on a envoyé à *La Gargouille* ce matin... C'est vous, n'est-ce pas, mon père ?
Le bénédictin glissa les mains dans les volumineuses manches de sa bure noire. Il cilla et détourna les yeux, comme si le sol dallé de la chapelle le fascinait.
— C'est votre ami, le frère Antony, qui vous l'a remis, je pense ? insista Athelstan.
Le père Benedict acquiesça.
— Il y a bien des années, commença-t-il lentement, frère Antony est venu de Lilleshall ici. Nous sommes devenus de proches amis. Nous avions moult points

communs, dont l'amour des livres ; pour nous rien ne surpassait l'odeur de l'encre, de la craie, de la cire brûlée, et l'étude des Anciens.

Il s'éclaircit la gorge.

— Au bout de dix-huit mois, frère Antony m'a invité dans sa cellule. Il m'a montré le calice que vous avez vu ce matin et m'a avoué l'avoir volé aux Chevaliers du Cygne. Il m'a décrit leurs banquets, leurs joutes et tournois à Lilleshall et m'a expliqué qu'il se pourrait que cette coupe soit le Graal.

Le bénédictin fit une pause et se balança doucement sur sa chaise. Il sourit.

— J'ai examiné l'objet avec grand soin ; je pense qu'il a quatre ou cinq cents ans et qu'il provient sans doute du trésor d'Alfred, roi de Wessex, plutôt que de la cour du légendaire Arthur.

— Et le père Antony ? questionna Athelstan.

— Il m'a narré son histoire et m'a demandé ce que je ferais. Je lui ai répondu que le calice devait être restitué à ses légitimes propriétaires et, qu'à mon avis, il avait commis un sacrilège tout autant qu'un vol.

— Mais il n'a point été rendu ? observa le dominicain.

— Non. Antony m'a prié de l'absoudre et m'a confié la coupe. Il m'a fait remarquer que, quelles que soient ses véritables origines, le calice était néanmoins un vase sacré et qu'il ne fallait point le remettre à d'aussi méchants hommes. Je l'ai pressé de s'expliquer. Il s'est contenté de hocher la tête et de marmonner qu'il ne voulait pas ajouter la calomnie à ses autres péchés. Je l'ai chapitré sur le fait d'avoir, en premier lieu, dérobé la coupe.

Le bénédictin sourit à Athelstan.

— Oh, ne vous inquiétez pas ! Je ne trahis pas le secret de la confession : lui et moi en avons parlé à maintes reprises. Sa seule réponse, et il n'a cessé de la répéter moult fois, c'était qu'il estimait que les Chevaliers du Cygne blasphémaient en jouant les paladins d'Arthur se retrouvant sur une terre consacrée, sans parler de la détention d'une aussi sainte relique.

— Il prétendait donc ne pas avoir péché, en réalité, conclut Athelstan, mais avoir suivi la voix de sa conscience et ôté un objet sacré des mains des méchants ?

— Oui, Athelstan, c'est très exactement ce qu'il a dit.

— Mais de quelle vilenie s'agit-il ? s'enquit Cranston. Mon père, avec tout le respect que je vous dois, il est rare qu'un riche propriétaire soit un saint François d'Assise ! Sir Henry Swynford et ses compagnons sont, comme moi, des hommes qui ont l'expérience du monde.

Le visage du moine se fendit d'un franc sourire.

— Il ne s'agit pas de cela, Sir John. Antony a mentionné le meurtre, non une seule fois mais bien souvent. Et, avant que vous ne me le demandiez, c'est tout ce qu'il a bien voulu dire.

Le père Benedict jeta un coup d'œil vers la porte de la chapelle pour s'assurer qu'elle était fermée.

— Comme vous le savez, ces dernières années il y a eu un certain nombre de parlements à Westminster et Sir Edmund Malmesbury, ainsi que la plupart de ses amis, y ont toujours été envoyés. Chaque fois qu'ils arrivaient, Antony se déclarait malade et passait tout son temps à l'infirmerie.

Il haussa les épaules.

— C'était inutile. Les chevaliers descendent toujours à *La Gargouille* ou en quelque autre taverne et fréquentent rarement l'abbaye.

— Ces seigneurs ont donc souvent siégé comme membres des Communes ? releva Athelstan.

— Oh, bien sûr, mon père. Ils se pavanent comme des paons ! Ils aiment Londres et ses lieux de plaisir. Et, de plus, maître Banyard est le plus agréable des hôtes !

— Et rien de semblable ne s'est jamais passé auparavant ? interrogea Cranston.

— Non, rien. Mon ami Antony ne quittait pas l'infirmerie. Et les chevaliers ne l'ont pas une seule fois mentionné. Je parie que s'ils l'avaient rencontré, ils ne l'auraient pas reconnu. Mais il y a un an, reprit le bénédictin, Antony est mort du haut mal. J'ai recueilli son ultime confession et lui ai administré l'extrême onction. Il a demandé pardon à Dieu et sa dernière volonté fut que, si je le trouvais bon, le calice soit restitué aux Chevaliers du Cygne.

— Et c'est ce que vous avez fait ?

— Non.

Le père Benedict eut un geste de dénégation.

— Pas tout de suite. Je m'en suis servi pour mes messes, parce que, plus j'observais Sir Edmund Malmesbury et sa bande, leur passion pour la débauche et autres lieux de perdition, plus j'avais des doutes. Et puis – il claqua des doigts – le temps est passé. J'ai commencé à avoir des scrupules à garder ce calice. Alors, quand le père abbé a demandé un volontaire pour être chapelain des Communes, je me suis proposé.

Il s'arrêta et prit une profonde inspiration.

— Mais cette fois-ci tout a changé : Sir Henry Swynford m'a convoqué, juste après que l'on eut retiré le corps de Sir Oliver Bouchon de la Tamise. Il était inquiet et très agité. Il croyait qu'il allait mourir et m'a demandé si les péchés non pardonnés poursuivaient l'âme. N'était-ce pas plutôt la colère de Dieu ? J'ai voulu savoir de quels péchés il s'agissait. Il s'est contenté de secouer la tête et de préciser que s'il retournait à Shrewsbury, il voulait être absous, tout confesser et aller en pèlerinage à Compostelle.

Le père Benedict retira ses mains des manches de sa robe.

— Il a été assassiné et, la nuit dernière, ce fut le tour de Sir Francis Harnett. Mes frères ont été bouleversés et notre abbé prétend que la salle capitulaire et le couloir devront être derechef consacrés parce qu'on a versé du sang sur le sol sacré.

Il soupira.

— Je me suis interrogé : les chevaliers ne s'entretuaient-ils pas à cause du calice ?

— Vous l'avez donc rendu ?

— Oui, j'ai décidé de ne pas attendre plus longtemps. Ce matin, après la messe de prime, je l'ai nettoyé et, après avoir bien choisi le moment, l'ai rapporté à *La Gargouille*.

Il cilla.

— J'ai ouï dire que vous étiez céans.

Il regarda Athelstan droit dans les yeux.

— Vous avez l'esprit vif et l'œil perçant, mon frère. Comment avez-vous compris que c'était moi ?

Athelstan fit une grimace.

— La première fois où je vous ai rencontré, mon frère, vous étiez mal à l'aise. Il y avait quelque chose d'étrange dans votre comportement : le rôle de chapelain des Communes ne vous seyait pas, et pourtant vous aviez sollicité cette mission. Cela m'a intrigué. Qui plus est, votre amitié avec frère Antony et les liens qu'il avait avec Shrewsbury n'étaient point pure coïncidence.

Il eut un sourire gêné.

— A dire vrai, je ne veux pas me faire passer pour plus intelligent que je ne le suis. J'ai examiné la coupe avec grand soin. Elle a été très bien entretenue. En la prenant, ce matin, j'ai senti un léger parfum de cire et de vin. Et puis, on l'a renvoyée dans un sac de cuir tout spécialement fabriqué pour les vases sacrés. Ce ne pouvait être que vous !

— Pensez-vous que j'aie bien agi ? s'inquiéta le père Benedict.

— Oui, mon frère, répondit le dominicain qui se pencha pour serrer la main du moine. Vous avez bien fait, mais je dois vous avouer que je ne crois pas que ces horribles meurtres aient un rapport avec ce calice.

Il lança un coup d'œil au coroner.

— Mais avec un péché ancien. Nous rencontrons ce genre de chose à maintes reprises.

Il relâcha la main du bénédictin.

— Je suis certain que Sir Edmund et ses compagnons, tous ensemble ou pas, ont commis de terribles et sinistres assassinats et qu'à présent leur culpabilité les a rattrapés. Mon frère, de grâce, sur votre âme immortelle, savez-vous quoi que ce soit qui pourrait nous aider ?

Le père Benedict eut un geste de dénégation et se leva.

— Sur mon âme, rien !

Il se dirigea vers la porte et l'ouvrit, mais se retourna soudain.

— Oh, Athelstan !

— Oui, mon frère ?

— Qu'en est-il du démon de Southwark ?

Le dominicain fit une moue.

— Il est aussi insaisissable que la vérité qui se cache derrière cette affreuse histoire !

— Alors je prierai pour vous !

Le père Benedict sortit en refermant l'huis sans bruit.

— Que vous en semble, Sir John ?

Cranston était penché en avant, coudes sur les genoux.

— Sir John ?

— Je ne comprends point, mon frère, pourquoi les chevaliers ne se sont pas enfuis de Londres. Donc, j'ai bien l'intention de rester ici. Derrière l'abbaye se trouvent les salles des actes qui contiennent toutes les archives des juges itinérants, les lettres des shérifs et des baillis du roi. Je vais m'y rendre. Même si c'est ennuyeux, je veux obtenir la permission d'examiner chaque missive, chaque note, chaque procès, chaque pétition émanant du comté royal du Shropshire.

Il donna une tape sur l'épaule de son secrétaire.

— Et vous allez m'aider, mon frère !

Avant qu'Athelstan ait pu protester, le magistrat s'était levé, avait fait une génuflexion devant l'autel et s'était quasiment précipité hors de la chapelle en claquant la porte derrière lui. Athelstan soupira et s'appuya contre le mur. Il ferma les yeux quelques instants et chanta les psaumes de l'office du jour. Il tenta même de prier sainte Foy, mais cessa quand il s'aperçut que, dans son idée, elle ressemblait beaucoup à Benedicta. Il se releva et se dirigea vers le petit autel dont il admira le ciboire d'or incrusté de pierreries suspendu au bout d'une chaîne d'argent.

— Tu devrais mieux prier, Athelstan, s'admonesta-t-il.

Il effleura le petit livre d'heures qu'il avait glissé dans la poche de sa bure. Il le prit, s'assit sur un banc et feuilleta les pages blanches au début et à la fin du recueil de prières, mais n'y trouva rien. Il revint au commencement et lut les douze premiers versets de l'Évangile selon saint Jean mais, même alors, il fut distrait par les superbes enluminures du volume. Harnett l'avait sans doute commandé exprès pour lui. Le scribe avait rédigé le texte avec de gracieux et larges mouvements de plume et avait décoré les marges de miniatures représentant divers animaux. Un dragon à la robe rouge et aux yeux noirs dardait sa langue verte ; une vouivre d'un rouge doré déployait ses grandes ailes écailleuses ; un lévrier argenté pourchassait un lièvre à la fourrure d'un brun profond.

— Harnett aimait vraiment les animaux ! s'exclama le prêtre.

Il s'émerveilla devant le phénix dessiné en haut de la page. Oiseau mystique qui se consume lui-même et qui, pour cela, symbolisait souvent le Christ. Athelstan parcourut les pages avec un vif intérêt. Il y avait des éléphants, des panthères, des renards, des loups au pelage de toutes nuances, des singes et des paons. C'est alors qu'au début de l'office de nuit, une image retint son attention. Fasciné, il s'assit avant de s'installer sous l'une des fenêtres pour y voir plus clair.

— Incroyable ! Incroyable ! s'écria-t-il.

Il ne savait s'il devait rire ou pleurer. La porte s'ouvrit à la volée et Cranston surgit.

— Athelstan, nous avons obtenu la permission et nous ferions aussi bien de commencer sur-le-champ.

Il jeta un regard intrigué à son clerc.

— Mon frère, vous vous sentez bien ?

Athelstan se souvint de la remarque qu'avait faite Benedicta sur une Simplicatas affairée au marché.

— Venez, Sir John ! dit-il en bondissant sur ses pieds. Tant pis pour les archives ! Nous allons à Southwark !

— Oh, mon frère, c'est impossible !

— Oh, mon frère, c'est possible !

— Pourquoi ? s'enquit le coroner en se hâtant derrière son secrétaire qui sortit de la chapelle et descendit quatre à quatre l'escalier menant au couloir.

Les gardes les observèrent avec curiosité. Arrivé en bas, Cranston s'assit tout à coup et croisa les bras comme un gros bébé.

— Je ne bougerai pas d'ici jusqu'à ce que vous m'ayez tout expliqué ! hurla-t-il.

Athelstan maîtrisa son impatience et revint sur ses pas.

— Sir John, je viens de feuilleter le livre d'heures de Harnett. Je sais où est Perline et ce qu'il faisait. A présent, vous pouvez soit rester là à bouder jusqu'à mon retour – il tira la moustache hérissée du coroner –, soit venir m'aider !

Moins d'une heure plus tard, Athelstan et Cranston débarquaient à Southwark, tout près du Pont de Londres. Le coroner, à présent surexcité, ne cessait de glousser de plaisir pendant que son clerc, en chuchotant, lui faisait part d'une solution possible pour résoudre le mystère. Ils parcoururent d'un bon pas les rues et les venelles du quartier mal famé. Cranston ignorait si le dominicain était en courroux ou s'il voulait simplement mettre ses théories à l'épreuve. A mi-chemin d'une ruelle, ce dernier s'arrêta soudain devant une maison et frappa avec violence à l'huis. Une fenêtre s'ouvrit au-dessus d'eux et Simplicatas sortit sa jolie tête blonde.

— Oh, bonjour, mon père ! s'exclama-t-elle avec un sourire contraint. Je ne peux descendre, s'excusa-t-elle en pouffant derrière sa main, je dois me changer et...

— Simplicatas, cria Athelstan avec une force qui laissa pantois le coroner lui-même, descends et ouvre-moi ! Tu n'es pas seule ! Dis à ton écervelé d'époux que je sais qu'il se cache ici !

Il adressa un regard furieux à la jeune femme.

— Alors, menaça-t-il, vas-tu ouvrir ou dois-je prier Sir John d'enfoncer l'huis ?

La fenêtre fut refermée en hâte, il y eut un bruit de course, la porte fut déverrouillée et une Simplicatas toute pâle les fit entrer. Athelstan l'écarta et s'avança dans le couloir. Le petit logis était pauvre et l'escalier de bois s'enfonçait dans l'ombre.

— Perline Brasenose ! clama le dominicain, moi et bien d'autres sommes las de tes ruses.

Il se tourna vers Simplicatas.

— Et toi, ma fille, décide si tu vas continuer cette pantomime ou si tu vas aller chercher ton fol de mari, qu'il se trouve au grenier ou à la cave !

Athelstan jeta un coup d'œil noir au coroner qui se tenait derrière Simplicatas.

— Sir John Cranston, reprit-il en élevant la voix de façon à être entendu dans toute la maison, est un homme redoutable à l'humeur exécrable. Perline, vas-tu te montrer ou t'enterrer comme un couard le reste de tes jours ?

Une silhouette apparut dans l'ombre, sur le palier.

— Je suis désolé, mon père. Je ne voulais point mal faire, plaida une voix.

— Les gens comme toi n'ont jamais de mauvaise intention ! rétorqua Athelstan avec sévérité. Pour l'amour de Dieu, descends ! Par saint Erconwald et tout ce qui est sacré !

Il menaça Simplicatas du doigt.

— Toi et ton époux avez ridiculisé toute ma paroisse !

Cranston ouvrit la bouche pour faire remarquer que

cela n'était pas difficile, mais son gentil frère, pour une fois, avait vraiment perdu son calme.

— Vous devriez venir dans la grand-pièce, murmura Simplicatas, les larmes ruisselant sur ses joues. Je suis navrée, mon père, mais Perline a volé un singe de Barbarie.

— Peu importe, dit le dominicain d'un ton plus doux.

Il lança un regard par-dessus son épaule à un Perline non rasé qui s'était accroupi au bas des marches.

— Viens ici et dis-moi ce qui s'est passé.

Ils se retrouvèrent tous dans la pièce aux agréables parfums. L'ire du prêtre commençait à se calmer. Simplicatas était, semblait-il, fort habile brodeuse : quelques-uns de ses travaux, des étoffes aux couleurs vives, pendaient contre les murs chaulés. Une jonchée fraîche était épandue sur le sol et des petits pots de romarin avaient été disposés sur la table de bois usée. Simplicatas leur fit signe de prendre place sur les tabourets couverts de coussins de chaque côté. Athelstan aperçut un petit lit de bois à l'autre bout de la salle, signe que la jeune femme respectait les coutumes car si on laissait un berceau dans la grand-salle une année entière, un enfançon potelé l'occuperait moins de six mois plus tard.

— C'est le bébé, mon père, chuchota-t-elle en suivant son regard.

— Quel bébé ? intervint le coroner en embrassant la pièce du regard. Ne me dis pas que tu l'as vendu, Perline !

Le jeune soldat, son visage émacié encore plus pâle et tendu qu'à l'accoutumée, s'assit comme un somnambule.

— Non ; nous voulons un enfant, se hâta d'expliquer Simplicatas. Perline a fabriqué un berceau et j'ai brodé le linge. Nous espérons, mon père, qu'il sera baptisé à St Erconwald. Si c'est un garçon, nous pensons l'appeler Athelstan – ou John, ajouta-t-elle d'une traite.

— Et si c'est une fille, Maude, je suppose ? avança le prêtre avec malice.

Simplicatas s'assit. Elle se cacha le visage dans les mains et éclata en sanglots tout en laissant un espace entre ses doigts pour pouvoir observer Athelstan et Sir John.

— Bon, si vous attendez un enfant, meugla le magistrat, que vos chausses et tout ce qui est dedans soient bénis !

Il frappa du poing sur la table.

— Mais toutes ces sottises !

— Raconte-lui, gémit la jeune femme.

Perline ouvrit la bouche.

— Depuis le début, précisa Athelstan.

— J'aime travailler à la Tour, commença le soldat. Bonne chère, bons gages, chauffage gratuit, mon propre pot, mon écuelle et ma cuillère d'étain. Vêtements neufs deux fois l'an.

Il eut un sourire désabusé.

— Et pas un ennemi en vue. Mais on s'ennuie, ajouta-t-il, aussi avais-je coutume d'aller voir les bêtes du roi.

Il lança un coup d'œil à Athelstan.

— Mon père, il faudrait faire quelque chose pour ces animaux ! Depuis la mort du vieux roi, personne ne s'occupe d'eux !

— J'ai bien l'intention de régler cette question, l'interrompit Cranston d'un ton sec.

— Il y a quelques singes de Barbarie, reprit promptement le jeune homme. Je n'en avais jamais vu auparavant : ils ne ressemblent point à ces petits singes qui s'installent et chient sur le dos des colporteurs. Mon père, ceux-là sont des bêtes superbes. J'ai commencé par leur apporter de la nourriture. Je restais là à les observer. Je suis devenu très ami avec l'un d'entre eux, plus fort que les autres. Il bavardait à travers les barreaux de sa cage mais avait toujours l'air solitaire. Alors je me suis dit que je devais aider Cranston.

Simplicatas porta les mains à son visage et son mari resta bouche bée.

— Comment l'as-tu appelé ? interrogea le coroner d'une voix mielleuse.

Athelstan se mordit les lèvres et espéra qu'il n'allait pas éclater de rire.

— Comment l'as-tu appelé ? aboya Sir John.

— Il n'y a pas d'offense, Sir John, mais je l'ai nommé Cranston. Vous comprenez, il était plus gros et plus gras que les autres et...

— C'était leur chef, n'est-ce pas ? suggéra Athelstan en volant à son secours.

— Oh oui, mon père, répondit Perline en le remerciant d'un sourire. Il prenait toujours les meilleurs morceaux et il y avait deux ou trois femelles à qui... hum...

— Il faisait la cour ? proposa le dominicain.

La gratitude du soldat était fort évidente, mais le visage du coroner ne cessait de s'empourprer.

— Continue, gronda-t-il. Plus je t'écoute, maître Brasenose, plus ça m'intéresse !

— Tout allait bien. Je donnais à Cranston...

Athelstan baissa la tête, les épaules secouées par le rire.

— ... tout ce que je pouvais trouver au marché : fruits, légumes, n'importe quoi. Puis les Communes se sont réunies à Westminster. Quelques représentants sont venus visiter les animaux et la Tour. J'ai immédiatement remarqué à quel point Sir Francis Harnett, de Shrewsbury, était séduit par les singes de Barbarie, surtout par Cranston.

Sir John s'étrangla mais Perline reprit, tout heureux :

— Il s'est aperçu qu'il n'était pas méchant. Il m'a dit qu'il avait vu des images de ces singes et qu'il avait souvent rêvé d'aller dans le sud de l'Espagne pour en acquérir un.

— Je sais, intervint Athelstan. J'ai parcouru le livre d'heures de ce pauvre homme. Il en a fait dessiner.

— Pauvre homme ! s'indigna Perline. Il est riche et fortuné !

— J'aborderai ce point dans un moment, répondit le dominicain.

— Bref, pour résumer, dit Perline en s'essuyant la bouche d'un revers de main, Sir Francis m'a offert d'acheter Cranston et j'ai accepté. Oh, ce fut chose aisée. Il y avait des cages dans la Tour. Le dimanche après-midi, pendant que les hommes de la garnison dormaient ou jouaient aux dés, j'ai installé...

Il jeta un regard penaud au coroner.

— ... j'ai installé le singe dans une cage que j'ai chargée sur une charrette à bras et emmenée à la grille d'une poterne qui donne sur le fleuve. Je suis ensuite revenu voir le gouverneur.

Perline haussa les épaules.

— Je lui ai demandé une permission et, bon, vous savez comment ça se passe ! Il me l'a accordée. Il y avait une embarcation avec une perche près de la grille. Au crépuscule j'ai mis la cage dans la barque et ai traversé la Tamise, vers Southwark. J'ai loué une carriole au marché, recouvert la cage d'un vieux morceau de tissu et me suis demandé où la dissimuler jusqu'à ce que Harnett vienne prendre possession de l'animal.

— Et, bien sûr, tu t'es souvenu du dépositoire dans le cimetière de St Erconwald ?

— Mon père, il était vide. Nous y voilà donc partis. La cage était toujours couverte et personne ne m'a vu. J'ai même pu retourner chercher quelques restes au marché : des pommes, des poires et quelques prunes abîmées.

— Je le savais, fit remarquer Athelstan. Cecily la ribaude les a retrouvées dans le cimetière éparpillées sur les tombes. Je me suis demandé comment elles étaient arrivées là !

— Quoi qu'il en soit, répliqua Perline en reniflant, j'ai ouvert la cage pour donner quelques fruits à Cranston.

— Cesse d'appeler ce maudit singe par mon nom ! tonna le coroner qui tira sa gourde et versa une large rasade dans le gobelet d'étain que Simplicatas avait apporté en hâte.

— Veuillez me pardonner, Sir John ! marmotta le jeune soldat. Je suis resté là un moment, à parler à Cranston, reprit-il avec allégresse. Il avait l'air heureux comme un porc dans la boue et ne cessait de babiller. Mais, puisqu'il avait mangé, il avait besoin de caguer, n'est-ce pas ? Alors je l'ai laissé sortir. J'ai cru qu'il serait en sécurité dans le dépositoire.

— Voilà pourquoi l'endroit empestait comme une porcherie ! expliqua Athelstan.

— Je suis désolé, mon père, pleurnicha Perline. Je suis allé chercher d'autres fruits que j'avais laissés sur une tombe. A mon retour, le singe avait disparu. Vous comprenez, mon père, je n'avais point rabattu le loquet.

— Disparu ? s'étonna Sir John.

Perline claqua des doigts.

— Comme ça ! Le singe était là à jacasser sans arrêt et la minute d'après il avait disparu. Je me suis affolé. J'ai enlevé la cage et l'ai dissimulée dans une ruelle.

Le jeune homme s'humecta les lèvres.

— Comme je ne savais où était passé le singe, je me suis caché céans.

— Et c'est dimanche, dit Athelstan en désignant Simplicatas, que tu es arrivée en proclamant que Perline était absent, et ce depuis des jours.

— Nous redoutions Harnett, gémit Perline. Je ne voulais point qu'il vienne ici.

— Mais tu l'as rencontré lundi soir.

— Il le fallait. Je lui ai menti mais il s'est mis en colère. J'ai prétendu que je ne pouvais lui parler à Southwark, que les gens se douteraient de quelque chose. Moleskin, le batelier, nous avait déjà repérés. Harnett m'a fait embarquer de force et m'a conduit à Steel Yard.

Le soldat déglutit.

— Je lui ai tout avoué.
— Était-il furieux ?
— Plus que ça, mon père ; il m'a accusé d'être un voleur. Il m'a menacé, si je ne lui donnais pas Cranston...
Perline s'interrompit, la main sur la bouche.
— Je suis désolé, Sir John !... Il a menacé de me dénoncer comme larron. Il m'a aussi remis une lettre et un sceau pour pénétrer dans l'abbaye. Et m'a ordonné de le prévenir dès que j'aurais récupéré le singe.
— Puis tu es revenu ici, énonça le dominicain, pour t'y cacher. Et toi, Simplicatas, tu as répandu ce mensonge autant que tu le pouvais.
— Je suis navrée, mon père.
La jeune femme hocha la tête.
— Mais j'avais grand-peur.
Sa voix trembla.
— Perline risquait d'être pendu ! Sir Francis est un homme impitoyable.
— On peut encore le pendouiller ! gronda Cranston. Et, s'il ne tenait qu'à moi, ce maudit singe lui tiendrait compagnie !
Simplicatas rejeta la tête en arrière et se mit à geindre ; son mari fut pris de tremblements. Athelstan croisa le regard du coroner.
— Bon, ce n'est pas tout à fait ce que je voulais dire, maugréa ce dernier en tapotant avec douceur l'épaule de la femme. Là, là, m'amie, ne pleure pas !
— J'ai pensé qu'il me fallait disparaître, confessa Perline. Pour attendre jusqu'à la fin du parlement et le départ de Harnett.
— Eh bien, il est parti ! l'interrompit Athelstan. La nuit dernière, quelqu'un a invité Sir Francis à descendre dans la chambre du Trésor à Westminster et l'a décapité.
— Oh, doux Jésus, ayez pitié de nous ! cria Simplicatas.
Son époux s'appuya sur la table, terrassé comme s'il avait été assommé par un rocher.

— Tiens, bois ça ! dit Cranston en poussant vers lui son gobelet de vin.

Perline s'en empara et le porta avec force tremblements à ses lèvres.

— Sais-tu ce qu'on va déclarer ? avança le dominicain. On prétendra, Perline, que tu as trahi Sir Francis : que non seulement tu as dérobé un animal du roi, mais que, quand il s'est échappé et que tu n'as pas pu respecter ton marché, tu as décidé d'assassiner Harnett.

— Mais comment ? s'exclama le jeune homme d'une voix perçante.

Incapable de maîtriser son agitation, il reposa le gobelet sur la table.

— Comment aurais-je pu pénétrer dans Westminster ? Les soldats sont très vigilants !

— Tu possédais une lettre spéciale, lui rappela Cranston.

— Je l'ai déchirée et jetée.

— Toi aussi, tu es soldat. Tu portes la livrée royale, lui fit remarquer Athelstan. Tu aurais pu aisément te mêler aux autres. De plus, tu peux être armé, avec une épée ou une hache.

— Mais je suis resté céans, gémit Perline. Je me cache dans ce grenier depuis lundi !

— Tout en faisant bonne chère ! rétorqua Athelstan. Pour une femme éperdue, Simplicatas, tu as fait moult achats au marché !

— Je ne l'ai pas tué ! affirma Perline. Je n'ai ni vu, ni rencontré, ni eu des nouvelles de Sir Francis Harnett depuis notre entrevue près de Steel Yard.

— En es-tu sûr ? questionna Athelstan.

Perline bondit et se dirigea vers l'emplacement du berceau. Il posa la main sur le baldaquin de bois.

— Je jure, déclara-t-il tout net, mon père, je jure par tout ce qui est sacré et par la vie de mon futur enfant que j'ai dit la vérité.

Sa voix était chevrotante et il cillait avec énergie pour refouler ses larmes.

— Mon père, aidez-moi ! Sir John, je suis désolé !

— De grâce ! De grâce ! cria Simplicatas en saisissant la main du prêtre. Nous n'avions point de mauvaises intentions !

— Assieds-toi, ordonna Athelstan.

Perline obtempéra.

— Combien t'a donné Sir Francis ?

— Dix livres sterling, mais j'en ai déjà dépensé une.

— Bon.

Le dominicain fit un clin d'œil à Cranston.

— Perline, mon garçon, emporte cet argent à St Erconwald et cherche Benedicta. Tu la connais ?

Le fugitif acquiesça avec empressement.

— Benedicta convoquera Watkin, Pike, Ranulf et Tab le chaudronnier. Tu offriras une livre à chacun pour qu'il capture le singe. Je suppose, en fait, continua Athelstan en essayant de garder un ton uni et d'éviter le regard du coroner, que la pauvre bête est affolée et rôde près du cimetière de St Erconwald. C'est le dernier endroit où elle a été nourrie convenablement et où elle t'a vu. Installe une cage dans le dépositoire, laisse la porte ouverte et achète pour une autre livre de fruits au marché. Rien de pourri, aucun déchet, mais de bons fruits mûrs.

Il menaça Perline du doigt.

— Tu m'écoutes ?

Le soldat acquiesça.

— Tu dormiras dans le cimetière, nuit et jour, jusqu'à ce que le singe revienne... et il reviendra !

— Comment pouvez-vous le savoir, mon frère ? s'enquit Cranston avec curiosité.

— Parce que Bonaventure, lui, revient toujours pour boire son lait, répondit le dominicain. Et, Sir John, bien que cela puisse vous étonner, on peut aussi trouver certains êtres humains dans les endroits où l'on mange et l'on boit !

Le coroner fit un bruit grossier du bout des lèvres.

— Vous croyez que je l'attraperai ? demanda Perline, plein d'espoir.

— Oh oui ! Dis à Benedicta que l'argent ne doit pas être remis à Watkin et aux autres avant que l'animal soit en sécurité dans sa cage.

— Et quand il y sera ?

— Eh bien, tu ferais mieux d'emporter encore une livre pour louer les services de Moleskin le batelier. Dis-lui que tu m'as parlé. Il te conduira, avec la bête, de l'autre côté du fleuve, vers la Tour.

Simplicatas, souriante à présent, sécha rapidement ses pleurs.

— Et le gouverneur ? s'inquiéta Perline.

— Offre-lui une livre, répliqua le prêtre. Sois sans crainte, il fermera les yeux. Raconte-lui que tu as fait sortir l'animal pour le montrer aux autres paroissiens.

— A quoi dois-je employer l'argent restant ? s'enquit Perline, rêveur.

— Tu peux le garder. Pas pour vous, ajouta en hâte Athelstan, mais pour votre enfant.

Il hocha la tête.

— Si au moins vous m'aviez dit la vérité, un grand désordre aurait pu être évité !

— Je sais, confessa Perline en levant les yeux au ciel. Simplicatas m'a parlé des rumeurs.

Athelstan se leva.

— Oui, les ouailles de St Erconwald croient que le singe est un démon. Si elles le rattrapent, elles le tueront sans doute. Bon, tu sais ce que tu dois faire, Perline. Ne reviens point dans cette maison. Ne vois pas Simplicatas jusqu'à ce que l'animal soit retourné là où il devrait être.

Il lança un coup d'œil sur le berceau.

— Tu ferais un habile charpentier, Perline !

— Je vous sculpterai une statue, proposa le jeune homme. Pour faire la paix, mon père.

Les oreilles tintant encore des remerciements du jeune couple, Athelstan et Cranston repartirent dans les rues de Southwark. Ils cheminèrent quelques instants en silence puis Sir John serra avec force le bras de son secrétaire.

— Mon frère, si j'entends à nouveau les mots « singe de Barbarie » et « Cranston » dans la même phrase, le diable hantera vraiment Southwark ! beugla-t-il en agitant l'index sous le nez du prêtre hilare.

CHAPITRE XI

Ils se dirigèrent vers le quai. Cranston s'indignait encore à voix haute que l'on ait pu donner à un singe le nom du coroner du roi. Athelstan rabattit son capuchon sur son visage, acquiesça avec gravité et espéra que son interlocuteur ne se rendrait pas compte qu'il faisait de furieux efforts pour ne pas rire. Mais devant le prieuré de St Mary Overy, l'humeur du coroner changea soudain. Il se retourna et fit carrément face à son compagnon.

— Vous ne croyez pas vraiment que cet écervelé a quelque chose à voir avec la mort de Harnett, n'est-ce pas ?

— Non, Sir John.

Athelstan jeta un regard autour de lui. Il observa un vieux mendiant vêtu de haillons qui se tenait au débouché d'une ruelle. Le visage de l'homme était couvert de taches bleuâtres, comme si un terrible feu l'avait défiguré.

— Eh bien ? demanda Cranston. Mon frère, que mirez-vous ainsi ?

Athelstan leva la main.

— Restez ici, Sir John !

Il s'avança vers le miséreux qui écarquilla les yeux de frayeur en reconnaissant le prêtre de sa paroisse.

— Mousehead !

Athelstan agrippa l'homme par sa robuste épaule. Ce dernier tenta de se dérober, mais le dominicain le tenait fermement tout en lui grattant d'un doigt la figure pour en ôter le crasseux enduit de poudre et de peinture.

— Mon père ! cria le mendiant en sautant d'un pied sur l'autre.

— Mousehead, le prévint Athelstan, si je ne te l'ai pas dit cent fois, je ne te l'ai pas dit une ! Le Seigneur accepte que l'on demande l'aumône s'il n'y a pas d'autres moyens de gagner sa vie, mais jouer les infirmes et mendier quand on peut travailler ne fait que courroucer Dieu !

Mousehead, dents de lapin plus protubérantes et nez frémissant plus vite qu'à l'ordinaire, dévisagea avec effroi le prêtre. Athelstan le lâcha.

— Va voir la veuve Benedicta. Tu la trouveras à St Erconwald. Elle te confiera une tâche : dis-lui que tu peux aider Perline.

— Mais il a disparu, mon père, et il y a un démon près de votre église !

— Il n'y a pas de démon, Mousehead, et Perline n'a nullement disparu. Tu le verras là-bas.

Le bonhomme détala. Athelstan rejoignit l'endroit où Cranston, adossé au mur, surveillait un chat assis sur l'appui d'une fenêtre ouverte. Le dominicain suivit le regard de son compagnon.

— Ne vous faites pas de souci, Sir John, je crois qu'il y a une solution pour l'affaire des chats volés.

— Et Perline et Harnett ? demanda le coroner. Vous ne m'avez pas vraiment répondu.

Son secrétaire soupira.

— Je jurerais sur la croix que Perline ne trempe en rien dans l'assassinat de Harnett. Et pourtant Harnett s'est bien rendu dans la chambre déserte du Trésor, et à un moment où lui et ses amis étaient traqués par un tueur. Alors pourquoi a-t-il agi ainsi ? Qu'est-ce qui l'a poussé à s'éloigner des autres ?

— Une conspiration, peut-être ? suggéra Cranston. Ou Perline Brasenose ?

— Ou Perline Brasenose, répéta Athelstan. Non, non, Sir John, il ne s'agit pas de deviner. Je crois que quelqu'un connaissait les négociations secrètes entre Harnett et ce jeune soldat. D'une façon ou d'une autre, le meurtrier s'est servi du nom de Perline et de l'idée d'acheter un singe de Barbarie pour attirer Harnett dans l'endroit où il a été occis.

— Mais, à part Brasenose, les seules autres personnes censées le savoir étaient les compagnons de Harnett, non ?

— Pas seulement eux, Sir John.

Athelstan prit le bras de Cranston pour descendre vers le quai.

— N'oubliez jamais Sir Miles Coverdale qui hait les chevaliers et est, lui aussi, originaire du Shropshire. Ni monseigneur le régent qui, je pense, joue un rôle dans cette affaire, ne serait-ce qu'à titre d'observateur affligé.

Le coroner s'arrêta et prit une rasade à sa gourde.

— Mystère après mystère... Mais, mon frère, qu'en est-il des chats ?

Athelstan commença à s'expliquer pendant qu'un Moleskin suant et jurant contre la marée montante leur faisait traverser la Tamise en direction de St Paul. Cette fois-ci, le dominicain ne prêta point attention au batelier et chuchota ses conclusions à un Sir John dont l'ire croissait. Ce ne fut qu'après avoir débarqué et une fois que le coroner eut monté comme une tornade les marches humides qu'Athelstan adressa la parole au passeur.

— Moleskin !

— Oui, mon père ?

— Repars à Southwark, attache ta barque et rends-toi à St Erconwald. Benedicta te narrera tout à propos de Perline et du démon dont tu m'as rebattu les oreilles !

— En êtes-vous sûr, mon père ?

Le visage du batelier se fendit d'un grand sourire.

— Vous m'avez ignoré pendant toute la traversée.

Il montra Cranston qui, tel Hector, faisait les cent pas sur le quai.

— Pourquoi les chats mettent-ils Messire l'Écrabouilleur de chevaux dans une telle rage ?

— Je te raconterai ça plus tard, répondit le dominicain qui, abandonnant un Moleskin perplexe, gravit précipitamment l'escalier.

Le courroux du coroner ne connaissait à présent plus de bornes. Il avait déjà donné la pièce à un gamin pour apporter un message à ses baillis et serait volontiers allé fulminant dans Cheapside si son secrétaire ne l'avait retenu par la manche.

— Sir John, Sir John, le temps passe. Le marché fermera bientôt et vos baillis seront en place quand on leur fera passer le message.

Athelstan se tut et porta la main à sa bouche.

— Qu'y a-t-il, moine ?

— Frère, Sir John, frère ! Je me demandais simplement qui avait pu découvrir que Harnett devait rencontrer Perline Brasenose.

Il entraîna le coroner vers une taverne.

— Harnett a vu le singe de Barbarie dimanche. Lundi, il a une entrevue avec Perline mais, par la suite, ce dernier se cache. Étant donné que Perline ne sait pas écrire, qui a suggéré à Harnett de descendre dans la chambre du Trésor ? questionna Athelstan en se grattant le menton.

Ils pénétrèrent dans la modeste taverne aux murs graisseux et aux poutres noircies. Athelstan savait que le propriétaire, l'un des meilleurs cuisiniers sur les berges du fleuve, serait à même de fournir des délices capables d'apaiser la colère de Sir John. Ils trouvèrent une table libre à l'écart des marins et pêcheurs qui peuplaient les lieux.

— Vous oubliez un élément, annonça Cranston qui se pencha en arrière et se lécha les babines en humant l'arôme appétissant qui s'échappait de l'arrière-cuisine.

Athelstan manifesta sa surprise d'un haussement de sourcils.

— Lundi soir, Sir Francis a quitté le bordel où les chevaliers s'ébaudissaient. Ils savaient qu'il était parti.

— Bien sûr, murmura le dominicain. Il est allé à Southwark, puis à Steel Yard. *Ergo*...

Il s'interrompit pendant que le tavernier, rebondi comme ses tonneaux, servait à Sir John sa tourte au poisson préférée et un gobelet de vin blanc d'Alsace.

— Prendrez-vous quelque chose, mon père ?

— De la bière, Bartholomew, s'il vous plaît. *Ergo*, répéta Athelstan, soit on a suivi Harnett à partir du bordel – il se mit à compter sur ses doigts – et son poursuivant a trouvé ce qu'il voulait, soit Harnett a averti un de ses amis avant de s'en aller, ami qui par la suite s'est servi de ce renseignement pour commettre un meurtre.

— Coverdale aussi pourrait être coupable, argua le coroner entre deux bouchées de tourte. Lui ou l'un des favoris du régent.

Il sirota une gorgée.

— Je commence à être de votre avis, mon frère, le régent ne peut être totalement innocent dans cette affaire. Je suis certain que, n'eût été lui, ces dignes seigneurs eussent filé comme des flèches à Shrewsbury. Mais, pourtant, on ne peut dire que Sir Edmund Malmesbury et compagnie soient les partisans les plus dévoués de Jean de Gand, souligna-t-il en reposant à grand bruit son gobelet.

Il reprit son repas en silence. Athelstan voyait que le coroner se rembrunissait ; même la tourte et le vin ne paraissaient pas l'égayer. Ils quittèrent la taverne, s'engagèrent dans une ruelle qui longeait Thames Street et passèrent devant des entrepôts délabrés avant d'arriver à l'espace découvert où la Fleet déversait ses ordures dans la Tamise. C'était le lieu de rassemblement de toutes les grandes charrettes à ordures de Londres qui versaient dans le fleuve déchets et boue collectés dans les rues. Cranston, tapant des pieds, observa les alentours d'un œil sévère puis aperçut ses baillis, deux solides officiers qui s'avancèrent à grands pas vers lui.

— Vous voilà enfin ! gronda-t-il.

— Sir John, répliqua l'un d'entre eux, nous sommes venus aussi vite que faire se peut. Le marché est clos.

Il désigna l'une des carrioles à ordures.

— Elles sont toutes vides et prêtes à reprendre du service cette nuit.

— Et notre précieuse paire de filous s'est envolée, grommela Cranston. Retournez en haut de Knightrider Street, ordonna-t-il. Quand vous les verrez, revenez m'en avertir !

Les deux hommes déguerpirent. Athelstan et Cranston restèrent sur place un moment, mais la puanteur qui montait des charrettes et de la Fleet engluée se fit si forte qu'eux aussi remontèrent Knightrider Street. La cloche de St Paul commença à sonner l'office du soir. Athelstan aperçut les clochers de Blackfriars et il se demandait ce que faisait le prieur quand l'un des baillis arriva en courant.

— Sir John, voilà Hengist et Horsa !

— Bien !

Athelstan se hâtant sur ses talons, le coroner partit d'un bon pas dans Knightrider Street où les officiers avaient interpellé Hengist et Horsa. Les deux ramasseurs d'ordures poussaient de hauts cris.

— C'est contre la loi et les usages, Sir John ! couina l'un d'eux d'une voix perçante. Tout délai signifie que le travail sera plus long, et donc, quand le maire et les échevins se plaindront...

— Silence ! tonna Cranston, en agrippant Hengist par le devant de son justaucorps crasseux. C'est vous, mes gaillards, qui volez les chats !

Le coroner claqua des doigts et son clerc lui tendit l'une des petites muselières. Sir John l'agita sous le nez de l'homme. Hengist, bredouillant, jeta un regard craintif vers son frère.

— Misérables bâtards ! rugit le magistrat.

Les deux hommes se mirent à protester. Le dominicain fit le tour de la carriole, l'examinant avec soin, et remarqua que les hautes ridelles, de simples planches, avaient été clouées sur d'énormes poteaux érigés. Il vit qu'à l'arrière une des planches servait de petite porte ou de glissière que des verrous récemment engagés dans leur gâche tenaient en place. Il appela les baillis.

— Pendant que Sir John argumente, chuchota-t-il, ouvrez donc ceci !

L'un des officiers inséra sa dague entre les planches et fit sauter le verrou. Athelstan, se pinçant le nez devant l'odeur fétide, s'accroupit et regarda. Cinq ou six chats se trouvaient là, yeux luisants dans le noir. Les pauvres bêtes étaient ficelées des quatre pattes, et des muselières, semblables à celles que le ramasseur avait trouvées, étaient étroitement serrées autour de leurs mâchoires. L'un des baillis sortit les animaux avec douceur et coupa lanières et muselières. Les chats, dos arqué, queue dressée, crachèrent avec fureur, tournèrent autour de la voiture et filèrent comme des flèches dans Knightrider Street. Le bailli s'apprêtait à les poursuivre.

— Inutile, intervint Athelstan. Ils retrouveront leur chemin. Je m'en porte garant. C'est pour Sir John que je m'inquiète.

Cranston, qui avait assisté à la scène, avait acculé les deux ramasseurs d'ordures contre le mur et leur cognait lentement la tête contre la muraille. Suivant les instructions du dominicain, les deux baillis s'immiscèrent en souplesse entre le coroner furieux et ses victimes. Sir John, le souffle court, recula en lançant des regards assassins aux voleurs de chats qui tremblaient de tous leurs membres. Il les menaça du doigt.

— Bâtards sans cœur ! s'exclama-t-il. Et ne me dites pas qu'ils étaient tous perdus ! Vous promeniez votre charrette dans les rues, et chaque fois que vous le pouviez vous attiriez un chat avec un bout de viande ou de poisson enduit d'une potion qui endort. Vous leur attachiez ensuite les pattes, les museliez et les mettiez dans cette cache sous la voiture. Et quand vous veniez sur la berge pour vider les déchets dans la Fleet, vous proposiez de vendre les chats aux barges de grain. C'est bien ça, n'est-ce pas ?

Terrorisé, Hengist acquiesça.

— Activité lucrative et avantageuse ! fit remarquer Athelstan. Les capitaines des barges transportent du grain et, là où il y a du grain, rats et souris pullulent. Ils achètent les chats, en installent deux ou trois dans chaque cale et se débarrassent ainsi de la vermine.

Il hocha la tête.

— Bien sûr, peu vous importait que les malheureux animaux soient utilisés à bord d'un navire ou d'une barge.

Il s'avança d'un pas.

— Et vous préoccupiez-vous le moins du monde des sentiments des propriétaires de ces bêtes ? Avez-vous jamais pensé à la terreur de ces pauvres chats enfermés dans la cale sombre et puante d'une barge ? Vous a-t-il jamais traversé l'esprit que certains pourraient même tenter de s'échapper, qu'ils se noieraient dans le fleuve ou que leurs nouveaux maîtres pourraient les maltraiter ?

Athelstan, gagné par l'ire de Cranston, tendit la main sous le menton d'Hengist et lui releva le visage.

— Vous avez agi avec méchanceté ! souffla-t-il.

— Tout le monde s'en moque ! ricana Horsa qui regretta sur-le-champ d'avoir parlé car le dominicain, lui pinçant avec force les lèvres entre les doigts, lui scella la bouche.

— N'avez-vous point lu les Saintes Écritures ? rétorqua le prêtre. Pas un moineau ne tombe du ciel sans que notre Père le sache.

Il recula, s'essuya les mains et examina le tablier de cuir de Horsa.

— Savez-vous comment nous avons tout découvert ? persifla-t-il. C'est votre propre avidité qui vous a piégés. Vous ne preniez même pas la peine d'acheter le cuir pour fabriquer les muselières de ces infortunés animaux.

Il donna de petits coups dans la poitrine de Horsa.

— Vous avez utilisé le cuir de ton tablier pour les tailler. L'extérieur était noir mais quand je les ai regardées avec plus d'attention, j'ai constaté que l'intérieur correspondait au cuir que tu portes.

— Destruction volontaire du bien public qui s'ajoutera à la liste des méfaits ! beugla Cranston.

— Que va-t-il nous arriver ? pleurnicha Horsa.

Le coroner se gratta la tête et leur sourit d'un air torve.

— Eh bien, nous saisirons l'argent que vous avez ramassé et fixerons une amende. Mais, si vous nous donniez le nom des capitaines des barges à qui vous avez vendu les chats, nous pourrions faire preuve de clémence. Peut-être pourriez-vous creuser quelque temps le fossé de la ville pour réfléchir à vos crimes ? Et qui sait – sauf si nous récupérons tous les chats –, pourquoi pas un gentil petit séjour au pilori avec un placard signalant vos fautes ?

Il claqua des doigts à l'adresse des baillis.

— Mettez-les tous les deux dans la charrette. Emmenez-les à Newgate. Qu'ils se morfondent là-bas en attendant que je décide de leur châtiment !

Hengist tomba à genoux.

— Sir John, nous allons tout vous révéler !

— Bon !

Le coroner tapota vigoureusement le crâne chauve du ramasseur d'ordures.

— Voilà qui est raisonnable ! Je veux savoir où est l'argent et comment s'appellent les capitaines, sinon...

Et, abandonnant les deux hommes à la merci des officiers, c'est un Sir John plus heureux et plus serein, suivi de son secrétaire, qui repartit vers la rive de la Tamise.

— Une bonne chose de faite ! grogna-t-il quand ils montèrent dans l'embarcation qui devait les conduire à Westminster.

Il se protégea les yeux de l'éclat du soleil couchant.

— Mais ce n'est pas suffisant, mon frère !

Il bâilla.

— J'ai sommeil, pourtant nous devons examiner les archives.

Il se retourna tout d'un coup quand la tête de son compagnon se posa sur son épaule : le dominicain, bercé par le roulis de la barque, s'était endormi.

Ils débarquèrent à King's Steps, à Westminster. Le soleil, maintenant boule rouge sang suspendue à l'ouest, teintait la brique de l'abbaye d'une douce lueur dorée. L'activité de la journée s'apaisait. Les officiers royaux, avocats, sergents, plaignants et défenseurs, s'éparpillaient dans les rues soit en direction de Fleet Street, soit vers les barques qui les attendaient sur le fleuve. Des baillis avinés emmenaient à la prison de la Fleet ou à celle de Newgate des chariots pleins de truands reconnus coupables et enchaînés ensemble. Huissiers et chambellans, clercs et scribes se pressaient dans les tavernes et les estaminets. Nombreux étaient ceux qui s'arrêtaient pour lier conversation avec les jeunes ribaudes rassemblées autour des grilles et des portiques. Cranston et Athelstan s'assirent quelques instants sur un banc, sous la vaste ramure d'un grand chêne, pour jouir de la fraîcheur et de la beauté du soir.

Pourtant, en embrassant la scène du regard, le dominicain ressentait une profonde impression de découragement, de culpabilité à plonger ainsi au cœur de la noirceur humaine. Tous ces hommes, têtes couvertes et démarche arrogante, arboraient robes de soie, de satin, de samit, chapeaux bordés de fourrure, gantelets de cuir ornés de pierreries, atours, escarcelles et fourreaux de dague voyants. Athelstan était conscient de la richesse, du pouvoir, de la corruption insinuante de ces individus qui se réunissaient pour rendre la justice mais faisaient montre de si peu de moralité. Cranston sommeillant à présent, le prêtre garda ses réflexions par-devers lui. Mais, et ce n'était pas la première fois, il éprouva un fort sentiment de bienveillance pour des miséreux comme Pike le fossier. Le Seigneur devrait peut-être, pensa-t-il, revenir dans Son temple pour chasser les changeurs de monnaie, les propriétaires avides de terre, les clercs arrogants, les hommes de loi et les avocats vaniteux comme des paons.

La foule grouillant autour de l'abbaye se fit soudain plus dense quand les représentants des Communes, leur journée de travail achevée, regagnèrent tavernes et auberges. Bien qu'ils aient sans doute palabré tout le jour, cela n'avait fait qu'aiguiser le plaisir qu'ils prenaient au son de leur propre voix. Athelstan ferma les yeux et écouta d'une oreille les différents accents des élus du Yorkshire, du Somerset, du Norfolk, d'Écosse et du pays de Galles. Il entendit leurs commentaires sur le régent, leurs récriminations à propos de sa fortune et de son ostentation.

— Que celui qui n'a jamais péché, murmura-t-il en citant les Évangiles, jette la première pierre.

Il essuya la sueur de son front et eut un petit sourire en se remémorant leur récent succès. Mais les meurtres à Westminster ? Il lança un bref coup d'œil à Cranston qui, tête en arrière, ronflait légèrement. De temps à autre, il claquait des lèvres et marmonnait « à boire ! ». Athelstan revit les corps de Bouchon, de Swynford et de Harnett. Qu'avaient-ils appris, lui et le coroner ? Il passa rapidement en revue les divers points dans son esprit.

Primo : Bouchon avait soudain quitté la taverne lundi soir, donc il voulait rencontrer quelqu'un. Le chevalier avait déjà reçu la pointe de flèche et les autres signes indiquant une mort imminente. Où allait-il ? Qui devait-il voir ? Pourquoi n'était-il pas retourné dans sa chambre prendre son épée ?

Athelstan ouvrit les yeux.

— Nous devrions derechef fouiller le fleuve, murmura-t-il. Il se peut que l'un des bateliers se souvienne.

Il referma les paupières.

Secundo : Bouchon avait peu de marques sur le corps, mis à part cette terrible meurtrissure sur la nuque, les traces noires sous les ongles et les croix balafrées sur le visage.

Tertio : on l'a retrouvé flottant parmi les roseaux près de Tothill Fields, il a donc dû être assassiné au petit matin, au changement de marée quand la Tamise coule à pleine puissance vers la mer.

« Bien joué, mon frère », se félicita-t-il. La dépouille de Bouchon aurait-elle jamais dû réapparaître ? Si les roseaux ne l'avaient pas arrêtée, elle aurait fort bien pu être emportée vers l'estuaire et être engloutie dans la mer.

Quarto : Swynford. Il était allé prier sur le cadavre de Bouchon. Le prêtre qui était venu et était reparti en cachette l'avait étranglé. Swynford, lui aussi, avait été averti de sa mort. Et pourquoi était-il si important que les paroles du *Dies irae* soient chantées par le tueur ? Pourquoi le pseudo-prêtre avait-il la certitude que le père Gregory ne viendrait pas ? Et pourquoi, par ailleurs, avait-on gravé ces croix sur le visage de Swynford une fois mort ?

Quinto : Qui avait eu vent des négociations secrètes entre Harnett et Perline Brasenose ? Comment avait-on leurré Sir Francis pour l'entraîner dans la chambre du Trésor de l'abbaye de Westminster ? La seule personne qui pouvait se glisser aisément hors de l'édifice était sans doute un soldat ou un membre des Communes. Athelstan se rappela la tête coupée de Harnett : il n'avait point été défiguré. Pourquoi ? Le meurtrier n'en avait-il pas eu le temps ?

Sexto : Que manquait-il parmi les biens de Harnett ? Et, à présent qu'il se posait la question, parmi les possessions des autres chevaliers ?

Septimo : Qui avait suivi Bouchon puis Harnett ? Les avait poursuivis sans mal avant de les piéger et de les abattre ?

Octavo : De quel terrible méfait s'étaient rendus coupables les chevaliers ? Et pourquoi n'avaient-ils pas tout simplement quitté Westminster et ne s'étaient-ils pas enfuis dans le Shropshire ?

Nono : Quel rôle le régent avait-il joué dans ces morts ? Comment pouvait-il avoir de l'influence sur ces hommes qui, aux Communes, s'opposaient si vivement à ses exigences ?

— Réveillez-vous, moine !

Le dominicain ouvrit les yeux. Cranston le regardait, la mine épanouie. Athelstan cilla.

— Sir John, je ne dormais pas, je réfléchissais.

— Comme moi ! rétorqua le coroner avec gravité.

Il embrassa du regard la foule qui se dispersait.

— Quelque chose de particulier, mon savant petit frère ?

Athelstan entendit les cris lointains d'un batelier qui hélait les chalands.

— Eh bien, Sir John, nous savons que Sir Francis s'est rendu à Southwark mais un passeur y a-t-il conduit Sir Oliver Bouchon ?

Le magistrat avala une rasade de sa gourde miraculeuse et hocha la tête.

— Mes baillis ont déjà enquêté à ce sujet, affirma-t-il. Pour autant qu'on sache, aucun batelier n'a fait descendre ni remonter le fleuve à un membre des Communes ce soir-là.

Athelstan se leva et s'étira.

— Se peut-il, Sir John, que Bouchon n'ait point quitté Westminster ? Qu'on l'y ait assommé et jeté alors dans la Tamise ?

Sir John fit une grimace.

— Je n'avais pas pensé à ça, mon frère.

Il embrassa du regard les jardins de l'abbaye en plissant les yeux pour se protéger du soleil couchant.

— Si on avait lancé son cadavre, disons près de Dowgate, non loin du Pont de Londres, d'après ce que je connais de la Tamise, le corps aurait été entraîné au mitan du fleuve.

Cranston étendit ses jambes.

— Mais à Westminster le courant perd un peu de sa force : le corps de Bouchon a sans doute été emporté avec plus de lenteur et c'est pour cela qu'il a été pris dans les roseaux à Tothill. Où cela nous mène-t-il ?

Il haussa les épaules en soupirant.

— Nous sommes jeudi et, soyons honnêtes, mon

frère, nous n'avons point beaucoup progressé cette semaine !

Il essuya à petits coups la sueur autour du col de sa chemise.

— Samedi, le jeune roi viendra parler aux Communes ; quelques jours plus tard le parlement sera dissous et Sir Edmund et ses compagnons regagneront sans doute Shrewsbury à bride abattue.

Il contempla les pignons et les gargouilles ornant les murs de l'abbaye.

— Je voudrais être chez moi, chuchota-t-il. Un homme devrait passer la nuit aux côtés de son épouse. Bon, Athelstan, faisons un dernier tour.

Ils se traînèrent autour de l'abbaye. De temps à autre, un officier tentait de les arrêter pour les interroger sur les motifs de leur présence, mais reculait en hâte devant les grondements du coroner. Ils finirent par entrer dans une petite cour et par se diriger vers un bâtiment peu élevé. Sir John tambourina à la porte. Un vieux moine aux yeux chassieux, qu'il plissait pour éviter la lumière, les introduisit dans une pièce basse mais très longue emplie de manuscrits déposés sur des étagères ou débordant de coffres et de coffrets. Le vieillard, les mains agitées de tremblements, fixa Cranston et son regard se fit plus perçant.

— Mais je vous connais !

— Bien sûr que vous me connaissez, frère Aelfric !

Le coroner étreignit le moine âgé et planta un baiser humide sur chacune de ses joues sèches et sillonnées de rides.

— Mon Dieu, mais c'est John Cranston ! Seigneur, messire, que faites-vous céans ? Et qui est avec vous ?

— Maître Aelfric, voici frère Athelstan qui, pour ses péchés, est dominicain et, pour son amour de la boisson et des gentes dames, est le prêtre de la paroisse de St Erconwald à Southwark.

Aelfric dévisagea Athelstan.

— Ne vous faites pas de souci, mon frère, dit-il à voix basse, je connais les plaisanteries de John Cranston ! J'étais l'un de ses maîtres à l'école de l'abbaye. Si je recevais une livre pour chaque fois où je l'ai fouetté jusqu'à ce qu'il ait les fesses en feu, je serais plus riche que le cardinal-archevêque de Spolète. John, vous souvenez-vous de la fois où vous avez volé le bœuf dans la crèche ?

— Oui, oui !

Le coroner entoura d'un bras les épaules du vieillard.

— Mais nous ne sommes pas ici pour parler du passé, maître Aelfric. J'ai du travail pour votre esprit aiguisé et vos yeux perçants.

— Pas si perçants que jadis, grommela le moine en offrant à Cranston et à Athelstan des tabourets près de sa propre chaire.

Le coroner embrassa la chambre du regard.

— Maître Aelfric, c'est la pièce des archives royales ?

— Oui, John. Tous les documents du roi sont conservés ici.

— Et ceux du Shropshire ?

— Que voulez-vous savoir à leur sujet, John ?

— Quels actes de ce comté possédez-vous ?

L'homme fit la moue et se gratta le crâne.

— Nous recevons les rapports des shérifs à la Saint-Michel, la Noël, la Saint-Hilaire et la Saint-Jean. Ainsi que les pétitions adressées au conseil royal et les comptes des baillis.

— Quoi d'autre ?

— Oh oui ! Les cas traités par la justice royale à Eyre, les mandats d'emprisonnement et ceux d'Oyer et Terminer[1].

— Bon, bon, dit Cranston en levant la main. Mon

1. *Oyer and Terminer* en anglais : l'expression s'applique à la procédure d'audition et de jugement d'une cause criminelle ou à l'autorisation accordée aux juges itinérants de présider une cour de justice. (*N.d.T.*)

frère, avez-vous entendu parler des meurtres commis à Westminster ?

Le regard d'Aelfric vacilla et, pour la première fois, le dominicain eut un aperçu de la nature intelligente et matoise du vieil archiviste.

— Qui n'en a eu vent, Sir John ? répondit-il à voix basse.

— Ces noms signifient-ils quelque chose pour vous ? ajouta le coroner. Sir Oliver Bouchon, Sir Henry Swynford, Sir Francis Harnett ?

Le vieux moine fit, de la tête, un geste de dénégation.

— Jusqu'à ce que les frères les marmottent au réfectoire, précisa-t-il, ils n'avaient pas de sens pour moi.

— Vous mentez ! lança Athelstan avant de pouvoir s'en empêcher.

Cranston fut stupéfait. Le vieil Aelfric, abasourdi, ouvrit et ferma la bouche.

— Vous mentez, répéta Athelstan en se levant. Je vais vous dire ce qui s'est passé, Aelfric : monseigneur le régent en personne est venu céans et vous a posé les mêmes questions que nous. Il a pris certains comptes rendus pour les examiner avec grand soin. S'il les a rapportés, il vous a enjoint de vous taire au cas où quelqu'un se rendrait ici pour faire la même enquête.

Aelfric cilla.

— Pourquoi mentir ? continua Athelstan. Pourquoi un homme comme vous, un prêtre et un moine, devient-il complice des hommes au pouvoir simplement parce qu'ils vous le commandent ? Vous appelez mon compagnon par son prénom ; vous l'accueillez comme un ami, vous savez ce que nous cherchons. Vous nous attendiez, sans nul doute.

Aelfric fit mine de se lever puis se rassit.

— Vous feriez mieux de partir, déclara-t-il. Sir John, je ne vous aime pas, et j'aime encore moins votre adjoint !

Cranston tendit la main vers son ancien maître, mais

ce dernier ne se retourna pas. Athelstan tira la cape du magistrat.

— Venez, Sir John. Nous perdons notre temps.

Le coroner le suivit hors de la pièce. Au milieu de la cour, il s'arrêta et saisit le bras de son clerc.

— Vous n'auriez pas dû dire ça, mon frère.

— Pourquoi ?

Cranston tressaillit en lisant le courroux dans les yeux d'Athelstan. Ce dernier libéra son bras.

— Pourquoi, messire le coroner, ne l'aurais-je pas dit ? On a assassiné trois hommes et le régent est là, tout innocence et crainte ! Non, je ne l'accepte pas. Le Psalmiste dit : « Ne fais pas confiance aux princes » et il ajoute : « Tous les hommes sont des menteurs », mais je ne pensais pas que cela s'appliquait aux amis et à mes frères les prêtres. Il y a quelque temps, Sir John, assis sous un chêne, j'ai contemplé le pouvoir et la corruption s'insinuer comme de la vase autour de l'abbaye.

Il jeta un coup d'œil au loin.

— J'espérais qu'un vieux moine nous parlerait avec franchise.

Il donna une petite tape sur le bras de Cranston.

— Vous savez bien qu'il ment, Sir John. Gand est venu céans et c'est ainsi qu'il a pu faire pression sur ces chevaliers, les représentants des Communes. Dieu seul sait ce qu'ils ont à se reprocher, ajouta-t-il avec rage, mais le régent l'a découvert et maître Aelfric l'a aidé !

Le magistrat, surpris par la véhémence du frère, reprit sa marche puis s'immobilisa.

— Allons, mon frère, cria-t-il, ne vous fâchez pas contre le vieux John !

Athelstan le rattrapa et ils quittèrent le domaine de l'abbaye pour se rendre à *La Gargouille*.

La grand-salle était bondée de bateliers et de pêcheurs. Athelstan aperçut Sir Edmund Malmesbury et ses compères à l'autre bout de la pièce, mais chuchota à Sir John de rester loin d'eux. Banyard se précipita hors de la cuisine, son visage ruisselant de sueur fendu d'un grand sourire. Il salua Sir John avec chaleur et les conduisit dans un petit jardin. Cranston, émoustillé à l'idée d'une grande bolée de clairet et d'une portion de veau nappé d'une sauce au poivre noir, était redevenu lui-même. Athelstan avait du mal à partager la bonne humeur du magistrat. Ils mangèrent donc sans piper mot jusqu'à ce que le dominicain s'excuse de sa maussaderie.

— Je ferais mieux de remonter dans ma chambre, conclut-il. Sir John, je vous verrai demain matin.

Il traversa la taverne pour gagner sa chambre. Il était encore agité, et, un instant, s'étendit sur son lit étroit. Il essaya de prier mais, assez étrangement, les seuls mots qui lui vinrent à l'esprit furent ceux des sinistres phrases du passage de la messe des morts : « *Jour de colère, jour de deuil, ciel et terre seront réduits en cendres.* »

CHAPITRE XII

Athelstan se leva tôt le lendemain matin et décida de célébrer une messe matinale dans l'une des chapelles particulières de l'abbaye de Westminster. Il descendit dans la grand-salle. Valets et servantes nettoyaient l'âtre. Les cuisiniers chauffaient les fours dans la cuisine et l'air embaumait la douce odeur du pain frais.

— Bonjour, mon père !

Banyard, l'air frais comme une rose, remontait de la cave, un tonnelet de vin sur l'épaule.

— Bonjour, maître Banyard ! répondit le dominicain. Est-il trop tôt pour déjeuner ?

— Il n'est jamais trop tôt, mon père.

L'hôte lui indiqua une table et lui apporta en personne des petits pains frais, des tranches de porc salé et, à la requête du frère, une chope de bière coupée d'eau. Athelstan mangea lentement, conscient que le propriétaire rôdait autour de lui.

— Serez-vous content quand le parlement en aura terminé ? demanda le clerc. Je suppose que vos gains diminueront.

Le tavernier fit la moue et remit quelques tabourets en place. Il s'essuya les mains sur un linge, s'assit devant Athelstan et s'accouda à la table.

— C'est bonnet blanc et blanc bonnet, mon père. Une fois les représentants partis, juristes et juges reviendront.

— Les membres des Communes fréquentent-ils toujours cette auberge ?

L'homme écarta les mains.

— C'est le troisième parlement en quatre ans, mon père. Oui, nos chambres sont toujours louées par des visiteurs des comtés.

— Y compris Sir Edmund et son groupe ?

Banyard sourit.

— Oh, ce n'est point toujours les mêmes mais, oui, Sir Edmund est descendu ici la dernière fois.

— Et il ne s'est rien passé d'étrange ?

— Eh bien, pas exactement, mon père, mais, au parlement de la Saint-Michel 1379...

— L'année dernière ?

— Oui, l'année dernière. Une altercation entre Sir Edmund et les hommes de main de monseigneur le régent a éclaté.

L'aubergiste leva la main.

— Oh, il n'y a eu ni sang versé ni dague tirée. C'est arrivé juste au moment où Sir Edmund s'apprêtait à quitter Londres pour regagner Shrewsbury. Hasard ou pas, il a croisé deux hommes de la maison de Jean de Gand dans la cour.

Il finit de s'essuyer les mains et glissa le torchon sous son tablier.

— C'est tout, mais l'air a résonné de défis et de reparties menaçantes.

— A quel sujet ?

— Comme à l'accoutumée, mon père. Les exigences du régent et la réponse des Communes.

Il s'interrompit et regarda par-dessus l'épaule du dominicain, son visage mat à l'air sardonique arborant un large sourire.

— Et quand on parle du loup... Il vaut mieux que je retourne à mes affaires.

Banyard repoussa le tabouret à grand bruit et repartit à la cuisine quand Sir Edmund fit une entrée majestueuse dans la grand-salle. Il s'arrêta devant Athelstan.

— Puis-je me joindre à vous, mon père ?

— De grâce, Sir Edmund, soyez mon invité.

Le chevalier prit place. Il avait, semblait-il, soigné sa toilette, mais Athelstan remarqua qu'il était pâle et avait les yeux rougis et cernés.

— Vous n'avez point bien dormi, n'est-ce pas, Sir Edmund ? questionna-t-il en écartant son plat.

Malmesbury se signa et prit un petit pain.

— Nous vivons des temps troublés, mon père. La moisson est mauvaise, les Français attaquent...

Le dominicain se pencha sur la table.

— Sir Edmund, l'interrompit-il, je ne veux pas vous offenser. Vous pourriez peut-être me retourner le compliment. Votre manque de sommeil n'est pas dû aux assauts des Français ni à la mauvaise moisson. Trois de vos compagnons ont été assassinés et pourtant vous restez ici, en risquant votre vie et celle des autres ?

Malmesbury jeta un coup d'œil inquiet autour de lui.

— Si je pouvais tout vous dire, mon père, je le ferais !

— Et pourquoi pas ?

Le chevalier fixa le morceau de pain qu'il tenait en main.

— Trop tard ! murmura-t-il. Nous sommes allés trop loin.

— En faisant quoi, Sir Edmund ? Parlez, pour l'amour de Dieu !

L'homme leva la tête. Un sourire amer tordait ses traits.

— Je vous connais, Athelstan. Vous et votre frère étiez archers, gentilshommes de la troupe de Lord Fitzalan en France. Au village de Crotoy. Souvenez-vous !

Le cœur d'Athelstan battit la chamade. Il détourna les yeux. Il se remémora la tente de Lord Fitzalan. Ils étaient de garde à l'intérieur, lui et Francis, quand Fitzalan recevait certains chevaliers. Oui, Malmesbury s'y trouvait.

— Tout change ! marmonna ce dernier. Et votre frère ?

— Tué ! répondit le clerc en levant la tête. Il a été tué dans une embuscade.

— Et vous êtes donc devenu prêtre. En guise de contrition, m'a-t-on dit.

— Non, rétorqua Athelstan avec un pauvre sourire. Je suis devenu prêtre parce que Dieu l'a voulu. Comme, à présent, Il exige la vérité !

— C'est une matinée importante, reprit Malmesbury en haussant la voix et en changeant délibérément de sujet. Nous en avons fini avec les tâches ordinaires et il va y avoir les discours finaux sur les taxes que la Couronne désire lever.

— Vous voulez parler du régent ?

— Oui, du régent, déclara Malmesbury toujours aussi fort.

Athelstan regarda par-dessus son épaule. Goldingham se tenait sur le seuil et les observait. Le dominicain eut cette même impression de malaise et de découragement qu'il avait ressentie la veille : ces hommes ne lui avoueraient rien.

— Je dois m'en aller, Sir Edmund.

Il vida sa chope et quitta la taverne. Après avoir traversé la cour, il descendit une ruelle qui menait à la berge. Il resta là environ une heure à contempler le courant de la Tamise, tentant d'apaiser son esprit et son âme tout en respectant le jeûne prescrit avant de commencer l'office. Puis il revint lentement vers l'abbaye. Jardins et cours étaient encore silencieux. Il pénétra par la grand-porte dans la nef et remonta l'aile nord où il trouva le père Benedict qui terminait la messe dans une chapelle particulière.

— Bien sûr, mon frère, acquiesça le bénédictin quand Athelstan eut formulé sa demande, naturellement, dites votre messe !

Il fournit au dominicain chasuble, aube et amict et prit des dispositions pour regarnir de pain et de vin le petit autel dont il venait de se servir. Athelstan, agenouillé, se recueillit quelques instants puis célébra l'office du jour. Il se concentra de son mieux sur les mystères en tentant d'oublier la corruption, les mensonges, les tromperies et les meurtres qu'il devait affronter.

Ensuite il ôta ses vêtements sacerdotaux et regagna à pas lents *La Gargouille*. Alors qu'il se frayait un chemin dans la foule qui à présent affluait vers Westminster et grouillait tout autour, Athelstan aperçut Malmesbury et ses compagnons qui se dirigeaient vers la salle capitulaire pour la première session matinale des Communes. Quand il arriva à l'auberge, Sir John, déjà confortablement installé dans la grand-salle, dégustait une tourte à la viande et un plat de légumes arrosés d'un pot de bière forte.

— Vous paraissez plus dispos maintenant, mon frère ! s'exclama-t-il en désignant un siège à son secrétaire. Remettez-vous de vos efforts.

Rayonnant, il se pencha sur la table.

— J'ai dormi comme un loir : malgré l'absence de Lady Maude, c'est le plus confortable des lieux de repos.

Il montra l'huis d'un signe de tête.

— Nos nobles chevaliers, caquetant comme volaille, sont partis accomplir leur importante tâche. Remarquez, ils pensent déjà à leur retour, ajouta-t-il. Ils se demandent comment expliquer aux bons bourgeois de Shrewsbury pourquoi trois d'entre eux ne sont point revenus vivants.

Il était sur le point de continuer quand il cessa soudain de manger.

— Sir John, que se passe-t-il ?

Cranston mordit dans un autre morceau de tourte.

— Quelle délicieuse vision ! s'écria-t-il. Ou, du moins, en partie !

Athelstan pivota sur son tabouret. Benedicta, accompagnée par un Watkin tout sourire, entra dans l'auberge. Le dominicain se leva en hâte. Il réclama d'autres sièges et ordonna à Banyard de servir ses hôtes à leur guise.

— Bonnes nouvelles ? s'enquit-il, plein d'espoir.

Benedicta, rose de surexcitation, acquiesça puis rougit quand le coroner se pencha pour l'étreindre et planter un bon gros baiser sur sa joue. Sir John adressa un sourire à Watkin.

— Je ne peux t'en donner un aussi !

Watkin eut une moue de soulagement.

— Mais considérez-vous comme mes invités.

— Quelles nouvelles ? interrogea Athelstan sans préambule.

— Nous avons capturé le singe, annonça Watkin, glorieux.

Il secoua la tête.

— Il est rentré juste avant l'aube. Perline...

Il renifla.

— Ce coquin a disposé des fruits. La bête était presque contente de retrouver sa cage. Le pauvre, il n'a pas l'air si redoutable !

— Il est donc reparti ?

— Oh oui, répondit le ramasseur de crottin sans prendre le temps de réfléchir, nous avons déposé Cranston sur une barque, puis Moleskin et Perline l'ont reconduit à la Tour.

Pendant que Benedicta et Watkin narraient leurs exploits à Athelstan, les Communes, réunies dans la salle capitulaire, débattaient avec fièvre, une fois encore, des demandes d'argent du régent. Le père Benedict avait ouvert la séance en entonnant au pupitre le *Veni Creator Spiritu*. Ensuite le président avait lu l'ordre du jour. Il déclara que la réunion durerait une heure, puis qu'ils feraient une pause afin que les représentants puissent déjeuner soit dans les cloîtres, où les frères leur serviraient bière et pain, soit dans les échoppes et les tavernes autour de l'abbaye.

Sir Maurice Goldingham fut très soulagé quand l'heure fut passée : la peur lui nouait les entrailles. Pendant que les orateurs se succédaient au pupitre, Sir Maurice se souciait plutôt de ne point se déshonorer.

La cloche de la salle capitulaire avait fini par sonner et le président avait ajourné la session.

Les hommes s'étaient dispersés dans le couloir, étaient passés devant la chapelle de Sainte-Foy et avaient envahi les cloîtres menant aux cours et aux jardins. Sir Maurice s'était excusé en hâte et avait traversé les cloîtres est vers le lieu où se situaient les latrines. Elles servaient d'ordinaire aux moines, mais, pendant les réunions du parlement, elles avaient été réservées aux Communes. Une rangée de réduits, munis chacun d'une porte, était construite le long d'un mur d'enceinte dans l'un des petits jardins. Ces latrines, nettoyées par de l'eau amenée par des tuyaux en bois d'orme des cuisines de l'abbaye, étaient un objet d'émerveillement. Sir Maurice eut un petit sourire en baissant ses chausses et en se soulageant. Comme elles étaient luxueuses ! Les bons frères lais les rinçaient tous les jours et sur la petite saillie de pierre, près de lui, une provision de linges fins et propres était disposée. Sir Maurice se frotta le ventre.

— Je serai heureux quand tout sera terminé ! dit-il entre ses dents.

Il ne pensait pas que ces coliques étaient dues à quelque chose qu'il avait mangé soit à *La Gargouille* soit dans les échoppes qui entouraient l'abbaye. C'était simplement la contrariété de devoir rester à Westminster alors qu'un tueur les pourchassait en silence, lui et les autres. Il ferma les yeux. Il se remémora Shrewsbury, son guildhall, son marché ; son propre manoir aux ruisseaux et aux champs frais et sa maîtresse : une jeune veuve complaisante qui faisait ses délices.

Goldingham se sentit la bouche sèche. A Shrewsbury, il pourrait commander ses vins et sa nourriture et prendre son plaisir plus à loisir. Il rouvrit les yeux. Sir Edmund Malmesbury leur avait conseillé de rester groupés mais il n'était plus un enfant. Il ne pouvait tout de même pas demander aux autres de l'accompagner pendant qu'il était accroupi sur les latrines comme s'il était un bambin ou une jouvencelle effarouchée ! Qui plus est, il entendait, plus loin, des portes s'ouvrir et se fermer : il n'était pas seul. Peut-être prendrait-il un peu d'hydromel sucré pour resserrer ses boyaux avant de rejoindre les autres.

Sir Maurice s'empara d'un chiffon. Ce faisant, il se rendit compte que, dehors, le silence était plus profond. Un spasme de terreur lui serra le ventre. Il grimaça et décida de rester dans les latrines. Entendant un léger bruit de pas à l'extérieur, il se détendit. Il y avait encore des gens dans les parages ; les portes battaient. Il se reprit. Que se passait-il ? Quelqu'un cherchait-il à s'assurer que tous les réduits étaient bien vides ?

Il se pencha et poussa la porte, estimant soudain qu'il valait mieux fuir que d'être attaqué. Mais l'huis ne s'ouvrit pas. Il bondit sur ses pieds, poussant sur la porte de toutes ses forces, mais, de l'autre côté, quelqu'un la bloquait, soit avec une bûche soit par son propre poids.

Goldingham tambourina.

— Qu'y a-t-il ? demanda-t-il. Est-ce une plaisanterie ?

Il entendit du bruit et son estomac se noua de peur au point qu'il dut se rasseoir sur les latrines. Ce fut alors que la chandelle, la pointe de flèche et un bout de vélin furent glissés sous l'huis.

— « *Jour de colère, jour de deuil*, siffla une voix, *ciel et terre seront réduits en cendres !* »

Sir Maurice ouvrit la bouche pour hurler mais il avait la gorge sèche. Il fixa la porte et se souvint des cadavres de Bouchon, de Swynford, de Harnett, et, surtout, de ces autres sinistres dépouilles pendues par le cou.

— Oh, Seigneur, aidez-moi ! murmura-t-il. Oh, aidez-moi !

Il s'humecta les lèvres et voulut hurler. La porte s'ouvrit tout à coup. Goldingham aperçut la sombre silhouette qui se tenait là et, en un éclair, l'arbalète. Au moment même où il se levait, le carreau le frappa droit sous le cœur.

Athelstan et Cranston s'apprêtaient à remonter dans leurs chambres après le départ de leurs hôtes, quand l'huis de la taverne s'ouvrit à la volée et que Banyard fit irruption.

— Sir John ! Sir John ! s'exclama-t-il en épongeant son visage ruisselant de sueur, il y a eu un autre meurtre dans la salle capitulaire !

Il s'assit sur un tabouret.

— Un gamin, un messager, vient d'arriver ! haleta-t-il. Je l'ai renvoyé et lui ai dit que vous seriez là-bas dans un instant.

— Qui est la victime ? s'enquit le dominicain.

L'aubergiste secoua la tête.

— Je l'ignore. Que Dieu ait pitié de lui, mais je ne sais pas.

Le coroner et son secrétaire quittèrent en hâte la taverne pour gagner l'abbaye. La nouvelle du crime s'était déjà répandue. Des groupes d'hommes jacassaient. Un messager royal courait vers le quai, sans doute pour avertir Jean de Gand en son palais du Savoy. Athelstan et Cranston traversèrent d'un bon pas l'abbaye. Un capitaine des archers les arrêta à l'entrée des cloîtres, mais Cranston l'invectiva avec fureur et le menaça d'en référer au régent sans autre forme de procès. L'homme blêmit. Il se gratta le crâne et, marmonnant des excuses, accepta de les escorter à travers les cloîtres jusqu'à la cour où se trouvaient les latrines. L'endroit fourmillait de membres des Communes et Sir Miles Coverdale, tête nue, épée en main, tentait de mettre bon ordre à l'agitation. Athelstan entrevit la porte d'un réduit grande ouverte. Malmesbury, Aylebore et Elontius, traits ravagés de terreur, se pressaient autour d'une silhouette prostrée en chuchotant à l'oreille de Sir Peter de la Mare, président des Communes. Le dominicain emboîta le pas à Cranston qui se frayait un chemin dans la foule et qui, sans s'occuper des chevaliers, s'accroupit sur-le-champ auprès du cadavre.

— Que Dieu l'accueille en Son paradis ! souffla-t-il en contemplant la figure figée par la terreur, les yeux révulsés, le filet de sang qui coulait d'une commissure de la bouche de Goldingham et le redoutable carreau d'arbalète profondément enfoncé dans sa poitrine.

Athelstan sentit la puanteur qui s'élevait des latrines et en claqua l'huis. Lui aussi s'accroupit auprès de la dépouille.

— C'est arrivé si vite, expliqua Malmesbury.

Il désigna les chausses de son compagnon, remontées à mi-cuisses.

— Nous avons essayé de le rendre plus décent mais...

— Coverdale ! beugla Cranston.

Le capitaine de Jean de Gand se précipita. Athelstan l'observa avec soin. Pâle, le jeune homme avait les yeux remplis d'effroi, mais, se demanda le clerc, était-ce ce nouvel assassinat qui l'avait tant bouleversé ?

— Sir John ?

— Faites évacuer la cour ! ordonna le coroner d'un ton sec en se relevant. Vous avez compris ? cria-t-il. À l'exception de Sir Miles Coverdale et des compagnons de Sir Maurice, j'exige que tout le monde retourne dans les cloîtres !

Il leva la main droite qui portait la large chevalière frappée des armes de la ville et jeta des regards furieux à ces hommes hautains si peu disposés à bouger.

— Je suis Sir John Cranston, coroner de la cité ! tonna-t-il. Allez-vous-en et immédiatement !

— Si vous êtes le coroner, rétorqua une voix, pourquoi n'arrêtez-vous pas le coupable ?

Épaules rejetées en arrière, Cranston fendit la foule en clamant :

— Si celui qui vient de dire ces mots a le courage de s'avancer, je pourrai peut-être alors exposer quelques vérités sur la situation. S'il s'y refuse, alors ce n'est qu'un pleutre, un couard et un coquin.

Il tira tout à coup son épée avec une vivacité qui surprit même Athelstan. Il la brandit en serrant avec fermeté l'énorme pommeau et la longue lame d'acier scintilla dans le soleil. C'était le geste d'un chevalier qui défiait son adversaire au combat. Le détracteur anonyme, cependant, et les autres représentants eurent assez de bon sens pour garder le silence. Cranston, bien campé sur ses jambes, crinière blanche ébouriffée, yeux flamboyants, était effrayant, et plus encore avec cette gigantesque épée à deux tranchants qui brillait au soleil. La foule commença à refluer vers les cloîtres. Coverdale ordonna au capitaine des archers d'empêcher toute approche pendant que Malmesbury et ses amis se regroupaient à l'écart.

Athelstan remonta les chausses du défunt. Il prit sa propre croix, suspendue à son cou, et récita à voix basse la prière des morts. Quand il eut terminé, il se pencha plus près pour prononcer un acte de contrition au nom du trépassé et lui glisser l'absolution à l'oreille. Cranston, qui avait rengainé son arme, l'observa et attendit que son secrétaire eût donné la bénédiction finale.

— C'est le moins que je pouvais faire, se justifia le dominicain en se relevant. Sir Miles, où a-t-on trouvé le corps ?

Coverdale montra les latrines. Athelstan y pénétra en se pinçant le nez pour éviter les miasmes.

— Il était contre le mur ! cria Coverdale. Le carreau a dû être tiré de très près. Il était grotesque, ajouta le capitaine en s'approchant. A moitié écroulé sur le siège, chausses aux chevilles.

— Qui l'a découvert ? interrogea Cranston.

— Moi, répondit Sir Humphrey Aylebore en faisant quelques pas en avant et en tentant de dissimuler sa frayeur derrière une apparence de défi. Quand nous étions dans la salle capitulaire, j'ai vu Sir Maurice se tenir le ventre, expliqua-t-il. A la fin de la séance, il est sorti en hâte.

— Vous avez donc compris qu'il était allé aux latrines ? questionna Athelstan.

Aylebore fit la moue.

— Pas de sous-entendus, mon père !

— Je n'insinue rien ! fut la repartie claquante d'Athelstan. J'essaye tout bonnement d'établir la vérité. Sir Maurice est, semble-t-il, venu ici, comme l'ont fait d'autres. Puis ils sont tous repartis et quand les latrines ont été vides, le meurtrier a frappé.

— Et elles étaient vides aussi quand je suis arrivé, précisa Aylebore. La première séance ne dure qu'une heure. Tout le monde n'a pas les entrailles aussi lâches que Sir Maurice !

— S'était-il auparavant plaint de quelques maux ? intervint Cranston.

— Eh bien, expliqua Malmesbury en s'avançant, Goldingham avait l'estomac fragile. Il avait contracté la dysenterie, en France, comme il nous le rappelait chaque fois qu'il le pouvait.

— L'estomac, les boyaux ! ricana Aylebore en claquant la porte du réduit. Qu'importe cela ?

Il jeta un coup d'œil furieux à Coverdale.

— Qui a permis à l'assassin d'entrer ? Comment a-t-on pu introduire une arbalète dans les cloîtres ?

— Qui prétend que mes hommes ont laissé pénétrer quelqu'un ? rétorqua Coverdale avec rage. Les seules personnes que nous avons laissées passer sont les représentants, les clercs : tous ceux qui portaient le sceau légitime. J'ai déjà mené une enquête parmi mes soldats. Ils n'ont rien remarqué d'anormal ce matin. Nulle arme n'a été amenée céans.

Il se dirigea d'un air menaçant vers Sir Humphrey en pourfendant l'air du doigt.

— Ce qui veut dire, messire, que le tueur était déjà là. C'est l'un de ces nobles et courtois chevaliers !

— Tout doux, tout doux ! pria Athelstan en se glissant entre Aylebore et Coverdale. Sir Maurice Goldingham est mort, reprit-il avec calme. Vous injurier ne le ramènera point à la vie et ne permettra point de capturer son assassin.

— Et quand sera-t-il arrêté ? se gaussa Malmesbury. Quand nous serons tous morts, dans nos linceuls et jetés dans une charrette pour être ramenés à Shrewsbury ?

— Si vous aviez dit la vérité, répliqua Athelstan, si vous, Sir Edmund, et vos compagnons aviez été francs avec Sir John et moi, quelques-uns de ces meurtres auraient pu être évités. Vous pourriez encore en empêcher !

— Oh, toujours la même histoire ! railla Aylebore.

— C'est vrai, je raconte toujours la même chose, admit Athelstan.

Il retourna vers les latrines, ouvrit la porte et, se penchant, ramassa la petite chandelle, la pointe de flèche et le bout de parchemin qu'il avait aperçus gisant là. Il les fourra dans la main de Malmesbury.

— « Souviens-toi » de quoi, Sir Edmund ? chuchota-t-il d'une voix rauque.

Puis il éleva le ton.

— Que redoutez-vous, vous tous ? Quel terrible crime passé vous hante ?

Il les dévisagea un à un, mais les chevaliers lui répondirent par un regard vide.

— Quittons ces lieux, Sir John ! dit-il avec froideur. Nous ne trouverons pas la vérité ici !

Ils s'éloignèrent dans les cloîtres et débouchèrent devant l'église de l'abbaye. Sir John désigna le banc, sous l'arbre, où la veille ils avaient fait une pause. Une fois assis, Athelstan jeta un regard au coroner qui, contrairement à son habitude, était silencieux et semblait préoccupé.

— Qu'est-ce qui ne va pas, Sir John ?

— Je regrette de m'être emporté, répondit-il. Je n'aurais pas dû tirer mon épée et défier ces hommes. Ils ne laisseront point passer cette offense.

Il tripota l'anneau qu'il portait au doigt.

— Il faut que nous arrêtions cet assassin, Athelstan, ajouta-t-il. Si nous y manquons, je suis sûr que, avant que les Communes se dispersent, le président adressera une pétition au régent pour qu'on me retire ma charge.

— Absurde ! le rassura Athelstan. Comment aurions-nous pu prévenir le meurtre de Goldingham ? Il est allé aux latrines et le tueur l'a assassiné. Oh, Malmesbury peut bien bafouiller et protester, mais ses compagnons refusent de dire la vérité. Venez, Sir John.

Il tapota la grosse cuisse du coroner.

— Ce qu'il vous faut, c'est une tourte et une chope de bière de maître Banyard !

Cranston se releva sans entrain et ils se rendirent à *La Gargouille*. Athelstan conduisit le magistrat dans le petit jardin, mais même le parfum d'une délicieuse tourte au bœuf accompagnée d'un pot de bière mousseuse ne put dissiper la sombre humeur de Sir John qui se contenta de grignoter, l'air totalement désespéré.

Ils venaient de terminer leur repas quand le valet leur annonça que quelqu'un voulait les voir. Athelstan le suivit dans la taverne. Il espérait qu'il s'agissait de Sir Edmund ou de quelqu'un de sa bande et fut abasourdi d'apercevoir une silhouette encapuchonnée de noir sur le seuil. Une main aux veines apparentes rabattit la capuche. Aelfric, l'archiviste, lui jeta un regard confus.

— Mon frère, je suis navré pour hier. Comme dit le Psalmiste : « Je suis un ver, non un homme. » Le régent a déjà pris la preuve que vous cherchez, ajouta-t-il d'une voix rauque.

Il sortit un rouleau de parchemin noué d'un ruban écarlate de la large manche de sa robe et le tendit au dominicain.

— Mais il a oublié ceci. J'ai eu vent du meurtre de ce matin. Priez Sir John de bien vouloir pardonner à son ancien maître.

Sur ces mots, il s'esquiva comme une ombre. Athelstan retourna dans le jardin et dénoua le vélin tout en commandant à Banyard de remplir leurs chopes.

— Qui était-ce ? interrogea Cranston, nerveux.

— Votre vieux maître, répondit le secrétaire en déroulant le parchemin. Il nous a apporté un document à étudier.

Le dominicain examina l'écriture serrée et parcourut

en hâte les feuilles cousues ensemble. Il reposa le parchemin quand Banyard leur amena les chopes. Athelstan ignora l'air curieux de l'aubergiste.

— Qu'est-ce que c'est ?

Cranston s'impatientait.

Athelstan se contenta de secouer la tête et entreprit de traduire le normand et le bas latin dont avait usé un quelconque clerc.

— Oh, Athelstan, pour l'amour de Dieu !

Cranston s'avança pour s'emparer du feuillet mais son secrétaire bondit hors de portée.

— J'entrevois une lueur ! déclara-t-il en tapotant le vélin et en jetant un coup d'œil de l'autre côté du jardin.

— Eh bien ? questionna le coroner.

— Ce sont des pétitions, expliqua Athelstan avec calme. Il y en a de deux sortes, mais toutes concernent des faits qui ont eu lieu voilà vingt ans. Elles proviennent du comté du Shropshire. Les premières, portant les sceaux d'hommes comme Sir Edmund Malmesbury, Sir Francis Harnett et Sir Maurice Goldingham, protestent avec vigueur contre les réunions secrètes tenues dans la région par certains chefs des paysans. N'oubliez pas, Sir John, qu'en 1359 et en 1360, Édouard III a levé des taxes pour former la grande armée qu'il voulait conduire en France.

— C'est vrai, dit le magistrat en plissant les yeux. Et il y a eu maints troubles, non seulement sur les marches galloises mais aussi dans le Kent, l'Essex et partout. Tout le monde se plaignait, comme c'est toujours le cas quand il s'agit d'impôts.

— Ah !

Athelstan désigna le parchemin.

— Il semble que les paysans du Shropshire aient agi. Ils se sont, en fait, organisés pour résister aux collecteurs. Et, plus important, ils se sont opposés aux exigences de leurs maîtres qui voulaient les faire travailler davantage en les payant moins.

Cranston avala une rasade.

— Oui ! soupira-t-il, je comprends. Le poids des taxes retombait sur les riches. Eux, à leur tour, tentaient de le faire supporter à leurs propres métayers en leur demandant de produire plus tout en réduisant leur salaire. Mais qu'est-ce que ça a à voir avec les meurtres ?

— Écoutez, Sir John, ajouta Athelstan en poursuivant l'étude du vélin. Trois ans plus tard environ, d'autres pétitions sont arrivées. Non rédigées par des seigneurs, ni, en réalité, par leurs tenanciers, mais par des veuves.

Il montra du doigt un feuillet.

— Comme celle-ci, de la part d'Isolda Massingham. Elle affirme qu'une troupe de bandits, de pendards, de ruffians et de félons ont semé la terreur dans les fermes isolées. Elle parle d'hommes masqués, emmitouflés et encapuchonnés, qui ont fait irruption chez elle et ont emmené de force Walter, son époux. On l'a retrouvé par la suite pendu aux branches d'un chêne à quelque trois miles du village.

Athelstan leva les yeux.

— On avait défiguré le cadavre de son mari en gravant des croix rouges sur son visage.

— Donc...

Le coroner but une gorgée.

— Deux de nos morts ont été traités de la même façon mais...

— Voilà ! s'exclama le dominicain en levant la main. Isolda ne fait pas d'allégations. Elle n'accuse personne, mais requiert que les juges royaux soient mandatés dans le comté pour découvrir ceux qui ont commis cet outrage. Je pense qu'Isolda n'était point une vilaine de basse naissance : son mari appartenait à une famille paysanne, mais plutôt riche, d'où cette supplique.

— C'est vrai, c'est vrai ! s'exclama Cranston. Après la Grande Peste, on manquait de bras. Les propriétés étaient vacantes et laboureurs et paysans, surtout les plus prospères, avaient davantage de terre à travailler.

Ils pouvaient donc exiger des salaires plus élevés. Et ils pouvaient vendre leurs produits au marché.

Il haussa les épaules.

— Tout comme aujourd'hui : les paysans aisés veulent plus de liberté pour s'occuper de leurs terres et écouler leur production, mais les seigneurs sont déterminés à ce qu'ils restent attachés à la glèbe. Pourtant, Athelstan, quel rapport y a-t-il avec les crimes de Westminster ?

— Comme je le disais, reprit ce dernier, Isolda était une veuve de belle fortune. Elle s'est sans doute adressée à un clerc pour rédiger cette pétition et la remettre au conseil royal à Westminster.

— Bon, bon, répondit le coroner d'un ton agacé, je comprends !

— Je vais faire un grand saut dans la logique, continua Athelstan. Les meurtriers de Massingham n'étaient pas des vauriens.

Il marqua une pause pour choisir ses mots avec soin.

— J'ignore si les veuves comme Isolda Massingham et les autres ont appris qui avait assassiné leurs maris, mais je pense qu'il s'agissait de Sir Edmund et de ses chevaliers.

Athelstan enroula le parchemin.

— La pétition d'Isolda est importante, et j'aimerais savoir quelle suite la Couronne y a donnée.

CHAPITRE XIII

Cranston ne voulut d'abord pas accepter les conclusions de son clerc.

— Vous prétendez, répéta-t-il, que Malmesbury et ses compagnons, les soi-disant Chevaliers du Cygne, ont mené une guerre privée contre ces paysans érigés en chefs ?

— Oui, répondit Athelstan. Ce sont des hommes pleins de morgue, Sir John, imbus de leurs droits et de leurs biens. Ils ont été élevés dans un monde où chacun connaissait sa place, surtout les vilains, mais la Grande Peste a mis un terme à tout cela. Des villages entiers ont été anéantis. Le travail s'est fait rare et les paysans ont commencé à s'enrichir, non seulement en achetant des terres, mais aussi en vendant leurs services au plus offrant.

Le dominicain fit courir son doigt sur le bord de sa chope.

— Et que pouvait faire la Couronne ? Elle avait besoin de ces manants pour ses guerres en France et pour payer les taxes, alors Malmesbury et ses semblables ont pris l'affaire en main.

Il fit une pause et sirota une rasade de bière tout en jetant un coup d'œil par la fenêtre de la taverne pour s'assurer que nulle oreille indiscrète ne les écoutait.

— Imaginez, Sir John, ces lords arrogants, emmitouflés et masqués, armés jusqu'aux dents. Ils fondaient sur la chaumière d'un pauvre paysan, l'enlevaient et l'exécutaient sans hésiter tout en chantant le *Dies irae*, hymne de la messe des morts.

— Et la pointe de flèche, la chandelle et le bout de parchemin ?

— Oh, ils envoyaient toujours un avertissement. La chandelle est le symbole des proches funérailles de leur victime. La pointe de flèche celui d'une mort violente et les mots « Souviens-toi » une incitation subtile à réfléchir aux autres crimes que ces hommes avaient déjà menés à bien.

Athelstan soupira.

— Les croix rouges gravées sur le visage de leurs victimes étaient destinées à effrayer les suivantes.

— Que s'est-il passé ensuite ? s'enquit le coroner.

— Je suppose que Malmesbury et sa bande avaient des façons d'agir particulières. Après l'exécution de quelques chefs paysans, les autres sont devenus plus circonspects. Mais, bien sûr – Athelstan plissa les yeux pour se protéger du soleil –, le mal que nous faisons, Sir John, ne s'efface jamais. Il marche sur nos talons et se tapit dans les recoins de nos âmes. Et nous en arrivons au régent.

Le dominicain baissa la voix.

— Jean de Gand possède des terres le long des marches galloises. Nul doute qu'il a fait de soigneuses enquêtes sur ces hautains propriétaires. Je suis certain qu'il a découvert leur péché secret. Il a donc organisé leur élection à ce parlement et leur a envoyé un avertissement brutal : soit ils le soutenaient, soit il pouvait envoyer sans tarder les juges dans le Shropshire pour rendre publics leurs meurtres.

— Mais Malmesbury et ses compagnons s'opposent avec vigueur au régent !

Athelstan eut un sourire triste.

— Oh, Sir John, combien de fois avez-vous joué aux échecs ? On regarde l'adversaire déplacer ses pièces. Parfois on croit qu'il a fait une erreur, voire une faute, mais à la fin, quand il prend votre reine et cerne votre roi, on réalise la subtilité de son plan.

— En d'autre termes, la partie n'est pas finie ?
— Non, non, Sir John, certainement pas.
— Et les assassinats ? Jean de Gand n'y a sans doute nulle part ?
— Messire le coroner, dit le clerc en tripotant le gland de la corde qui ceignait sa taille, il le pourrait. Il pourrait même prétendre qu'il exécute la loi. Mais, *concedo*, je pense que c'est peu probable. Non, quelqu'un d'autre est entré dans le jeu. Nous avons trois possibilités. D'abord, Sir Miles : n'oublions pas que Coverdale lui aussi est originaire du Shropshire. L'un de ses parents a-t-il péri aux mains de Malmesbury ? Ensuite, le père Benedict. Il paraît très attaché au souvenir de feu son ami, Antony. Est-il le genre d'homme à se charger du jugement de Dieu ? Ou...
Le dominicain s'interrompit.
— Ou quoi ? le pressa Cranston, intrigué.
— Eh bien, nous ne cessons de parler des chevaliers comme d'un groupe dirigé par Sir Edmund Malmesbury, et, Sir John, croyez-moi, quoi qu'il en soit, c'est bien lui le chef. Mais il faut prendre en compte une autre considération.
Il se pencha par-dessus la table.
— Comment savons-nous que les autres étaient partie prenante ? Aylebore ou Elontius, ou les deux, sont peut-être innocents de tout crime mais peuvent se considérer comme des anges de vengeance.
— Autrement dit, ils peuvent avoir souffert des assassinats du Shropshire il y a des années ?
— C'est possible.
Athelstan s'étira et offrit son visage au soleil.
— Venez, Sir John.
Il sourit au coroner.
— Saint Dominique disait toujours que, après un repas, on devrait marcher et bavarder avec un ami dans un beau jardin.
Cranston, ayant retrouvé sa bonne humeur, se leva et se joignit à son secrétaire. Ils suivirent l'allée qui serpentait parmi les herbes aromatiques et les plates-

bandes. Au fond du jardin ils s'assirent sur un banc de pierre encadré par une tonnelle chargée de fleurs. Athelstan se renversa en arrière pour écouter le chant mélodieux d'un oiseau.

— C'est dans des moments tels que celui-ci, Sir John, que je comprends pourquoi on décrit le paradis comme un jardin.

Il tendit son visage vers le soleil.

— Oui, rétorqua le coroner, et comme dans l'Éden, mon frère, il y a toujours un serpent, un chancre dans la rose !

Athelstan, pensif, fit courir son doigt sur ses lèvres.

— Résumons ce que nous savons jusqu'à présent.

Il donna un petit coup de coude au magistrat.

— Allons, messire l'officier de la loi, vous avez bien bu et bien dîné. Servez-vous maintenant de votre esprit acéré comme un rasoir.

— Eh bien, en premier lieu, nous savons que Sir Edmund Malmesbury et sans nul doute les hommes qui ont été assassinés ont commis des crimes terrifiants dans le Shropshire. Ensuite, que notre noble régent, l'ayant appris, s'en est servi pour faire pression sur eux... mais nous devons encore découvrir dans quel but. Nous n'ignorons pas non plus que ces seigneurs formaient une fraternité, les Chevaliers du Cygne, qui a été dissoute après le vol de leur fameux calice, bien qu'on le leur ait rendu à présent.

Cranston fit une pause. Sa main chercha sa gourde sous sa chape, mais Athelstan, taquin, l'écarta d'une bourrade.

— Messire le coroner, nous n'en avons point terminé !

— Nous savons aussi que les chevaliers sont venus céans et que les meurtres ont commencé. Au moment de leur mort, chacun a reçu des avertissements. Sir Oliver Bouchon a quitté cette taverne et a été assommé. Nous pensons qu'il n'est sans doute pas sorti de Westminster, que son corps a été jeté dans la Tamise et a flotté vers les roseaux près de Tothill Fields. Mais nous ignorons pourquoi il est parti, où il allait et qui l'a suivi. Sir Henry Swynford, lui, a été étranglé par quelqu'un qui se faisait passer pour un prêtre.

— Et, à cette occasion, l'assassin a été des plus audacieux, l'interrompit Athelstan. La seule chose dont nous sommes sûrs, c'est qu'il est apparu à l'auberge, a exécuté Swynford puis a disparu. Dieu seul sait ce qui se serait passé si le vrai prêtre était arrivé. Bien que, ayant rencontré le père Gregory, je pense qu'il ne doit pas être très difficile à tromper.

— Ensuite, Harnett, déclara Cranston. Il a quitté le bordel lundi soir et s'est rendu à Southwark à la recherche de ce vaurien de Brasenose. Quelqu'un a profité de son désir d'acquérir ce maudit singe pour lui tendre un piège et l'entraîner dans la chambre du Trésor à Westminster. Mais nous n'avons toujours pas compris comment le tueur, armé d'une épée ou d'une hache, a pu entrer et sortir des cloîtres gardés sans qu'on le remarque.

« Et puis ce matin, conclut-il, il y a le meurtre de Sir Maurice Goldingham. Il éprouve un besoin urgent, se précipite aux latrines et tombe dans sa merde. Là encore, comment l'assassin, muni d'une arbalète, a-t-il pu pénétrer dans les cloîtres et en repartir reste un mystère.

— Sauf, bien sûr, s'il y était déjà, ajouta Athelstan ; s'il a pu franchir les rangées de soldats en usant de son sceau et, peut-être, passer l'arme en cachette.

Le dominicain poussa un soupir exaspéré.

— Mais il a certainement commis une erreur, n'est-ce pas, Sir John ? Que signifiait ce terreau que nous avons trouvé sous les ongles de Bouchon ?

Il entendit un ronflement et jeta un coup d'œil de côté : le coroner, souriant aux anges, était profondément endormi.

Athelstan se carra sur son siège, savourant le soleil. « Je devrais retourner à St Erconwald », pensa-t-il. Il avait envie de s'asseoir avec Benedicta pour bavarder de la routine quotidienne. Il s'agita. Oui, il aimerait être chez lui, ou enseigner aux enfants, ou même tenter d'arbitrer la lutte incessante entre Watkin et Pike pour s'emparer du pouvoir au sein du conseil paroissial. Et, bien entendu, il avait d'autres sujets de préoccupation. Il fallait remplacer la corde de la cloche. Il voulait s'assurer que la statue de saint Erconwald avait été réinstallée comme il convenait sur son socle et il fallait surveiller Huddle. Si on lui laissait la bride sur le cou, l'imagier couvrirait chaque pouce de pierre de peintures à son goût. Athelstan sourit en se remémorant l'escapade de Perline Brasenose et espéra que « Cranston le singe » avait regagné la Tour sans encombre. Bientôt, très bientôt, il devrait avoir une petite conversation avec le jeune homme et Simplicatas : l'histoire avait probablement couru tout Southwark à présent. Le dominicain ferma les yeux et pria en silence pour qu'aucun de ses paroissiens, et surtout pas Crim, ne mentionne à nouveau le singe de Barbarie et Cranston dans la même phrase. Pike, lui aussi, pouvait parfois se montrer diabolique ; il pourrait même payer une chope de bière à Huddle et l'encourager à peindre les bêtises de Perline sur le mur de l'église.

Athelstan entendit du bruit. Il rouvrit les yeux, mais ce n'était que Banyard transportant deux seaux de terre pris dans le tas de détritus. Il les déposa, adressa un sourire au prêtre et s'en fut dans la taverne. Athelstan se leva et fit quelques pas en silence pour ne pas éveiller Sir John. Il huma avec plaisir le parfum du thym, de la marjolaine et du romarin plantés dans le jardin de simples.

— Je reviendrai à St Erconwald, murmura-t-il, quand tout ceci sera réglé.

Une abeille bourdonnait à ses oreilles. Il recula en la chassant de la main. Quelles autres fautes, se demanda-t-il, avait commises le tueur ? L'assassinat de Swynford était sans nul doute audacieux, mais ceux de Harnett et de Goldingham ? Et que manquait-il parmi les biens de Harnett étalés sur le lit ? Athelstan bâilla et retourna vers la tonnelle. Il secoua Cranston pour le réveiller.

— Debout, Sir John !

Ce dernier ouvrit les paupières et claqua des lèvres. Puis il s'étira.

— Où allons-nous maintenant, mon petit frère ?

— C'est une rude journée, commenta le dominicain. Regagnons nos chambres, Sir John. Demain nous devons nous lever tôt : le roi et le régent vont à Westminster. A quelle heure part le cortège ?

Cranston se leva avec difficulté.

— Je ne sais, mais j'enverrai un messager au Savoy s'en informer.

Et, maugréant contre les taxes du régent, il rentra en traînant les pieds dans la taverne et monta l'escalier d'un pas lourd.

Athelstan le suivit. Il aurait aimé noter les conclusions auxquelles lui et le coroner avaient abouti, mais le soleil et la bière l'avaient assoupi. Il s'étendit sur son lit étroit. Quand il s'éveilla, plus tard, le soir commençait à tomber. Il réveilla Sir John et ils passèrent le reste de la soirée à attendre, dans la grand-salle, le retour de Malmesbury, d'Elontius et d'Aylebore. Il faisait complètement nuit quand les trois représentants entrèrent, ensemble, la main posée sur le pommeau de leur dague. Ils saluèrent Cranston et Athelstan d'un bref signe de tête et prirent place à leur table. Leur morosité et leur accablement ne disparurent que lorsque Banyard leur eut apporté ses mets les plus délectables et eut posé un flacon de vin devant eux.

— C'est le meilleur vin de Gascogne, déclara l'aubergiste. Allez, messires, remplissez vos coupes.

Il déboucha le flacon et versa une généreuse rasade dans le gobelet de chacun des trois hommes. Effrayés et inquiets, ils burent avec avidité et emplirent à nouveau leur coupe, ce qui enflamma leurs entrailles et raviva leurs fanfaronnades. Cranston murmura qu'il ne pouvait veiller plus longtemps et regagna sa chambre à grand bruit, mais Athelstan, faisant mine de manger avec lenteur, ne les perdit pas de l'œil. Au fil de la soirée, les trois chevaliers retrouvèrent leur ancienne assurance et se mirent à braire comme des ânes au sujet des séances de l'après-midi et de la soirée aux Communes. Bien entendu leurs voix attirèrent l'attention de tout un chacun dans la taverne : juristes, clercs, officiers de l'Échiquier se pressèrent autour de la table pour écouter avec gravité les trois représentants décrire ce qui n'allait pas dans le pays.

— Malheur au royaume dont le prince est un enfant ! déclama Malmesbury. Voilà – il tapa sur la table en étouffant des éructations entre ses mots – la cause de tous nos maux !

Athelstan, sachant ce qu'il en était de ces hommes, était écœuré. Il se serait volontiers enfui mais, fasciné par leur hypocrisie, il observait et attendait. La terreur qu'ils ressentaient devant la malemort de leurs compagnons n'apparaissait que par moments. Un clerc morveux, cheveux raides et gras, demanda qui pouvait être le meurtrier. Malmesbury le fixa comme un lapin affolé et plongea le nez dans sa coupe, pendant qu'Aylebore déviait la conversation sur d'autres sujets. De temps à autre, l'un d'entre eux se rendait aux latrines. Le dominicain remarqua, non sans amusement, que les chevaliers avaient engagé de grands gaillards comme gardes du corps. Quand Aylebore revint, en relaçant en hâte ses aiguillettes, Athelstan l'attendait sur le seuil.

— Vous avez assuré vous-même votre protection, Sir Humphrey ?

L'homme leva une figure avinée et larmoyante.

— Pour ce à quoi vous servez ! ricana-t-il.

Il prit le temps de boucler sa ceinture autour de sa taille imposante.

— On ne peut même plus aller pisser sans être surveillé !

Il s'apprêtait à continuer son chemin quand le clerc lui barra le passage. Son rictus s'effaça.

— Si vous avez tellement peur, dit Athelstan à voix basse, pourquoi ne pas retourner dans le Shropshire ?

Sir Humphrey détourna les yeux, l'air abruti par le vin.

— Ou confesser votre péché secret, reprit Athelstan, impitoyable.

Le regard glacé, Aylebore tourna vivement la tête.

— Avouer les meurtres de ces pauvres hommes, chuchota le dominicain, sans lâcher prise. Avez-vous oublié, Sir Humphrey ? Ces chefs paysans qui voulaient améliorer leurs conditions de vie, mais que vous et vos compagnons avez exécutés – devrais-je dire assassinés ? – en poursuivant vos desseins égoïstes ?

Le visage d'Aylebore se fit menaçant mais Athelstan y lut la peur.

— Confessez-vous ! insista le prêtre.

Son interlocuteur rapprocha sa figure de celle du dominicain qui ne broncha pas devant l'haleine fétide de Sir Humphrey.

— Si je devais avouer quelque chose, mon père, siffla-t-il, ce ne serait pas à vous. Et si j'ai tué, c'était au nom d'une cause que vous ne comprendriez point !

Athelstan recula.

— Oh si, je comprends, Sir Humphrey ! Je rencontre ce diable-là tous les jours. Il prend différents noms : la jalousie, l'envie, la colère, la soif de pouvoir.

Aylebore était sur le point de répliquer quand Malmesbury l'appela. Le chevalier l'écarta sans ménagement et le clerc prit une profonde inspiration.

— J'ai essayé, Seigneur, souffla-t-il. Mais je ne peux pas faire grand-chose de plus !

Il traversa la grand-salle pour monter à sa chambre. Ce ne fut qu'alors qu'il se rendit compte à quel point cette confrontation avec Aylebore avait été effrayante. Encore éprouvé par l'aspect démoniaque du visage du chevalier, il eut du mal à prier. Il s'étendit sur sa couche et tenta de contrôler sa respiration et de se changer les idées en s'imaginant qu'il était à St Erconwald et récitait ses oraisons devant l'autel. Il finit par se calmer et ses paupières se firent plus lourdes. Il commençait à s'assoupir, l'esprit traversé de diverses images, et était presque endormi, quand il comprit ce qui manquait dans la chambre de Harnett. Il s'assit sur son lit.

— Ce n'est pas possible ! Vraiment ? dit-il à voix haute dans les ténèbres. Ces deux objets-là !

Il se leva, se dirigea vers la table, alluma une chandelle et prit sa plume dans son écritoire. Athelstan travailla jusqu'au petit matin à dresser la liste de tous les événements qui s'étaient déroulés depuis leur arrivée à *La Gargouille* et, sur un autre morceau de parchemin, celle des noms de toutes les personnes qu'il avait rencontrées. Ce ne fut que quand il s'étendit pour faire un petit somme que ses vagues soupçons se firent plus clairs.

Le lendemain matin, le dominicain se sentait las et ensommeillé. Il célébra son office quotidien dans l'une des chapelles latérales de l'abbaye et répondit avec politesse aux questions du père Benedict. Puis il revint en vitesse à *La Gargouille*, déjeuna et alla se poster près du fleuve où Cranston le retrouva plus tard.

— Nous devons bientôt partir, mon frère, dit-il en agrippant l'épaule de son secrétaire pour le faire pivoter vers lui. Qu'y a-t-il, Athelstan ? Vous semblez avoir à peine dormi.

Il serra avec force la main du prêtre.

— Je vous connais, reprit-il, surexcité et rayonnant de plaisir. Vous avez commencé à dissiper le mystère, n'est-ce pas ?

— Je ne suis sûr de rien, Sir John, répondit Athelstan en regardant le soleil qui se levait. Mais ne devrions-nous pas rejoindre le cortège du régent ?

— Bah ! fit le coroner avec un geste de la main. La bonne nouvelle, mon frère, c'est que Jean de Gand ne s'attend pas à ce que nous en fassions partie. Nous devons patienter dans le cloître après que le roi se sera adressé aux Communes.

Ils revinrent à la taverne d'où, en grand mystère, le dominicain repartit en demandant à Sir John de ne pas s'inquiéter car il n'allait pas loin. Cranston connaissait assez son secrétaire pour ne pas s'enquérir davantage. Quelque chose préoccupait Athelstan qui fermait alors son esprit à tout le reste, y compris aux questions insistantes du coroner.

Une heure plus tard, le clerc, lavé, rasé et vêtu de sa meilleure bure, frappa à l'huis de Sir John. Le coroner, qui bouillait d'impatience, ne prit pas la peine de l'interroger, mais l'entraîna en hâte hors de l'auberge vers l'abbaye. Athelstan n'avait jamais vu autant de soldats rassemblés en un seul lieu. Des gardes et des archers, mais aussi des hommes d'armes et des chevaliers bannerets appartenant à la maison du roi emplissaient cloîtres et jardins. Cranston dut avoir recours à toute son autorité et appeler Coverdale à son aide. Ils parvinrent enfin à se frayer un chemin dans le couloir envahi de courtisans, de chambellans, de pages et de seigneurs resplendissants dans la livrée de Jean de Gand – bleu, rouge et or de la maison royale. Coverdale, qui les avait accompagnés, désigna les portes closes de la salle capitulaire.

— Le régent est ici, murmura-t-il, et s'est déjà adressé aux représentants. C'est le jeune roi qui parle, à présent.

Des clameurs enthousiastes, suivies par des cris d'approbation et des applaudissements qui provenaient de la salle capitulaire, l'interrompirent.

— Notre jeune souverain a été bien accueilli, commenta-t-il.

Athelstan se remémora le pâle visage de Richard, encadré de ses beaux cheveux blonds, ses brillants yeux bleus, son sourire toujours prêt à éclore, sa civilité et sa courtoisie naturelles. Il savait que le monarque n'avait aucun mal à déclencher de telles acclamations.

— Tout à fait comme son père, le Prince Noir, grommela le coroner. Tout le monde l'aimait et nul, jamais, n'a dit du mal de lui.

Diplomate, le dominicain acquiesça, le regard fixé

sur une gargouille. Il ne voulait pas contredire Cranston, partisan le plus fervent du père du jeune roi. Pourtant, il avait eu vent de rumeurs sur les atrocités commises par le Prince Noir en France, surtout à Limoges, où il avait laissé femmes et enfants mourir de faim dans les douves glacées de la ville. En fait, le clerc éprouvait les mêmes réserves vis-à-vis de Richard. Il était trop avenant, pensait-il, trop doux pour être sincère. Ces beaux yeux et ces gracieux sourires n'avaient pas séduit le dominicain. Athelstan n'avait jusqu'alors jamais perçu chez un être si jeune tant de noirceur, naissant de la haine profonde et irréductible qu'éprouvait Richard pour son oncle le régent.

Le prêtre se tourna à nouveau vers les portes de la salle capitulaire quand il ouït d'autres hurlements d'assentiment, piétinements et applaudissements. Cela dura quelque temps. Puis des sonneries aiguës de trompettes rompirent un bref silence. Les portes s'ouvrirent à la volée. Deux hérauts habillés de drap d'or, munis chacun d'une trompette d'argent, surgirent. Ils faisaient quelques pas puis s'immobilisaient et une fanfare éclatait. Ils étaient suivis d'un chevalier banneret en armure milanaise scintillante. Il tenait son épée levée devant le visage, comme un prêtre brandissant un crucifix. Les chambellans entreprirent de ménager un passage dans le couloir quand le roi, vêtu d'une robe d'argent chatoyante rebrodée de fleurs de lis d'or, quitta la salle capitulaire en tenant avec fermeté la main de son oncle. Les deux princes se souriaient et souriaient aussi à la foule qui les entourait. S'il n'avait su à quoi s'en tenir, Athelstan aurait cru que Jean de Gand et son neveu étaient un fils et son père tendrement attachés l'un à l'autre. Derrière le roi venaient maints chevaliers et officiers, puis la masse des représentants, certains criant encore « *Vivat ! Vivat Rex !* ».

— Nous ferions mieux de partir, insista Cranston. Gand nous a demandé de le rejoindre aux portes de l'abbaye où le souverain a accepté de toucher les écrouelles de quelques pauvres malades.

Athelstan sortit des cloîtres sur ses talons et ils débouchèrent dans un espace spécialement aménagé devant les portails. Des ouvriers de la maison royale avaient dressé une estrade drapée de tissus de laine pourpre. Au centre on avait disposé deux chaires d'apparat. A chaque angle, se tenait un chevalier du roi déployant des bannières frappées aux armes royales et les insignes de Jean de Gand. Des archers arborant la livrée au cerf blanc interdisaient l'accès aux lieux. La foule, avide d'apercevoir son roi, se massait contre ce rempart d'acier. Cranston dit un mot au sergent royal qui les conduisit dans l'enclos. Ils durent attendre une demi-heure encore avant que le souverain, qui serrait toujours la main de son oncle, ayant fini son parcours autour de l'abbaye sortît par le portail principal où ses sujets le reçurent par des acclamations de joie. Une fois que les princes furent installés, flanqués et entourés d'officiers et de nobles appartenant à la maison royale, Gand sourit et fit signe à Cranston de le rejoindre. Sir John et le coroner s'agenouillèrent sur les coussins jetés devant les chaires de parade et baisèrent, à tour de rôle, l'anneau du roi et celui du régent. Richard, en dépit de la solennité et de la majesté de la circonstance, faisant fi d'un protocole pesant, se mit à battre des mains comme un enfant.

— Oh, non, restez debout, Sir John ! s'exclama-t-il. Debout, et vous aussi, frère Athelstan !

Se penchant, il chuchota :

— Si je pouvais agir à ma guise, vous prendriez place à mes côtés : l'un à droite et l'autre à gauche ! Cela ne serait-il point juste, mon très cher oncle ?

— Mon bien-aimé neveu, répondit Jean de Gand en lui souriant, Sir John et frère Athelstan sont deux de vos plus loyaux sujets.

Il eut un élégant geste de la main vers la foule.

— Mais des centaines d'autres attendent de vous saluer.

Le monarque refusa de suivre son regard.

— Qu'ils attendent ! Qu'ils attendent ! rétorqua-t-il, agacé.

Le sourire se figea quelques secondes. Athelstan fixa les yeux bleus et comprit que le jeune roi profiterait de cette réunion pour narguer et taquiner son oncle.

— Monseigneur le régent, vous nous avez convoqués céans, déclara le coroner, peu désireux d'être entraîné dans cette rivalité mortelle.

— Encore des morts, Sir John, gronda avec brusquerie Jean de Gand. Encore des morts aux Communes, ce qui ne facilite point notre tâche !

— De quelles morts s'agit-il ? les interrompit le roi.

— Mon bien-aimé neveu, je vous en ai déjà parlé. Certains chevaliers du Shropshire ont été occis sans merci. Et jusqu'à présent, dit le régent à voix basse en jetant un coup d'œil furieux à Cranston, on a fait peu de chose soit pour y mettre fin soit pour démasquer l'assassin.

Le souverain, ennuyé et contrarié d'être exclu de cette conversation, se rencogna sur sa chaire et fit mine de s'intéresser aux glands des manches de sa robe.

— Eh bien ? poursuivit Jean de Gand.

— Monseigneur, releva Athelstan, vous avez bien dit : jusqu'à présent ? Mais notre travail ici n'est point encore achevé.

— Alors, quand il le sera, de grâce, veuillez m'en informer, coupa son interlocuteur d'un ton sec.

Le roi se pencha soudain et saisit la manche d'Athelstan.

— J'ai très bien parlé dans la salle capitulaire. J'ai prié les représentants de mes Communes de m'accorder soutien et loyauté.

— Nous avons entendu les acclamations, sire, répondit le dominicain.

Richard l'attira plus près.

— C'est mon oncle qu'ils n'aiment pas ! dit-il à mi-voix. Je crois que si j'avais demandé la lune, ils me l'auraient apportée !

— Ils peuvent exiger le départ de messire le coroner, remarqua Gand en retour. Ils se plaignent, sire, des terribles meurtres qui ont eu lieu ici, dans l'abbaye.

L'humeur du roi changea d'un coup. Il fit un geste tranchant de la main.

— Sir John Cranston est le coroner du roi à Londres ! aboya-t-il. Et si les Communes tentent de le chasser, je leur tordrai le cou !

Il se pencha en avant.

— Frère Athelstan, Sir John, de grâce restez avec nous. Mon oncle, si je dois toucher les mendiants, qu'on fasse vite !

Jean de Gand claqua des doigts. Athelstan et Cranston reculèrent. Il y eut d'autres sonneries de trompettes et les hérauts royaux commencèrent à faire avancer vers l'estrade une file d'hommes et de femmes en haillons qui voulaient que le souverain leur effleure la tête, mais qui appréciaient plus encore la pièce d'argent, le pain et le vin, pris sur une table derrière l'estrade et que leur distribuaient les serviteurs. Le coroner et le dominicain regardèrent arriver les miséreux. Quelques vagabonds avaient fait un pitoyable effort pour se laver ou se changer, mais, avec leur graisseuse chevelure hirsute et leur figure émaciée, ils avaient tous l'air débraillés et crasseux. Certains avaient des plaies ouvertes aux mains et aux pieds. Beaucoup ne portaient même pas de chaussures ou de sandales. Néanmoins, chacun s'avançait et s'agenouillait sur les coussins devant la chaire royale. Athelstan ne put qu'admirer la façon dont le jeune roi parvenait à cacher ses sentiments en faisant mine de s'intéresser à leur sort. Il adressait un sourire à chaque quémandeur, se penchait et esquissait un signe de croix sur son front. Parfois, il serrait une main ou chuchotait quelques mots d'encouragement. Le mendiant, les yeux brillant de gratitude, était emmené en bas de l'estrade où il recevait alors une aide plus matérielle.

La file semblait interminable. Athelstan, qui observait le spectacle avec intensité, regretta qu'aucun misérable de sa paroisse ne soit là. Il remarqua deux hommes qui se faufilaient en avant. Il y avait quelque chose de familier en eux. Ils paraissaient plus déterminés que les précédents. Le clerc examina le plus petit en particulier et son cœur fit un bond : il avait les lèvres exsangues, les yeux papillotants, le nez cassé et une cicatrice juste sous l'œil gauche ! N'était-il pas un de ceux qui, selon Joscelyn le tavernier, rencontraient Pike le fossier à l'auberge du *Cheval pie* ? Le dominicain se tourna vers Cranston, mais ce dernier était plongé dans une grande conversation avec l'un des chevaliers, qu'il avait, semblait-il, connu autrefois. Athelstan le tira par la manche mais le coroner se dégagea d'une secousse.

— Sir John, je crois...

Cette fois, Athelstan attrapa avec résolution le bras du coroner.

— Pour l'amour de Dieu, mon frère, qu'y a-t-il ?

Le clerc désigna l'homme.

— Sir John, je crois que ce n'est point un vagabond.

Cranston, tout comme son compagnon, perçut l'inquiétude dans la voix de son secrétaire. Et quand les deux hommes se rapprochèrent, le mendiant, au lieu de s'agenouiller sur le coussin, tira soudain une dague et, d'un mouvement en arc de cercle, fendit l'air en direction du visage du roi. Richard se rejeta en arrière mais Gand fut prompt à réagir. Athelstan n'avait jamais vu poignard dégainé aussi vite. Le mendiant s'apprêtait à frapper un second coup quand le régent bondit et, des deux mains, lui plongea sa propre arme dans la poitrine. L'agresseur recula en titubant, le sang jaillissant de sa bouche et de sa blessure, au moment même où écuyers et chevaliers retrouvaient leurs esprits. Le malandrin se retourna, haletant, et tomba contre son compagnon qui s'en débarrassa et tenta de s'éloigner en courant dans la foule.

Là encore Jean de Gand réagit vite. Un archer s'était précipité, flèche encochée. Le régent s'empara de son arc et le leva en maintenant le long trait empenné entre ses doigts. Le compagnon du mendiant s'enfuyait, la populace s'écartant devant lui. Le régent, debout, comme taillé dans la pierre, tenait l'arc d'une main sûre. On entendit une vibration et la flèche garnie d'une plume d'oie atteignit le fugitif sous le cou où elle s'enfonça profondément. L'homme vacilla, fit encore un ou deux pas, tomba à genoux puis s'écroula sur le flanc.

Ce fut le chaos et la consternation. Les chevaliers se ruèrent pour former un rempart autour du jeune monarque. Capitaines et sergents aboyèrent des ordres. Les miséreux qui n'étaient pas encore parvenus jusqu'au trône royal furent repoussés avec brutalité. Des hommes d'armes coururent, lances basses, des archers en position derrière eux, quand Jean de Gand se saisit du jeune roi, assis, transi de peur. La suite royale, y compris Athelstan et Cranston, battit en retraite dans l'abbaye dont les grandes portes se refermèrent avec fracas derrière elle.

— Si vite ! s'étonna le dominicain à voix basse. C'est arrivé si vite, Sir John ! Tout était calme, le roi touchait les infirmes, et l'instant d'après...

Il aurait aimé s'approcher du souverain, autour duquel se pressaient les courtisans, mais le coroner le tira en arrière.

— Laissez, mon frère, lui conseilla-t-il. Personne n'aura le droit d'être près de lui.

Jean de Gand, à présent, avait repris la situation en main, s'emportant contre les capitaines, fulminant contre leur manque de vigilance, distribuant des instructions pour qu'on conduise le roi à la Tour sur-le-champ. Les hérauts ressortirent calmer la foule et lui demander d'attendre. Athelstan ouït les sonneries de trompette et les cris des messagers dominant la rumeur de la populace. Un semblant d'ordre finit par s'instaurer et le régent quitta l'abbaye avec majesté pour s'adresser au peuple et proclamer, en phrases vives et incisives, que, par le grâce de Dieu, leur jeune roi était sauf et ceux qui avaient tenté de l'abattre en enfer. Au moment même où il prononçait ces paroles, l'exploit de Jean de Gand qui avait sauvé son jeune neveu semblait être connu de tous. Comme Cranston et Athelstan se glissaient sans bruit dans le transept, ils entendirent les cris et les ovations qui saluaient la promptitude et la bravoure du régent.

— Vous disiez que vous avez reconnu l'assassin ? s'enquit Cranston.

— Je l'ai vu à Southwark, expliqua le dominicain sur la défensive. Il avait la réputation d'être un pendard.

Le coroner acquiesça. Mais, lorsqu'ils eurent quitté l'abbaye et qu'ils se retrouvèrent dans une ruelle menant à *La Gargouille*, il poussa le clerc à l'ombre d'un porche.

— C'était l'un des chefs de la Grande Communauté du Royaume, n'est-ce pas ? interrogea-t-il. L'un de ces naïfs avec lesquels s'acoquine Pike le fossier ?

Athelstan prit et serra la main de Cranston.

— Ne répétez jamais ce que je dis, Sir John, murmura-t-il d'une voix rauque. Pike est un niais, un ivrogne, un bavard, mais ce n'est ni un traître ni un assassin. Il n'a rien à voir dans cette affaire.

Il prit une profonde inspiration.

— Mais ce n'est pas le cas de notre régent !

— Au nom de Dieu, Athelstan !

Ce dernier recula et scruta la venelle.

— Sir John, réfléchissez, dit-il doucement. Comment ces hommes ont-ils pu s'approcher autant ? Et ne trouvez-vous point que Gand a été fort prompt ?

Il sourit avec tristesse.

— N'oubliez pas mes paroles, Sir John : dans une heure, le régent sera le héros de Londres et qui, alors, lui résistera ?

CHAPITRE XIV

A *La Gargouille*, Athelstan se conduisit d'une façon encore plus étrange. Il présenta ses excuses au coroner et monta dans sa chambre. Cette fois, le dominicain était bien décidé à ne pas parler à son compagnon des conclusions auxquelles il était parvenu. A la place, il étudia la liste qu'il avait préparée la veille et souligna certains éléments d'un trait de plume : la crasse sous les ongles de Bouchon et son départ soudain ; le fait que Harnett ait quitté le bordel ; son déplacement jusqu'au fleuve et, surtout, ce qui manquait dans sa chambre. Il reposa sa plume.

— Est-ce que ça avait aussi disparu chez les deux autres ? murmura-t-il.

Il baissa les yeux sur le vélin.

— Les cloches ! dit-il d'une voix étouffée. Les cloches de St Mary-le-Bow ! Comment puis-je capturer l'assassin ?

Athelstan alla s'agenouiller près de son lit. Il pria Dieu de l'aider mais son âme était distraite et son esprit sautait d'une idée à l'autre. Il regarda la fenêtre : le soleil commençait à se coucher. Il savait qu'il devait agir rapidement, sinon il y aurait d'autres crimes. Il ouït des bruits et des voix fortes qui montaient de la grand-salle, puis les pas lourds de Cranston dans le couloir et un coup à la porte. Quand il ouvrit, le coroner, radieux, attrapa le prêtre sidéré par l'épaule et l'embrassa sur chaque joue.

— Oh, le plus rusé des moines !

— Frère, Sir John, je suis un frère !

Cranston sourit d'une oreille à l'autre.

— Bon, peu importe.

Il désigna l'escalier d'un signe de tête.

— Vous aviez raison. Malmesbury vient de rentrer de la salle capitulaire. La nouvelle que Gand a sauvé son neveu court dans toute la ville. Sir Edmund en personne chante les louanges du régent. Il a conseillé aux Communes d'agréer toutes les demandes de Jean de Gand.

Cranston scruta le visage inquiet de son interlocuteur et son sourire s'évanouit.

— Mon frère, qu'avez-vous découvert ?

Athelstan lui fit signe de pénétrer dans la chambre et referma l'huis derrière lui. Il montra le lit.

— Asseyez-vous, Sir John. L'énigme est en grande partie résolue.

Il tira un tabouret en face du coroner.

— Nous avons d'abord un régent, Jean de Gand, commença-t-il, qui, Dieu sait pourquoi, a besoin de plus d'argent. Les Communes, qui le haïssent, s'opposent à lui avec fermeté, et il concentre donc tous ses efforts sur ses adversaires les plus virulents.

— Les représentants du Shropshire ? questionna Cranston.

— Oui. Sir Edmund Malmesbury et ses compagnons qui, jadis, appartenaient à la fraternité des Chevaliers du Cygne. Gand est un homme impitoyable et tenace. Il a découvert leur secret : comment, il y a des années, ils se sont érigés en juges et ont exécuté les chefs des paysans qui tentaient d'obtenir de meilleures conditions de vie. Il révèle à Malmesbury et à ses amis ce qu'il sait et ce qu'ils doivent faire pour obtenir son pardon. Puis il s'assure qu'ils seront envoyés au parlement.

Le dominicain fit une grimace.

— C'était facile. Le responsable officiel est le shérif, toujours nommé par la Couronne. Une fois qu'ils sont arrivés à Londres, ajouta Athelstan en humectant ses lèvres sèches, le régent ordonne à Sir Edmund et à sa bande de continuer leur opposition accoutumée et de le dépeindre comme un prince avaricieux, hautain et retors.

— Eh bien, là au moins, il disait vrai ! l'interrompit Cranston.

Athelstan sourit.

— Les plus grands mensonges, Sir John, comportent toujours une part de vérité. En même temps...

Le clerc jeta un coup d'œil vers la porte pour s'assurer qu'elle était bien close.

— ... Gand agit avec ses espions au sein de la Grande Communauté du Royaume. Je soupçonne un ou plusieurs des meneurs d'être à sa solde. Il organise la pantomime de cet après-midi. Mais le jeune roi n'a jamais vraiment couru de danger : ça aurait été beaucoup trop risqué. Qu'il arrive quoi que ce soit à notre jeune souverain et le régent en aurait porté à jamais la responsabilité. Au contraire, le prince joue les sauveurs, l'oncle affectueux, le puissant seigneur défendant l'enfant précieux. Pendant quelque temps, le bon peuple de Londres, jusqu'à ce qu'il ait repris ses esprits, le portera aux nues. Sir Edmund Malmesbury a aussi reçu un signe ; louant le régent, non seulement il renoncera à son opposition aux Communes, mais, qui plus est, il insistera pour que les demandes de Jean de Gand soient approuvées.

— Mais ne pouvait-on point l'obtenir par un autre moyen ? interrogea le coroner en se grattant le crâne.

— Oh, sans doute ! Le régent aurait pu exiger que Malmesbury et son groupe le soutiennent depuis le début, mais cela aurait paru suspect. En fait, il aurait pu se mêler de l'élection de tous les représentants, mais cela aurait été une victoire sans lendemain : accepter qu'on lève des taxes est une chose, les collecter en est une autre !

Athelstan hocha la tête.

— Sir John, les paroles du Seigneur sont véridiques : « Les fils de la lumière. » Regardez ce que Gand est parvenu à faire !

Le dominicain énuméra sur ses doigts.

— Sauver le roi ; obtenir des impôts ; et, parce que les élus vont retourner dans leurs comtés et leurs villes, les exploits du régent seront proclamés dans tout le royaume !

— Et les assassinats ? le pressa Cranston. Gand ne les a sûrement pas ourdis ?

— Non, je ne crois pas, mais il est assez malin pour s'en être servi. Il est vrai qu'on pouvait mettre à son compte les meurtres des chevaliers, mais il a évité cette difficulté avec adresse en chargeant de l'enquête un coroner qui le déteste. Car, Sir John, si vous réussissez, le régent ajoutera à son crédit celui de prince juste qui va jusqu'à pourchasser les tueurs de ses opposants.

— Et si j'échoue ?

Athelstan eut un geste d'impuissance.

— Peu lui chaut ! Tout ce qu'il verra, c'est que la justice a été accomplie selon d'étranges voies. Quatre de ses adversaires sont morts et c'est Sir John Cranston qui portera le chapeau.

— Aboutirai-je ? s'inquiéta le coroner en attrapant le bras de son secrétaire. Vous savez qui est l'assassin, n'est-ce pas, mon frère ? Pourquoi ne pas me le confier ?

Athelstan se pencha et effleura le visage de son compagnon.

— Parce que, Sir John, sous vos facéties, beuveries, jurons et éructations, vous êtes d'une honnêteté irréprochable. Vous ne sauriez pas vous taire et je ne pourrais arrêter le coquin.

Cranston rougit et racla le sol de ses grosses bottes. Il détourna le regard, ému par les compliments du prêtre.

— J'aimerais, Sir John, que vous soyez avec moi quand je le capturerai, continua le dominicain qui se leva. Quand je serai parti, descendez dans la grand-salle et faites savoir que j'ai piégé le criminel.

— Où allez-vous ? interrogea le coroner.

— A la chapelle de Sainte-Foy, répondit Athelstan. Mais ne le dites à personne. Promis ?

Cranston leva une main grassouillette puis dégaina son poignard.

— Prenez-le, mon frère, dit-il en tendant la longue dague galloise au clerc.

Athelstan la soupesa et la lui rendit.

— Ne vous fiez ni aux chars, répliqua-t-il en citant les psaumes, ni à la puissance de l'arc ; le Seigneur Lui-même vous sauvera du diable qui rôde à votre droite et à votre gauche !

— Eh bien, il vaudrait foutrement mieux ! grommela le coroner en rengainant son poignard. Et après votre départ, que dois-je faire ?

— Allez dehors, Sir John, et observez qui sort de la taverne. Attendez un peu, puis amenez avec vous ceux qui restent.

Athelstan prit sa chape et, revenant sur ses pas, serra la main de son ami.

— Je serai en sécurité, dit-il en souriant.

— Tout cela est-il vraiment nécessaire ? insista Cranston. Désirez-vous à ce point capturer le tueur ?

— Je ne veux pas du tout l'attraper, rétorqua le dominicain, c'est Dieu qui désire qu'il en soit ainsi !

Il quitta la chambre et descendit l'escalier. Cranston lui emboîta le pas. Il regarda le prêtre bavarder avec Christina aux cheveux de lin, puis avec un valet sur le seuil. Une fois Athelstan parti, le coroner, objet de la curiosité des chalands installés dans la grand-salle, descendit lui aussi. Mais au lieu de prendre place à une table, il se dirigea vers le centre de la pièce, sourire aux lèvres.

— Pourquoi êtes-vous si satisfait ? l'interpella Sir Miles, assis dans un coin.

— Eh bien, messire, expliqua Cranston, le roi a été sauvé, le régent a obtenu ses taxes et frère Athelstan, Dieu seul sait où il est allé, croit qu'il a démasqué l'assassin !

La surprise qui se peignit sur le visage de son interlocuteur réjouit le coroner.

— Qui est-ce ? bafouilla le capitaine d'une voix rauque en rompant le silence qui régnait dans la salle.

Sir John, l'air d'en savoir long, se tapota la narine.

— C'est un vrai furet, notre frère, dit-il, rayonnant. Il connaît la vérité et la vérité n'est jamais ce qu'on croit !

— C'est ridicule ! ricana Aylebore qui se leva à moitié de l'endroit où il se trouvait près d'Elontius.

Malmesbury, qui avait blêmi, lui fit écho.

— C'est peut-être ridicule, répondit le coroner, mais mon secrétaire n'agit que lorsqu'il l'estime opportun. Jusque-là, vous devez attendre.

Sur ces mots, il sortit dans les ténèbres et se cacha dans un recoin pour surveiller la ruelle qui menait à l'abbaye. Il devait se tenir là depuis un moment et commençait à se demander si Athelstan avait vu juste, quand il entrevit une ombre emmitouflée et furtive qui s'échappait de la taverne comme l'ange de la mort et remontait la venelle.

L'assassin se hâtait, ignorant qu'on l'épiait, et bien décidé à rattraper ce frère trop curieux pour le faire taire une fois pour toutes. Il se souvint de la déclaration du coroner dans la grand-salle : ce dernier savait-il vraiment à quoi s'en tenir ? Quoi qu'il en soit, se disait le tueur, il fallait agir ; il avait très peu à perdre et beaucoup à gagner.

Il traversa le parvis désert devant l'abbaye et ralentit l'allure en voyant le groupe d'archers qui barraient l'accès à la salle de Jéricho. Après avoir rapidement essuyé la sueur de son front, il sortit le sceau de sa besace : les gardes, fort occupés à se partager une gourde de vin, le laissèrent passer sans encombre. Il en alla de même à l'entrée des cloîtres. Soulagé, le criminel entra dans le couloir menant à la salle capitulaire. Il pénétra plus avant puis s'arrêta : la porte de la chapelle était ouverte et une faible lueur brillait. Il sourit. Il gagna une longue rangée enchevêtrée d'arbustes qui poussaient devant le cloître est. L'homme se déplaçait avec prudence. Il s'immobilisa sur la quatrième dalle et, s'accroupissant, farfouilla dans les buissons jusqu'à ce qu'il eût trouvé un sac de cuir qu'il sortit. Dénouant la corde, il saisit la petite arbalète et fourra deux carreaux dans son bissac qu'il dissimula avec grand soin avant de se glisser dans le couloir, puis de gravir l'escalier conduisant à la chapelle de Sainte-Foy dont il poussa l'huis. Un seul cierge brillait sur l'autel. L'assassin aperçut la silhouette encapuchonnée agenouillée sur le prie-Dieu. Il se faufila dans la pièce, encocha un carreau dans l'arbalète et tira la corde. Il régnait un silence absolu. Le pendard leva son arme tout en entonnant ces mots redoutables, « *Dies irae, dies illa...* ».

Il relâcha la corde mais, au même moment, se rendit compte que quelque chose n'allait pas. La silhouette n'avait pas bronché en entendant son chant. Il s'avança et, à cet instant, la porte claqua dans son dos. Il se retourna en sursautant. Athelstan l'observait et, près de lui, se tenait un jeune archer, flèche toute prête.

— Bonsoir, maître Banyard. Vous êtes bien l'hôte de *La Gargouille* ?

Banyard porta la main au second carreau, dans son sac.

— Reculez ! ordonna le dominicain. Simon, que voilà, est un excellent archer. Quand j'ai traversé les cloîtres, je l'ai prié de m'accompagner. Si vous tentez soit de fuir soit de tirer le poignard qui se trouve sous votre chape, il vous expédiera une flèche dans le bras ou dans la jambe. Il vous faudra m'écouter, mais au milieu de terribles souffrances.

L'aubergiste rabattit le capuchon de son manteau. Son sombre visage aux traits lourds ne trahissait nulle peur. Il jeta des regards en tous sens puis ses yeux allèrent d'Athelstan au soldat. Il regarda le prie-Dieu pardessus son épaule.

— Oh, ne vous inquiétez pas, commenta le dominicain. Ce ne sont que quelques sacs de grain qu'un des compagnons de Simon a apportés ici pour m'aider. Je les ai mis sur le prie-Dieu et recouverts de ma chape. Étant donné le peu de lumière, j'ai trouvé, et vous aussi semble-t-il, qu'ils faisaient plutôt vrai !

Banyard fit un pas en avant. L'archer lâcha immédiatement une flèche. Elle siffla à quelques pouces de la tête du tavernier qui fit un écart. Avant qu'il reprenne son équilibre, une seconde flèche avait été encochée.

— Je tirerai derechef, déclara l'archer. C'est la maison de Dieu et frère Athelstan est ici par ordre du régent.

— Obéissez à Simon, conseilla le dominicain. Il ne sert à rien de résister. Il y a d'autres hommes d'armes dehors. Je leur ai demandé d'arrêter toute personne qui tenterait de s'enfuir.

Athelstan désigna un banc près du mur.

— Asseyez-vous là. Simon vous surveillera.

Banyard s'exécuta. Athelstan se dirigea vers l'autel. Il prit le cierge et se mit en devoir d'en allumer d'autres ainsi que deux lumignons. Puis il tira la cathèdre et s'installa en face de l'aubergiste. L'homme s'adossa au mur et fixa Athelstan de ses yeux aux lourdes paupières.

— Vous réfléchissez sans doute à la manière dont vous pourriez expliquer l'attaque, n'est-ce pas ? commença le clerc. Je me demandais si vous viendriez. C'est la seule véritable erreur que vous ayez commise, n'est-il pas vrai ?

Banyard se contenta d'un petit sourire satisfait.

— C'est pour cela qu'avant de partir j'ai annoncé à Christina et au valet que je me rendais à la chapelle de Sainte-Foy. Quand messire le coroner a fait sa déclaration dans la grand-salle, vous avez pris peur, vous êtes informé et m'avez suivi jusqu'ici.

Banyard ne répondit que par un regard fixe. Athelstan comprit soudain que le tavernier ne se doutait même pas que le clerc avait eu vent des horribles crimes perpétrés par Malmesbury et sa bande des années auparavant dans le Shropshire. L'aubergiste était toujours sûr de lui, persuadé d'échapper au piège, et se moquait des accusations portées contre lui. Athelstan se rassit et fixa un point sur le mur au-dessus de la tête de l'hôte.

— Qu'attendez-vous, prêtre ? questionna Banyard en se penchant en avant, les mains sur les genoux. Eh quoi, je suis donc venu à la chapelle de Sainte-Foy pour tirer une flèche sur la personne qui, croyais-je, rôdait céans, dit-il en montrant les sacs encore entassés sur le prie-Dieu. Les juges de l'Église pourraient me mettre à l'amende, mais qu'ai-je fait d'autre ?

— Vous êtes un meurtrier, Banyard, répliqua lentement Athelstan. Vous avez assassiné Bouchon, Swynford, Harnett et Goldingham !

— Et pourquoi les aurais-je exécutés ?

Le dominicain entendit un bruit de pas.

— Je vous répondrai dans un moment, maître Banyard, mais pour l'instant je crois que nous avons des visiteurs.

La porte de la chapelle s'ouvrit à la volée. Cranston fit irruption. Il dévisagea l'archer, Athelstan, Banyard puis regarda le prie-Dieu.

— Par tous les diables ! haleta-t-il.

Il se signa. Coverdale et les trois chevaliers qui le suivaient firent écho à sa surprise. Athelstan se carra dans la cathèdre. Il avait l'impression d'être un juge délivrant sa sentence. Cranston, Coverdale et les autres se hâtèrent de trouver des sièges. Banyard gardait son calme et ne quittait pas le prêtre des yeux.

— Les cloches de St Mary-le-Bow ! commença Athelstan. La première fois que je vous ai rencontré, Banyard, vous avez dit que vous étiez né à portée de son de St Mary-le-Bow, que vous étiez bourgeois de Londres.

Le dominicain se pencha en avant.

— De quelle paroisse ? Quelle rue ? Quel quartier ? Dites-le-moi et Sir John Cranston vérifiera vos assertions.

Banyard lui rendit son regard.

— Vous êtes né dans le Shropshire. Votre père était un fermier laborieux, reprit Athelstan. Il s'éleva contre les impôts dus aux seigneurs et contre le travail forcé alors qu'il préférait leur louer ses bras contre un salaire. Il se joignit à d'autres hommes qui pensaient comme lui et ils s'opposèrent aux propriétaires terriens avec leurs destriers, leurs casques, leurs tournois, leurs joutes, leurs taxes, leurs dîmes, leurs exactions, leurs péages et le flot incessant de leurs exigences.

Athelstan haussa les épaules.

— J'ignore ce qui s'est passé exactement, mais je pense que votre père méprisait les semblables de ces trois chevaliers que voici, la prétendue fraternité des Chevaliers du Cygne.

— Frère Athelstan, bredouilla Malmesbury, je proteste !

— Taisez-vous ! coupa le dominicain d'un ton sec. Ces seigneurs, dirigés par Sir Edmund, avaient envoyé une pétition à la Couronne, mais en vain. Alors ils ont décidé d'appliquer eux-mêmes la loi.

— C'est de la calomnie ! s'insurgea Aylebore qui se leva à moitié, main sur sa dague.

Coverdale bondit et, dégainant son épée, il en maintint la pointe à quelques pouces de la poitrine d'Aylebore.

— Asseyez-vous ! ordonna-t-il. Et si l'un d'entre vous fait encore mine de bouger, je frapperai et proclamerai que c'était pour défendre frère Athelstan et messire le coroner !

Sir Humphrey s'affala sur son banc. Coverdale, avec un grand sourire, se rassit aussi mais garda son arme devant lui en serrant le pommeau dans sa main.

— Reprenez, frère Athelstan, dit-il doucement, car je crois que vous allez nous narrer un conte dont je connais une partie.

Il tapa le dallage du bout de son épée.

— Et personne ne vous interrompra à nouveau !

— Comme je le disais, déclara Athelstan, Malmesbury, Aylebore, Goldingham, Harnett, Swynford, Bouchon et peut-être d'autres...

Le clerc fixa les chevaliers.

— ... J'ai cru que *l'un* d'entre vous au moins pouvait être innocent !

Elontius cacha son visage dans ses mains.

Le dominicain soupira.

— Mais non, vous êtes tous coupables !

Il s'éclaircit la gorge.

— Bon, ces seigneurs se considéraient comme les lords de la terre, les descendants d'Arthur et de ses chevaliers. Ils jouaient aux paladins jusqu'au jour où ils perdirent leur calice tandis que, hors de l'univers de leurs rêves, le monde changeait. Des hommes comme votre père, maître Banyard, englués dans la glèbe, s'élevaient au-dessus de leur condition. Ces lords se regroupèrent. Masqués, encapuchonnés et emmitouflés dans leur chape, ils décidèrent de frapper les paysans. Ils les prévenaient d'abord par l'envoi d'une chandelle, d'une pointe de flèche et d'un morceau de parchemin portant les mots « Souviens-toi ».

Le prêtre vit briller des larmes dans les yeux de Banyard.

— Des hommes comme votre père ont dû s'étonner. « Souviens-toi » de quoi ? Les menaces devinrent bientôt des réalités. Des fermes furent investies, des paysans enlevés et pendus pendant que ces bons chevaliers sur leurs chevaux entonnaient le *Dies irae*, leur chant de mort.

Athelstan jeta un coup d'œil sur les trois chevaliers qui paraissaient avoir vieilli d'un seul coup, visages décomposés et dos voûtés. Ils gardaient la tête basse, fixant le sol, plongés dans leurs cauchemars.

— Mais, aux yeux de Dieu, tout péché est puni, continua Athelstan. Ces chevaliers atteignirent sans doute leur but, les avertissements furent envoyés et reçus, mais les individus de votre trempe, maître Banyard, n'oublient jamais. Vous n'aviez rien à faire avec le Shropshire et vous avez fui à Londres où, grâce à votre labeur, vous avez bâti une auberge renommée pour sa chère et son hospitalité.

Le clerc pencha la tête de côté.

— Je me demande si vous aviez depuis toujours ourdi leur trépas. Aviez-vous, au fil des ans, entretenu une terrible soif de vengeance ? Gardé toujours présentes à l'esprit les pointes de flèche symbolisant la violence, les chandelles pour les funérailles et la sinistre menace cachée derrière les mots « Souviens-toi » ?

Banyard prit la parole :

— Ils l'ont emmené, alors que nous soupions, mon père, ma mère et moi. La porte s'est ouverte à la volée. Des hommes en armes, masqués et encapuchonnés, ont surgi. Mon père a essayé de résister mais ils lui ont fait tomber son couteau des mains. En riant et en se moquant, ils l'ont entraîné dans les ténèbres et jeté sur un cheval.

Le tavernier s'interrompit et plongea son visage dans ses mains.

— Ma mère n'a pu que hurler, comme un chien battu. Elle s'est recroquevillée dans un coin, étouffant ses cris avec le bas de son sarrau.

Perdu dans son passé, Banyard secoua la tête.

— Nous avions entendu parler des assassinats, des autres exécutions. On avait expédié à mon père la pointe de flèche, la chandelle et les mots « Souviens-toi », mais il s'en était gaussé et les avait jetés dans le feu.

L'aubergiste leva des yeux si horrifiés qu'Athelstan sentit monter en lui une profonde affliction devant l'avidité et le goût du pouvoir qui avaient détruit sa vie.

— Rapide comme l'éclair, je me suis lancé à leur poursuite, expliqua le tavernier, mais c'était trop tard. Ils ont conduit mon père sous un chêne au bout d'une prairie, près d'un ruisseau. J'ai vu son corps se balancer pendant que ces bâtards chantaient. Je suis resté caché jusqu'à ce que j'aie pu entrevoir leurs visages, puis je suis revenu à la ferme. Dans l'année qui suivit, ma mère mourut. Mais j'avais alors la liste des assassins de mon père.

Il se frotta les yeux.

— J'ai quitté notre terre et suis venu à Londres.

Banyard contempla ses mains.

— J'ai travaillé nuit et jour. Frère Athelstan, j'ai de bonnes raisons de haïr ces criminels, mais les ai-je tués ?

Sa voix se fit plus assurée et son air plus rusé, plus secret.

Athelstan comprit à quel point la douleur et le désir de revanche avaient, au fil des années, déséquilibré l'esprit de l'aubergiste.

— Vous les avez tués, fit-il remarquer d'une voix basse.

— Mais, mon père, l'interrompit Coverdale, n'est-ce pas par la plus extraordinaire des coïncidences que les chevaliers sont descendus dans une taverne tenue par le fils de celui qu'ils avaient assassiné ?

— Oh, je pense que Banyard savait qu'ils viendraient à Londres, répondit le dominicain. Un jour ou l'autre tout grand seigneur doit se rendre à Westminster, mais, bien sûr, notre homme a aidé le hasard. Sir Edmund, étiez-vous allé à *La Gargouille* auparavant ?

Le chevalier parut ne pas l'entendre.

— Sir Edmund, intervint Cranston en s'avançant et en le secouant par l'épaule, mon secrétaire vous a posé une question.

— Oui, dit Malmesbury en levant un visage hagard. Moi et mes compagnons y avions déjà logé. L'accueil, la bonne chère...

— Et les prix les plus bas ? ajouta Athelstan en jetant un coup d'œil au tavernier. Dieu seul sait ce que maître Banyard complotait. Espérait-il gagner assez d'argent pour retourner dans le Shropshire et exercer sa vengeance contre les assassins de son père ? En tout cas, quand on a convoqué les parlements et que Malmesbury et ses amis ont commencé à assister aux séances, ses idées de meurtre ont pris corps. Banyard, pendant des années, a encouragé, sollicité leur présence.

— Pourquoi ne les a-t-il pas tués alors ? s'enquit le coroner.

— Oh, je suis certain qu'il en a eu envie mais, d'après ce que j'ai compris, ce ne sont pas toujours les mêmes chevaliers qui siègent aux divers parlements. Banyard s'est assuré qu'ils viendraient toujours chez lui en étant bien meilleur marché que les autres auberges. N'est-ce pas, Sir Edmund ?

Ce dernier acquiesça.

— Bien entendu, spécifia Coverdale, Malmesbury et les siens se félicitaient toujours du choix de la taverne où ils ne supportaient point les frais excessifs qui sont le lot des autres représentants ici.

— C'était ça le piège, remarqua Athelstan. Puis quelqu'un d'autre a trempé dans l'affaire : monseigneur le régent en personne.

Le clerc leva la main pour empêcher le capitaine de protester.

— Pas d'objections, Sir Miles ! Jean de Gand et les hommes présents ici savent que je dis vrai. Le régent s'est arrangé pour que tous les Chevaliers du Cygne, tous ceux qui avaient participé aux épouvantables crimes dans le Shropshire, soient élus aux Communes. Bien sûr, comme à l'accoutumée, les seigneurs ont mandé un intendant à Londres pour réserver un logement. Maître Banyard était prêt et attendait.

Il hocha la tête.

— Ce n'était point une coïncidence, Sir Miles, s'ils sont tous descendus à *La Gargouille.* J'ai enquêté parmi les autres représentants. Je suis allé à Westminster hier. Il est vrai que moult d'entre eux ont demandé des chambres à *La Gargouille*, mais il n'y en avait plus. Notre aubergiste s'en était occupé. Il guettait Malmesbury et ses amis.

— Il a donc refusé les autres chalands ? s'enquit Sir Edmund. Afin que nous logions chez lui ?

— Qui avez-vous envoyé à Londres ?
— Mon intendant, Eudo Faversham.
— Et il a dit à Banyard qui ferait le voyage de Westminster ?
— Certainement !
— A-t-il eu du mal à trouver de la place céans ?
— Aucun. Mais, comme je vous l'ai dit, nous sommes déjà venus ici. Faversham, à son retour, a expliqué que nous aurions de bonnes chambres à un prix raisonnable.

Banyard qui, imperturbable, avait écouté, décroisa les bras.

— Et quand ils sont arrivés, mon frère, railla-t-il, comment les ai-je tués ?

— Oh, vous aviez tout prévu, répondit Athelstan. Pour Bouchon, ce fut aisé. Vous souvenez-vous du soir où il a quitté le souper à la taverne ? Il n'a pas précisé où il se rendait. Il est simplement sorti. Or s'il avait eu l'intention de rencontrer quelqu'un de dangereux, il aurait pris une épée, mais quand on a retiré son corps de la Tamise, il n'avait même pas son poignard. Voilà ce qui s'est passé, je crois : vous, maître Banyard, l'avez entraîné hors de l'auberge sous un prétexte quelconque. Il se demandait peut-être qui avait apporté la pointe de flèche et la chandelle ici. Quoi qu'il en soit, vous l'avez rejoint près du tas d'ordures, un gros tas de terreau. Vous l'avez assommé d'un coup sur la tête. Il est tombé sur les détritus, ce qui explique la terre noire sous ses ongles.

Le dominicain s'interrompit.

— Vous êtes ensuite rentré en secret dans la taverne et avez vaqué à vos affaires. Au moment opportun, vous êtes reparti, avez chargé la dépouille de Bouchon dans une brouette, l'avez recouverte d'un morceau de toile et l'avez descendue sur la berge du fleuve, à quelques mètres de là. La Tamise était pleine ; le cadavre de Bouchon, pourtant, a suivi la rive jusqu'à ce qu'il soit arrêté par les roseaux près de Tothill Fields.

— Et Swynford ? questionna Aylebore.

Athelstan remarqua qu'à présent les trois chevaliers semblaient avoir peur de Banyard. Ils osaient à peine le regarder, comme s'il incarnait leurs affreux crimes et la vengeance qu'ils avaient provoquée.

— Oh, ce ne fut pas aussi difficile qu'il y paraît, rétorqua le dominicain. Banyard a lui-même envoyé quérir le prêtre. Il savait que le père Gregory était absent. De toute façon, un tel ivrogne ne représentait pas un réel danger pour ses plans.

— Cet étrange prêtre n'a été entrevu que sous forme d'une silhouette encapuchonnée qui a traversé la grand-salle et a monté l'escalier, intervint Cranston. De plus, personne ne se souvient de l'avoir vu repartir.

Le coroner sourit d'une oreille à l'autre, fier de ses propres conclusions.

— Je courais un risque, non ? se gaussa le tavernier. Si quelqu'un m'avait arrêté...

— Oh, vous avez bien choisi votre moment, dit Athelstan. La taverne était bondée et on s'y occupait davantage des vivants que des morts ! Admettons que quelqu'un vous ait arrêté ou reconnu, ce n'aurait été, après tout, que l'hôte qui regagnait sa chambre pour ôter sa chape avant de reprendre son travail. Vous avez agi avec beaucoup d'intelligence. Vous pouvez vous absenter quand vous voulez. Personne ne vous interroge. Personne ne s'y oppose et, si on enquête, eh bien, *La Gargouille* est vaste ! Il faut vérifier les provisions, inspecter les caves et il y a maints appentis où vous pouvez prétendre être occupé. Oh non, vous ne couriez aucun danger jusqu'au moment où vous avez passé ce garrot autour du cou de Sir Henry Swynford. Avec quelqu'un d'aussi fort que vous, la mort ne prendrait que quelques secondes. Vous n'avez failli être démasqué que lorsque Christina a ouï ce sinistre chant. Après avoir tué – le dominicain fit une grimace – vous vous êtes faufilé hors de la pièce, avez regagné votre propre chambre, caché la chape et êtes redevenu l'hôte jovial.

Banyard se pencha en avant, comme s'il s'agissait d'un jeu.

— Et comment expliquez-vous, mon frère, que j'aie pu passer parmi tant de gardes, pénétrer dans la chambre du Trésor et tuer Sir Francis Harnett ?

— Le trépas de ce dernier m'a intrigué, reconnut Athelstan. C'était un petit homme méticuleux, qui ne se souciait que de l'achat du singe volé à la Tour.

— De quoi s'agit-il ? s'inquiéta Aylebore.

— Cela importe peu pour l'instant, répondit Cranston. Mais votre compagnon a payé un des gardes de la Tour pour qu'il dérobe un singe.

Malmesbury, ricanant, secoua la tête.

— Il a toujours été stupide, chuchota-t-il. Chez lui, au manoir de Stokesay, il cherchait tout le temps à collectionner des oiseaux et des animaux venus d'ailleurs.

— Harnett vous a donc accompagné au bordel, reprit Athelstan. Mais, comme nous l'a précisé maîtresse Mathilda, on ne peut y introduire d'épées. Vous étiez sans armes ?

— C'est exact, dit Malmesbury.

— Néanmoins plus tard, ce même soir, on a vu Harnett, portant son épée, le long du fleuve.

— Il a dû sans doute revenir la prendre à la taverne, avança Malmesbury.

— Précisément, Sir Edmund. Et pourtant maître Banyard ne nous en a jamais parlé. Et, quand j'ai fouillé les biens de Sir Francis, j'ai remarqué qu'il manquait certains objets. Je ne savais pas quoi, puis j'ai compris : il possédait une plume et de l'encre mais ni parchemin ni vélin. Rien sur quoi écrire.

— Qu'est-ce que ça signifie ? s'enquit Coverdale.

— Eh bien, d'abord que je suis certain que tous les amis de Harnett ont le même matériel d'écriture : ils apportent un rouleau de parchemin pour leur usage privé ou pour prendre des notes aux Communes.

— C'est vrai ! s'exclama Aylebore. Sir Francis ne cessait de gribouiller !

— Oui, mais qu'est-ce que cela signifie ? répéta Coverdale.

— Sir Miles, demanda le dominicain, si vous désiriez voler un animal tel qu'un singe à la Tour, de quoi auriez-vous besoin ? N'oubliez pas que vous devez le garder à Londres et ensuite le transporter d'une façon ou d'une autre à Shrewsbury.

Le capitaine sourit et se gratta la barbe.

— Il faudrait nourrir la bête et lui fournir une cage.

Il porta la main à ses lèvres.

— Et, bien sûr, il faudrait aussi une cachette !

Il désigna Banyard.

— Sir Francis vous a forcément parlé de son plan !

— Bien sûr ! renchérit Athelstan. Je crois que Sir Francis était très ami avec notre hôte. Il n'est pas revenu à *La Gargouille* simplement pour prendre son épée. Il a dû aussi entrer en pourparlers avec Banyard au sujet de la nourriture, des chariots, de la cage et, surtout, d'un endroit autour de cette grande auberge pour dissimuler l'animal qu'il comptait acheter. Or Sir Francis, comme l'a signalé l'un de ses amis, notait tout. Il a sans doute fait une liste de tout ce qu'il lui fallait et pourtant je n'ai point découvert de bout de parchemin dans ses affaires. C'est maître Banyard, naturellement, qui l'a emportée après avoir décapité Harnett.

— Et, plus important, ajouta le coroner, c'est Banyard, ayant eu vent des négociations secrètes de Sir Francis avec un soldat de la Tour, qui a tendu un piège à Harnett pour le tuer. Dans sa hâte et sa surexcitation, ce dernier a oublié que l'assassin le traquait. Il ne pensait plus qu'à acquérir un animal exotique.

— Et comment serais-je entré dans la chambre du Trésor à Westminster ? railla le tavernier. Comment aurais-je pu franchir les cordons de soldats et d'archers ? En sifflotant, avec une hache sur l'épaule ?

— Oh non ! Il manquait autre chose dans les affaires de Sir Francis, rétorqua Athelstan. Son sceau.

Et je me suis demandé où étaient ceux des deux autres chevaliers assassinés.

Le dominicain jeta un coup d'œil à Coverdale.

— Les avez-vous trouvés ?

Sir Miles eut un geste de dénégation.

— Non, je..., balbutia-t-il, je n'ai même pas pensé à les chercher.

— Banyard y a pensé, lui, remarqua le clerc. Il s'est emparé des sceaux des trois hommes qu'il a tués et s'en est servi pour pénétrer dans l'abbaye. Après tout, on ne pouvait exiger des gardes de service de reconnaître individuellement chacun des deux cents représentants qui participaient au parlement. Les gens allaient et venaient. En bons soldats, les hommes respectaient leurs ordres : toute personne munie d'un sceau frappé de l'emblème de la Chancellerie pouvait passer. Harnett a été tué au crépuscule. Les membres des Communes se pressaient de tous côtés. Banyard, vêtu sans doute de la chape et du capuchon qu'il porte à présent, s'est glissé à l'intérieur.

— Mais la hache ? objecta Aylebore.

Athelstan montra l'église d'un geste large.

— Regardez autour de vous, Sir Humphrey. Regardez les tabourets et les bancs empilés, les recoins sombres, les petites niches, l'espace derrière l'autel.

— Voulez-vous dire que la hache est cachée céans ?

— Probablement, répondit Athelstan, ou quelque part près de la chambre du Trésor. J'ai annoncé aux serviteurs de *La Gargouille*, avant de partir, que je me rendais à la chapelle de Sainte-Foy pour rechercher une hache. Banyard m'a poursuivi jusqu'ici, non seulement parce que je connaissais l'identité du tueur, mais aussi parce que j'étais en quête de preuves. Je suis sûr que, quand nous trouverons l'arme, quelqu'un constatera que c'est un des outils employés à *La Gargouille.*

— Mais quand l'a-t-il mise ici ? interrogea Coverdale.

— Bien avant que les Communes ne s'assemblent. Et il en va de même pour l'arbalète dont il a usé pour assassiner Goldingham. Vous souvenez-vous du buisson d'ajoncs près des latrines, dans le cloître est ?

— Il est vrai, dit Coverdale, qu'avant que les Communes ne s'installent, Banyard pouvait aller et venir à sa guise.

— La nuit où il a assassiné Sir Francis, reprit Athelstan, il est entré dans le couloir, est monté à la chapelle de Sainte-Foy, a pris la hache, est redescendu dans la chambre du Trésor et a frappé Harnett.

Il jeta un coup d'œil au tavernier et lut la peur dans ses yeux.

— Ce pauvre Harnett ! Pourtant il n'est pas mort en vain. Ce n'est que quand j'ai réfléchi aux objets manquant parmi ses affaires que l'énigme a commencé à s'éclaircir, grâce à l'absence de parchemin et de sceau personnel et à son envie d'acheter le singe volé à la Tour. Ceci, plus le fait qu'il soit revenu chercher son épée le soir où il est allé à Southwark, m'a amené à soupçonner maître Banyard. J'ai rassemblé les éléments dont je disposais et m'en suis servi pour étudier la mort des autres chevaliers : Bouchon était sans arme et avait de la terre sous les ongles. Là aussi tout désignait Banyard. Il en est de même pour le trépas de Swynford, étranglé dans sa chambre d'auberge.

— Et Goldingham ? s'enquit Malmesbury.

— Quand j'ai compris comment l'assassin avait franchi les cordons de gardes, ce fut aisé. Sir Maurice avait l'estomac fragile. Il en parlait sans cesse, n'est-ce pas ?

Malmesbury acquiesça.

— Et sans nul doute il approchait notre hôte pour commander tel ou tel mets spécial ?

— C'est vrai, c'est vrai, répondit Sir Edmund. Du pain trempé dans du lait. Il faisait toujours très attention à ce qu'il mangeait et buvait.

— Et le matin de sa mort ? demanda le dominicain.

— Il a consommé les mêmes plats que nous. De la fromentée et du pain.

— Oui, mais il a aussi avalé quelque chose de plus

que vous : un purgatif léger destiné à relâcher ses entrailles, un cadeau de Banyard. Sir Maurice devrait ainsi se précipiter aux latrines. Notre aubergiste savait tout sur les Communes et leurs séances, soit grâce à des enquêtes soit parce qu'il écoutait vos conversations. Il ne lui restait plus qu'à pénétrer dans les cloîtres et à se tenir près des latrines, sans doute caché dans un des réduits et armé de l'arbalète et du carreau qu'il avait retirés de leur cache. La suite fut facile. Il savait que Goldingham viendrait, soit pendant la session soit ensuite. Il ne s'agissait plus que d'attendre. Quand les latrines furent désertes, il frappa Goldingham d'un trait dans le cœur. L'arme fut remise dans sa cachette et, dans la confusion et l'affolement qui s'ensuivirent, Banyard se glissa hors de Westminster et se hâta de regagner son auberge.

Athelstan écarta les mains.

— N'oublions pas non plus que, si les choses tournaient mal, Banyard pouvait expliquer sa présence sans difficulté et attendre une nouvelle occasion, soit ici soit à Shrewsbury. Néanmoins, Westminster était l'endroit idéal.

— Personne ne s'étonnerait de son absence, intervint Cranston. Après tout, c'est le propriétaire. Il n'a pas de comptes à rendre au sujet des endroits où il va et de ce qu'il y fait. *La Gargouille* n'est qu'à quelques pas et, parce qu'il demeure près de l'abbaye, personne ne ferait de commentaires sur sa présence.

Cranston se leva et s'avança vers le tavernier.

— Maître Banyard ?

Ce dernier leva un visage blême et couvert de sueur.

— Maître Banyard, avez-vous quelque chose à dire pour votre défense ?

L'aubergiste eut un petit sourire comme s'il savourait une plaisanterie.

— La hache se trouve derrière l'autel, mon père, déclara-t-il en ignorant le magistrat. Vous l'y trouverez.

Il cilla et s'humecta les lèvres.

— J'aimerais avoir une chope de bière, dit-il à voix basse. La meilleure qu'on puisse trouver chez moi.

Il se mit à rire.

— Mais tout ça est bien fini, à présent, non ?

Il se carra sur son siège et prit une profonde inspiration.

— Je m'appelle Walter Polam, né dans la paroisse de St Dunstan, à Oswestry, dans le Shropshire. Ces hommes ont tué mon père quand j'avais quinze ans, comme ils en ont assassiné d'autres. J'ai quitté le Shropshire et ai mis tout mon argent dans une taverne près de Cripplegate. J'ai cru que je pourrais oublier le passé.

Il contempla le plafond.

— J'ai changé de nom. Je me suis marié mais Edith est morte de la suette, alors j'ai vendu la maison et acquis *La Gargouille*. Avez-vous jamais observé l'enseigne, mon père ? Elle représente un chevalier au visage grimaçant et à l'œil torve.

Il hocha la tête et se mit à se balancer.

— Oh, j'ai rêvé de me venger, bien sûr ! Après le trépas d'Edith ces rêves ont commencé à me hanter. J'ai juré que je retournerais dans le Shropshire et tirerais vengeance des assassins de mon père !

Banyard jeta un regard narquois à Malmesbury.

— Puis vous êtes arrivé à *La Gargouille*, vous, un chevalier élu des Communes. Et d'autres vous ont accompagné. J'ai fait des plans pour vous tuer. J'ai prié pour qu'un jour vous vous retrouviez tous sous mon toit – et c'est presque arrivé. Faversham, votre intendant qui joue à l'important, s'est affairé et, bien sûr, il y avait des chambres pour chacun d'entre vous !

Il adressa un regard à Athelstan.

— Néanmoins, ils ne sont pas tous venus. Il y en a au moins deux à Shrewsbury avec lesquels j'aurais des comptes à régler. Mais, ajouta-t-il en haussant les épaules, cela s'est passé comme vous l'avez décrit pour Bouchon et Swynford.

Banyard menaça Malmesbury du doigt.

— Vous, je vous gardais pour la fin ! Je voulais attendre votre retour dans le Shropshire pour vous pendre à l'arbre même où vous aviez pendu mon père...

— Banyard, l'interrompit Sir John, je vous arrête pour votre terrible crime !

— Et ceux-ci ? ricana le tavernier. Ne sont-ils pas aussi des assassins ?

Il sourit.

— J'aimerais être pendu au même gibet qu'eux !

— Vous ne pouvez nous toucher ! s'insurgea Malmesbury. Le régent a promis de nous gracier pour nos fautes !

L'inquiétude le gagna lorsque Coverdale, se levant, sortit un parchemin de son escarcelle et le déroula. Le capitaine des gardes frappa chaque chevalier sur l'épaule.

— Sir Edmund Malmesbury, Sir Humphrey Aylebore, Sir Thomas Elontius, je vous arrête pour meurtre !

— Quelle hypocrisie ! cria Aylebore en bondissant. Le régent a promis de nous pardonner. Quelle autorité représentez-vous ?

Sir Miles leva le vélin arborant le sceau du régent.

— Vos noms sont inscrits ici, messire. Le régent me l'a remis ce matin et je ne devais exécuter ses ordres qu'après la visite du roi à ses Communes.

— Mais Jean de Gand nous a offert son pardon ! insista Malmesbury, les larmes aux yeux.

Coverdale sourit.

— Seule Sa Majesté le roi peut vous l'accorder, messire.

Il ôta avec prestesse les dagues des ceinturons des trois hommes et, se dirigeant vers l'huis, appela les gardes. Ce fut un moment de chaos. Malmesbury et ses compagnons proclamaient leur innocence et maudissaient la trahison du régent. Banyard riait hystériquement, jurait, et dansait presque de joie en voyant la tournure que prenait la situation. On parvint enfin à faire sortir de la chapelle les prisonniers escortés des soldats. Coverdale s'inclina narquoisement devant Cranston et Athelstan et les laissa seuls dans l'édifice silencieux.

Le magistrat s'assit et s'essuya le front. Athelstan passa derrière l'autel et, après avoir déplacé quelques bancs, aperçut une hache bien aiguisée appuyée au mur. Il l'emporta et s'assit là où s'était trouvé le tavernier puis déposa avec précaution l'arme sur le plancher, devant lui.

— Au moins, il l'a nettoyée ! murmura-t-il.

Il leva les yeux à l'instant où Cranston s'accordait une lampée de sa gourde toujours présente.

— Il faudra que nous narrions l'histoire au père abbé afin qu'il fasse bénir et consacrer à nouveau la chapelle.

Cranston reboucha la gourde et jeta un regard navré à son secrétaire.

— Je lis dans vos pensées, Sir John, déclara le dominicain avec douceur. Pourquoi ne vous ai-je pas tout raconté ?

— C'est vous qui avez tout fait ! répondit le coroner.

— Non, Sir John. Votre esprit est transparent comme une onde pure par un beau jour d'été. Si je vous avais dit que c'était Banyard, vous vous seriez trahi par un regard ou un signe.

Athelstan désigna du doigt les dalles de la chapelle.

— Je devais capturer notre tavernier ici. Et à présent tout est réglé.

Il sourit tristement.

— Le régent est un rusé renard.

Le dominicain contempla le crucifix. Pendant quelques secondes il se demanda avec désespoir si la mort du Christ, l'amour de Dieu ou le service de la religion avaient quelque chose à voir avec un monde où des hommes comme Jean de Gand régnaient en maîtres.

— Gand a été très habile, commenta Cranston. Il a obligé les chevaliers à venir céans. Il a fait pression sur eux puis n'a transformé ses adversaires en ses plus ardents défenseurs que pour refermer le piège et les arrêter en vertu des crimes secrets dont il se servait pour les menacer.

Cranston soupira bruyamment.

— Comment diable cela s'achèvera-t-il ?

— Oh, Jean de Gand se montrera clément ! répondit Athelstan. Malmesbury et ses comparses devront tout avouer, ils paieront une très lourde amende et feront vœu de pèlerinage. Oh oui, Gand gagnera en fin de compte. Il les tiendra par la bourse et Malmesbury comme les autres lui mangeront dans la main.

— Et Banyard ? interrogea le coroner.

— Qu'en pensez-vous, Sir John ?

Le magistrat se frotta le menton.

— Nous ne pouvons pendre l'un sans pendre les autres, expliqua-t-il lentement. Je ne crois donc pas que Banyard se balancera au bout d'une corde à Tyburn ou à Smithfield. Le régent saisira ses biens et effets et deviendra le fier propriétaire d'une taverne fort prospère. Banyard devra quitter le royaume et errer mendiant sans feu ni lieu.

Cranston eut un sombre sourire.

— Vous savez, mon frère, j'ai décelé tant de haine chez cet homme... Si j'étais Sir Edmund Malmesbury, je ne dormirais point tranquille dans mon lit.

Il se leva péniblement.

— Rien n'est jamais fini, n'est-ce pas, mon frère ? Nous sommes tout à fait comme des ramasseurs d'ordures. Nous nettoyons les détritus et les emportons loin des yeux et du nez de ceux qui vivent autour de nous.

Le coroner soupira à grand bruit puis poussa du coude son compagnon.

— Il y a une chose que vous n'avez point expliquée. Pourquoi Harnett et Goldingham ne portaient-ils pas de croix rouges incisées sur le visage ?

Athelstan haussa les épaules.

— Banyard avait laissé sa marque dans tous les sens du mot. Sans doute n'a-t-il pas eu le temps.

— Des actes si horribles ! déclara le magistrat avec tristesse.

Athelstan se leva.

— Sir John, vous devenez mélancolique. Allons célébrer notre victoire à *L'Agneau de Dieu*. Nous avons fait ce que nous pouvions : le Seigneur ne demande rien d'autre et c'est tout ce qu'Il veut !

Il mit la hache qu'il avait trouvée dans les mains de son compagnon.

— Allez, redevenez le joyeux John et je vous promets alors – il recula et leva la main – que je ne ferai plus jamais mention d'un singe de Barbarie !

Jean de Gand, assis dans sa chambre, en haut du palais de Savoy, contemplait, par la fenêtre ouverte, l'étoile du berger et souriait dans sa barbe, ravi de sa propre subtilité. Il jouait distraitement avec l'anneau d'améthyste qu'il portait au doigt.

— Il n'y a qu'un obstacle, murmura-t-il entre ses dents.

Il jeta un coup d'œil vers le scribe encapuchonné installé à une petite table. Gand avait prêté une grande attention au récit de Coverdale, tout en s'émerveillant en secret de l'habileté dont avait fait preuve Athelstan pour démêler la toile embrouillée qu'il avait tissée. Le régent se carra dans sa chaire. Cranston, il pouvait s'en occuper : c'était un officier royal. Mais Athelstan ? Il jeta un regard à la dérobée à son secrétaire.

— Préparez une missive, dit-il à voix basse, pour le prieur Anselm, de Blackfriars. Dites-lui que je suis reconnaissant des bons services de frère Athelstan, mais qu'à présent j'ai peur pour lui dans l'océan de troubles auquel nous sommes confrontés. Dites-lui...

Il leva un doigt.

— Dites-lui que j'aimerais qu'Athelstan soit remplacé : ses talents trouveront mieux à s'employer dans les collèges d'Oxford.

Il se renversa dans sa chaise et, fermant les yeux, s'abandonna à ses sombres rêves de pouvoir.

Cet ouvrage a été imprimé par

FIRMIN DIDOT

GROUPE CPI

Mesnil-sur-l'Estrée

pour le compte des Éditions 10/18
en mai 2003

Imprimé en France

Dépôt légal : mai 2003
N° d'édition : 3477 – N° d'impression : 63887